탐문,

작가는

최재봉

평론집

무엇으로

쓰는가

탑문, 작가는 무엇으로 쓰는가

최재봉 평론집

비채

일러두기

1. 본서는 〈한겨레〉에서 2021년 9월부터 2022년 11월까지 '최재봉의 탐문'이라는 제목으로 연재된 칼럼 23회 연재분을 가필하고 하나의 미공개 원고를 추가하여 엮은 것이다.
2. 단행본, 잡지는 겹꺾쇠(《 》), 단편소설, 시, 영화, 신문 등은 꺾쇠(〈 〉)를 써서 묶었다.
3. 저자가 직접 번역했거나 번역본을 특정하기 어려운 경우 저작물 제목과 작가만 기재하였다.

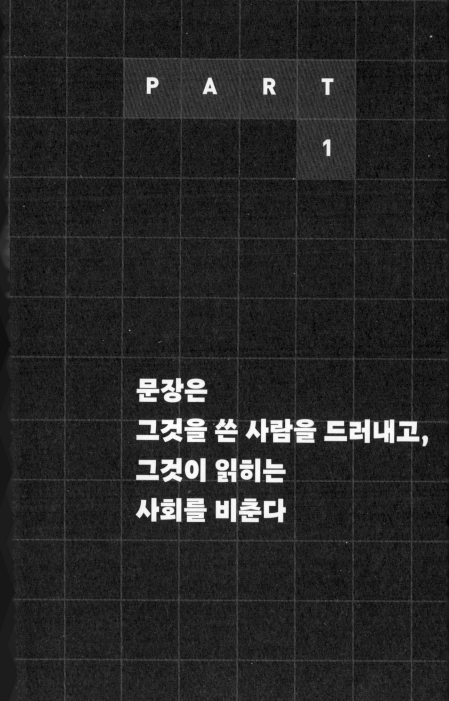

PART

1

문장은
그것을 쓴 사람을 드러내고,
그것이 읽히는
사회를 비춘다

제목

'총의 노래'가 될 뻔했던
'하얼빈'

십여 년 전에《제목은 뭐로 하지?》라는 책을 번역한 적이 있다. 미국 출판인 앙드레 버나드가 쓴 이 책의 원제는《이제 제목만 있으면 돼: 유명한 책들의 제목은 어떻게 만들어졌는가 Now All We Need Is a Title: Famous Book Titles and How They Got That Way》로,《고도를 기다리며》와《우편배달부는 벨을 두 번 울린다》《캐치 22》등 해외 문학작품들 제목의 유래와 사연을 흥미롭게 담았다. 원서가 130쪽에도 못 미치는 짧은 분량이었던데다, 같은 취지로 국내 문학작품들 제목에 얽힌 이야기를 곁들이면 좋겠다는 편집자의 제안에 따라 내 나름으로 조사와 취재를 거쳐 40여 편의 제목에 관한 꼭지를 덧붙였다.

〈서울의 달빛 0장〉(김승옥), 〈은어낚시통신〉(윤대녕), 〈멘드롱 따또〉(조해일) 등 여러 제목 이야기 중에서 독자들의 반응이 가장 뜨거웠던 것은 김훈 소설 《칼의 노래》에 얽힌 사연이었다. 작가가 원래 생각한 제목이 '광화문 그 사내'였는데 출판사에서 너무 장난스럽다며 난색을 표하자 '칼과 길'을 대안으로 제시했고, 이번에는 너무 무겁다는 의견이 있어서 편집자가 내놓은 절충안 '칼의 노래'로 낙착을 보았다는 것. 이순신을 주인공 삼은 《칼의 노래》와 우륵의 이야기인 《현의 노래》에 이어 안중근을 다룰 다음 소설 제목으로 '총의 노래'를 두고 고민 중이라는 내용까지 그 꼭지에서 소개한 바 있다.

77주년 광복절을 앞둔 2022년 여름, 김훈의 안중근 소설 《하얼빈》이 오랜 기다림 끝에 출간되었다. 아쉽게도 '총의 노래'는 아니었다. 김훈은 책을 내고 마련한 기자간담회에서 이 책 제목에 관한 뒷이야기도 들려주었는데, 자신이 처음 생각한 제목은 '하얼빈에서 만나자'라는 것이었다고. 그 제목이 어쩐지 트로트 가사 같아서 단출하게 '하얼빈'으로 줄였다고 그는 설명했다. 《칼의 노래》의 원제(?)인 '광화문 그 사내'도 주현미의 노래 '신사동 그 사람'을 떠오르게 했다는 후문을 생각해보면, 평소 트로트를 즐겨 듣는 김훈에게 모종의 '뽕끼'가 있는 게 아닐까 하는 합리적 의심이 생기기도 한다.

10

제목은 사람으로 치면 이름에 해당한다. 표지가 책의 얼굴이라면 제목은 책의 됨됨이와 성격을 알려준다. '제목 장사'라거나 '책의 운명은 제목을 따라간다'는, 출판 관계자들 사이에 통용되는 속설에 따르면 제목은 책과 작품의 운명을 좌우할 수도 있다. 그러니 제목이란 얼마나 무섭고도 소중한 것인가.

그런 만큼 좋은 제목을 짓기 위한 작가와 편집자의 고민은 길어진다. 제목만으로 독자의 눈길을 사로잡고 베스트셀러가 되는 책들도 없지 않다. 너무도 기발해서 한번 들으면 좀처럼 잊히지 않는 제목도 있다. 반대로, 얼핏 들어서는 무슨 뜻인지 이해하기 어려워서 두고두고 곱씹는 제목도 있다. 장고長考 끝에 악수惡手 격으로, 때로는 작품이나 책 내용을 살리지 못하는 실망스러운 제목이 나오기도 한다. 제목의 세계는 그렇게 복잡하고 미묘하다.

《제목은 뭐로 하지?》에서 소개했던 내용 가운데 이문구 연작소설집 《우리 동네》에 관한 내용은 조금 부정확해서 바로잡고자 한다. 이 책은 모두 아홉 편의 연작 단편으로 이루어졌는데, 모두가 '우리 동네 ○씨' 식으로 제목을 붙였다. 첫 작품 '김씨'를 비롯해 이씨, 최씨, 정씨 등 흔한 성씨를 지닌 농민을 주인공 삼아 당시의 농촌 현실과 사회상을 그린다는 게 작가의 의도였다. 그런데 이렇게 흔한 성씨를 제목 삼은 아홉 작품에 김씨와 이씨에 이어 세 번째로 흔한 성인 박씨가 빠진 것이었다. 이문구가 당시 박정희 독재에 대한 증오 때문에 박씨를 제외했다고 《제목은 뭐로 하지?》에 썼는데, 그와 관련해 이문구 자신이 해명한 글이 있어서 차제에 소개한다. 그의 산문집 《외람된 희망》에 실린 〈우리 동네 시대〉라는 글이 그것이다.

이 글에 따르면 이문구는 잡지에 연재하던 소설이 문제가 되어 중앙정보부(지금의 국가정보원)에 끌려가 이박삼일 동안 조사를 받고 나왔는데, 당시 수사관들이 제본해놓은 자신의 소설에서 등장인물의 성씨 가운데 박씨 성만 찾아 방점을 찍어놓은 것을 보게 되었다. "방점이 찍힌 그 박씨 성의 인물이 그 소설에서 가장 부정적 인물로 그려"졌고 "또 그들 나름대로 박정희 씨를 빗댄 것이 아닌가 하고 오해를 할 수도 있게 된 인물이었다." 그 일 이후 이문구는 한 가지 결심을 했으니, "부정적 인물이 됐건 긍정적 인물이 됐건 아예 모든 소설의 등장인물에 박씨 성만은 붙이지 말자는 것이었다. 그리고 실천하였다. 연작소설 《우리 동네》에 박씨 성이 없는 이유인즉슨 이것이었다."

같은 책에는 이문구의 등단작인 단편 〈다갈라 불망비〉에 얽힌 이야기도 들어 있다. 불망비不忘碑란 잊지 말자는 뜻을 담은 비석이라는 한자어로 이해할 수 있겠지만 '다갈라'는 국어사전에도 올라 있지 않은 낯선 말이다. 소설에서 설명하기를 다갈라는 범어(산스크리트어)로 향香을 뜻한다고. 어쨌든 〈초천전후〉(당시는 잡지에서 초회(1회) 추천을 거쳐 2회 추천을 마쳐야 공식 등단으로 쳐주었는데, '초천'이란 초회 추천을 줄여 쓴 말이다)라는 글에 소개된 내용에 따르면 등단 전의 어느 날 이문구는 신문에 실린 문예지 광고를 아직 등단하지 못한 자 특유의 심통을 지닌 채 ("이번엔 어떤 놈이 뭘 썼나?") 살펴보던 중 〈다갈라 불망비〉가 눈에 띄자 무심코 중얼거렸다고 한다. "어떤 개새끼가 별 더러운 제목을 다 붙여가지고……." 그런데 추천을 뜻하는 '추推' 자 밑에 자신의 이름이 있는 것이 아닌가! 그제야 자신이 몇 달 전 그런 제목의 단편 원고를 스승인 김동리에게 드렸던 일이 기억났다고.

수수께끼 같기로는 이문구의 고향 보령 출신 후배 작가인 김성동의 중편 〈왕장승딸〉 제목도 이에 못지않다. 이 작품은 지옥문 앞을 지키고 서서 악업에 빠진 중생을 교화하는 지장보살을 주인공으로 삼았다. 스스로 성불을 포기하면서까지 중생 교화에 헌신하는 그의 앞에 악업에 빠진 네 중생이 차례로 등장하니, 왕장승딸이 그들이다. 왕장승딸은 왕과 장자, 승려, 딸깍발이를 줄인 말인데, 각각에 대해서는 좀 더 부연 설명이 필요하다. 왕이란 나라의 제일 높은 사람으로 황제나 천황, 왕, 총독, 총통, 대통령, 수상, 총리대신, 주석, 원수, 서기장, 총비서, 국가평의회의장이 두루 이에 포함된다. 장은 장자長者를 칭하는데, 여기에서는 기업가 또는 재벌을 가리킨다. 승은 승려의 줄임말이지만, 승신목僧神牧이라는 소제목에서 보듯 승려와 신부와 목사로 대표되는 종교인을 뜻한다. 마지막으로 딸이란 딸깍발이의 줄임말로, 선비 또는 지식인을 뜻한다. 이 네 사람이 죽어서 지옥에 떨어지게 되자 저마다 지장보살에게 자신의 무죄를 주장하고, 그 말을 들은 지장보살이 부처님 앞에 나아가 이들을 구제해줄 것을 호소하지만, 빙긋이 미소만 짓고 있는 부처님 대신 다른 동료 보살이 그 네 인물이 지옥에 떨어져 마땅한 까닭을 설명해주는 것이 이 작품의 구성이다. 이들의 죄상은 작품을 읽으며 직접 확인하는 것이 좋겠거니와, 그 행실과 그것을 전하는 작가의 문체는 김지하의 담시 〈오적〉을 떠오르게도 한다.

박완서의 단편소설 〈지렁이 울음소리〉는 《신동아》 1973년 7월호에 발표되었는데, 원래 작가가 붙인 제목은 '먼로는 시인이었대'라고 한다. 작가의 맏딸 호원숙이 2015년 1월 어머니의 산문집 재출간과 자신의 산문집 출간에 맞추어 마련한 기자간담회에서 밝힌 내용이다. 작품을 실은 잡지 쪽에서 아무래도 제목이 이상하다고 해서 고친 것이라고. '먼로는 시인이었대'나 '지렁이 울음소리'나 요령부득이기는 어금버금하다. 먼로를 등장시킨 제목은 먼로가 시를 썼다는 신문의 해외 토픽 기사를 읽고, 소설 속 주인공의 속물 남편이 아내에게 한 말에서 왔다. "그렇게 몸뚱이가 기막히게 좋은 여자"가 왜 시 같은 걸 썼는지 도무지 이해할 수 없다는 뉘앙스가 담겼다.

'지렁이 울음소리'는 아내가 우연히 마주친 여학교 시절 국어 선생과 관련된다. 그 선생은 젊고 헌칠하며 문학을 좋아해서 학생들 사이에 인기가 있었지만, 해방 직후 정국과 세태에 대한 불만을 자주 욕으로 배출하는 바람에 욕쟁이라는 별명을 얻었던 인물이다. 중산층 가정의 속물적 행복에 지친 '나'는 욕쟁이 선생을 다시 만나면서 그에게서 예전 같은 걸쭉한 욕을 끄집어내려 하지만 끝내 실패한다. 선생은 교직을 그만둔 뒤에 매달린 사업도 실패하는 등 재난이 겹쳐서 결국 유서를 쓰고 죽고 마는데, 주인공인 아내는 욕쟁이 선생이 내뱉었을 비명 혹은 신음이 지렁이 울음소리를 닮지 않았을까 하고 상상한다.

　박완서의 다른 단편 〈나의 가장 나종 지니인 것〉은 장성한 아들을 잃은 작가 자신의 아픔에서 빚어진 작품이다. 제목은 자신에게 가장 소중한 것을 가리키는데, 김현승의 시 〈눈물〉에서 따왔다.

　"더러는 / 옥토에 떨어지는 작은 생명이고저…… // 흠도 티도, / 금가지 않은 / 나의 전체는 오직 이뿐! // 더욱 값진 것으로 / 드리라 하올 제, // 나의 가장 나아종 지니인 것도 오직 이뿐!" (〈눈물〉 부분)

　〈눈물〉 역시 김현승 시인이 아들을 잃고 쓴 작품으로 알려져 있다. 독실한 기독교도였던 시인은 외아들 이삭을 하느님에게 기꺼이 바치려 한 아브라함처럼, 절대자에 대한 믿음으로 슬픔을 넘어서고자 한다. 그렇듯 신앙을 통해 승화된 슬픔의 결정이 곧 눈물이요, "나의 가장 나아종 지니인 것"이라는 인식이다. 김현승의 시에서나 박완서의 소설에서나, 화자에게 가장 소중한 것이라는 점에서 죽은 아들과 눈물(또는 슬픔)은 서로 통한다.

문학작품의 제목은 선행 텍스트에서 가져오는 경우가 많다. 은희경의 장편《마지막 춤은 나와 함께》는 같은 뜻을 지닌 팝송 '세이브 더 라스트 댄스 포 미Save the last dance for me'의 제목을 그대로 가져온 경우다. 김영하의 경장편《나는 나를 파괴할 권리가 있다》는 '자살 안내인'이라는 기괴한 직업을 지닌 이를 화자로 등장시켰는데, 제목은 프랑스 작가 프랑수아즈 사강의 말에서 왔다.《슬픔이여 안녕》《브람스를 좋아하세요...》같은 소설로 잘 알려진 사강은 1995년 코카인 소지 혐의로 체포된 뒤 한 텔레비전 프로그램에 나와 이렇게 발언했다. "국가가 왜 간섭하는가? 내가 내 몸 버리겠다는데…… 타인에게 피해를 주지 않는 한, 나는 나를 파괴할 권리가 있다."

이인화의 소설 등단작인《내가 누구인지 말할 수 있는 자는 누구인가》의 제목은 셰익스피어의 비극《리어 왕》에서 왔다. 두 딸 고너릴과 리건의 입에 발린 아첨에 혹해 재산과 권력을 넘겨준 리어가, 맏딸 고너릴에게 박대와 수모를 당하고서 그런 상황을 믿을 수 없어 하며 탄식처럼 내뱉는 대사다. "내가 누구인지 말해줄 수 있는 사람 없느냐?"라는 리어왕의 질문에 어릿광대는 "리어의 그림자"라는 답을 들려준다. 지금의 리어는 부와 권력을 움켜쥔 채 딸들의 달콤한 말에 취하던 과거의 리어가 아니라 한갓 그 그림자요, 껍데기일 뿐이라는 것. 더 나아가, 부와 권력을 과시하던 과거의 리어 역시 그를 감싸고 치장하던 그것들이 없으면 아무것도 아닌 존재라는 날카롭고 냉정한 인식을 담은 대답이라 하겠다.

셰익스피어의 작품들은 그 자체로도 재미와 감동을 주지만, 후대의 작가들이 작품 제목을 짓는 데도 마르지 않는 샘물 구실을 한다.《제목은 뭐로 하지?》에 소개된 몇 가지 사례만 보아도《폭풍우》에 영향을 받은 올더스 헉슬리의《멋진 신세계》,《맥베스》에 영향을 받은 윌리엄 포크너의《소음과 광란》,《아테네의 타이먼》에 영향을 받은 블라디미르 나보코프의《창백한 불꽃》등 잘 알려진 작품들이 있다. 마르셀 프루스트의 소설《잃어버린 시간을 찾아서》의 영어판 제목 '지나간 일들의 기억Remembrance of Things Past' 역시 셰익스피어의 소네트 30번 중 두 번째 행 일부를 활용한 것이다.

《남아 있는 나날》로 번역 출간된 가즈오 이시구로의 소설 원제는 'Remains of the day'여서 '그날의 흔적' '그날의 잔영' 정도로 옮겼어야 한다는 주장이 있다. 번역서 제목이 한결 문학적 여운을 남기며 소설 주제와도 어울린다는 반론도 만만치 않다. 문학 잡지 《파리 리뷰The Paris Review》가 엮은 작가 인터뷰집 《작가라서》에서 이시구로는 이 제목이 프로이트에게서 왔다고 밝힌다. 이 소설을 쓰던 당시 그는 오스트레일리아에서 열린 어느 작가 축제에 참가했다가 동료 작가들과 곧 완성될 자신의 소설 제목을 짓는 놀이를 하고 있었다고 한다. 여러 제목이 오가던 중 한 작가가 프로이트가 꿈을 가리켜 말한 '낮의 잔재Tagesreste'라는 말을 제시했고, 그 독일어를 영어로 번역한 'Remains of the Day'가 자신의 소설 분위기와 어울린다고 생각해서 그것을 제목으로 삼았다는 것.

같은 《작가라서》에 소개된 인터뷰에서 마거릿 애트우드는 자신의 소설 《시녀 이야기》의 원래 제목이 주인공 이름과 같은 '오브프레드Offred'였는데, 중간에 지금의 제목으로 바꾸었다고 밝혔다. 호텔 방에 자주 머물면서 성경을 읽는 습관이 들었는데, 창세기 30장에 나오는 '시녀' 또는 '여종'이라는 아주 이상한 말에 꽂혀서 그것을 제목으로 삼게 되었다는 것. 창세기의 해당 구절은 《시녀 이야기》 책 앞에 제사題辭로 인용되어 있다.

김영하 소설 《나는 나를 파괴할 권리가 있다》의 원제는 '사의 찬미, 1996'이었다. 이 역시 윤심덕의 노래에서 제목을 가져온 것인데, 작가는 이 작품을 문학동네작가상에 응모하면서 문학동네 출판사의 어느 편집위원의 권고에 따라 지금의 제목으로 바꾸었다고 소개한 바 있다. 이처럼 제목을 바꾼 사례들은 뜻밖에도 많다. 천명관의 《고래》는 2004년 제10회 문학동네소설상을 수상했을 때 '붉게 구운 슬픔'이라는 제목으로 발표되었다가 책으로 내면서 지금의 제목으로 바뀌었다. 그런데 작가 자신이 공모에 보낸 최초 원고의 제목은 이 둘과도 또 달라서 '붉은 벽돌의 여왕'이었다고 천명관은 인터뷰에서 밝혔다. 소설 주인공인 여자 벽돌공 춘희를 가리키는 이 제목에 작가 자신은 미련이 많았지만 출판사에서는 '붉게 구운 슬픔'을 고집했고, 결국 이도 저도 아닌 중립적인 제목 '고래'로 타협했다고. 최인호는 신문 연재소설 《별들의 고향》의 제목으로 '별들의 무덤'을 생각했는데, 아침 신문의 연재소설 제목에 '무덤'이 들어가는 게 적절하지 않다는 신문사의 우려 때문에 지금의 제목으로 바뀌었다. 정유정의 소설 《7년의 밤》은 원제가 '해피 버스데이'였지만, 폭력과 살인이 난무하는 소설 분위기와 맞지 않는다는 판단에 따라 '7년 만의 밤'을 거쳐 지금의 단출한 제목으로 귀결되었다. 《별들의 고향》과는 상반되는 경로인 셈이다. 박범신 소설 《은교》가 처음 연재될 때의 제목은 '살인 당나귀'였는데, 소설 주인공인 십 대 소녀의 이름으로 제목을 바꾼 것이 흥행에 도움이 되었다는 것이 중평이다. 정지아의 소설 《아버지의 해방일지》의 제목으로 작가가 원래 생각했던 것은 '이웃집 혁명전사'였는데, 편집자의 권유를 받아들여 드라마 제목을 연상시키는 지금 제목으로 낙착을 보았다고 작가는 밝혔다. 이기호의 소설 《차남들의 세계사》가 처음 잡지에 연재되었을 때 제목은 '수배의 힘'이었다. 최인훈의 후기 대작 《화두》는 '쇄빙선'이라는 제목으로 출발했다가 '공안公案'을 거쳐 지금의 제목으로 바뀌었다. 최인훈은 이 소설의 서시로 '쇄빙선'이라는 다섯 행짜리 시 역시 써두었는데, 전문이 이러하다. "자 마음이여 / 노여움에 입을 다문 / 기억의 얼음 바다를 깨면서 / 거기 먼 곳 // 슬픔의 항구에 닿자"

앞서 천명관 소설 《고래》의 원제가 지금과는 달랐다고 썼지만, 허먼 멜빌 소설 《모비딕》의 원제가 '고래'였다는 사실도 흥미롭다. 이 소설은 미국에서 출판되기 전인 1851년 10월 영국 런던에서 초판이 먼저 나왔는데 그때의 제목이 '고래The Whale'였다. 그로부터 불과 한 달 뒤인 11월에 미국 뉴욕에서 지금과 같은 《모비딕, 또는, 고래Moby-Dick, or, The Whale》라는 제목으로 결정판이 출간되었다.

지금은 대체로 날렵하고 감각적인 제목이 선호되지만, 지난 시절에는 우스꽝스러울 정도로 길고 장황한 제목이 많았다. 찰스 다윈의 책 《종의 기원》의 원제는 '자연선택이라는 수단 또는 생존경쟁에서 유리한 종족의 보존에 의한 종의 기원에 관하여'로, 과장하자면 논문 초록에 육박하는 분량이다. 그러나 이조차도 대니얼 디포의 소설 《로빈슨 크루소》에 대자면 족탈불급 격이니, 이 책의 원제는 이러하다. '난파선의 유일한 생존자로 오루노크(오리노코) 강 어귀의 아메리카 해안 무인도에 떠밀려가 혼자 28년을 살다가 마침내 놀랍게도 해적들에 의해 구출되기까지의 요크 출신 뱃사람, 로빈슨 크루소의 일대기와 기이하고도 놀라운 모험담-주인공의 생생한 수기'. 《종의 기원》 원제가 논문 초록이라면 《로빈슨 크루소》의 원제는 소설 줄거리 요약이랄까.

박민규는 엉뚱하면서도 호기심을 자극하는 제목을 즐겨 짓는 편이다. 소설집 《카스테라》에는 〈고마워, 과연 너구리야〉 〈그렇습니까? 기린입니다〉 〈몰라 몰라, 개복치라니〉 〈아, 하세요 펠리컨〉 〈대왕오징어의 기습〉 같은 동물 시리즈(?)가 들어 있다. 두 권짜리 소설집 《더블》에도 흥미로운 제목을 단 작품이 여럿인데, 〈딜도가 우리 가정을 지켜줬어요〉 〈깊〉 〈슬膝〉 등이 대표적이다. 《더블》에는 '용 용龍' 자가 위에 둘 아래에 둘 도합 네 개나 쓰인 '수다스러울 절'이라는 한자어를 제목으로 삼은 작품도 들어 있다. 소설 맥락을 보자면 '용 용' 자 넷은 수다스럽다는 뜻 외에도 제각각 소설의 등장인물인 무림의 네 고수를 가리키는 것으로 보여, 작가가 이 한자어를 일종의 상형문자처럼 활용한 것으로 이해할 수도 있겠다.

박형서의 단편 가운데에는 〈'사랑손님과 어머니'의 음란성 연구-달걀을 중심으로〉라는 것이 있다. 주요섭의 단편소설이 알려진 것과 달리 성적인 은유를 담고 있다는 주장을 논문 형식으로 전개한 작품이다. 이기호는 〈예술원에 드리는 보고-도래할 위협에 대한 선제적 대응방안(문학 분과를 중심으로)〉이라는 제목의 단편을 발표한 바 있다. 카프카의 단편 〈학술원에 드리는 보고〉를 본뜬 제목으로 대한민국예술원의 문제점을 지적하고 개선 방안을 제시했다. 박형서와 이기호의 단편은 둘 다 일반적인 소설 형식이 아니라 논문 또는 보고서의 형식을 취해 학술논문과 예술원이라는 기존 제도를 풍자하고 비판한다는 공통점을 지닌다. 소설에는 어울리지 않아 보이는 제목이 낯설게 하기의 충격 효과를 수반하면서 반어적 메시지를 강조한다.

《제목은 뭐로 하지?》의 저자가 처음 생각한 자신의 책 제목은 '무제'였다고 한다. 책들의 제목에 관한 책 제목으로는 나름대로 재치 있는 선택이었다고 할 수도 있겠지만, 당연하게도 편집자는 그 선택을 반기지 않았다. '무제'라는 제목은 그림이나 조각, 사진 같은 시각 및 조형예술 작품에 자주 붙고는 한다. 시 제목으로도 종종 쓰이는데, 고은 시인이 2013년에 낸 시집 《무제 시편》에는 책과 같은 제목 아래 일련번호만 붙인 시 539편이 실리기도 했다. 셰익스피어의 소네트에는 제목이 없고 일련번호로 작품들을 구분한다. 영미와 유럽의 지난 시절 시 중에는 따로 제목이 없어서 첫 행을 제목으로 삼는 경우도 많았다. 중국의 한시 중에도 제목이 없거나 '무제'라는 제목 아닌 제목을 지닌 작품들이 수다하다. 제목 짓기의 어려움 때문일 수도 있겠고, 제목이 오히려 작품의 풍요로운 울림을 제한할지 모른다는 판단일 수도 있겠다. 제목을 먼저 정하고 글을 쓰는 경우도 있지만 글을 다 쓴 뒤에야 제목을 궁리하는 경우도 많다. 어쨌든 글이나 책에는 제목이 달려야 하는 법. 개성 있고 매력적인 제목을 찾고자 분투하는 작가와 편집자 들에게 격려와 응원의 박수를 보낸다.

문장

독자를 사로잡는
첫 문장의 비밀

어떤 소설들은 강렬한 첫 문장으로 오래도록 기억된다.

"'박제가 되어버린 천재'를 아시오? 나는 유쾌하오. 이런 때 연애까지가 유쾌하오."

"사람이 비밀이 없다는 것은 재산 없는 것처럼 가난하고 허전한 일이다."

이상의 두 단편 〈날개〉와 〈실화〉의 첫 문장들은 소설의 주제와 성격을 인상적으로 제시한다. 이런 첫 문장을 만나는 순간, 독자는 소설 속 상황과 인물에게 속절없이 빨려 들어갈 수밖에 다른 도리가 없다. 이상은 독자의 주의를 단박에 사로잡는 요령을 아는 작가였다.

〈날개〉와 〈실화〉의 서두가 매력적인 잠언투 문장으로 궁금증을 유발한다면, 〈봉별기〉의 도입부는 바야흐로 펼쳐질 사건의 시발을 요약 서술해 독자의 관심을 붙잡는다.

"스물세 살이오—삼월이오—각혈이다. 여섯 달 잘 기른 수염을 하루 면도칼로 다듬어 코밑에다만 나비만큼 남겨가지고 약 한 제 지어 들고 B라는 신개지 한적한 온천으로 갔다. 게서 나는 죽어도 좋았다."

한 번 접하면 좀처럼 잊을 수 없는 첫 문장의 사례들은 이밖에도 허다하다.

"그에게서는 언제나 비누 냄새가 난다."

전후의 폐허와 남루를 채 벗어던지지 못한 1960년 1월, 《사상계》에 발표된 강신재의 단편 〈젊은 느티나무〉의 첫 문장이다. 육십여 년 전의 비누 냄새가 지금과는 다르다는 사실을 알기 위해서는 상상력을 발휘해야 한다. 탄흔과 포연이 곳곳에 남아 있고 총성과 비명의 여운이 여전히 생생한 터에 대뜸 '비누 냄새'를 앞세우는 감각이란 얼마나 낯설고 신선했을 것인가. 그것이 비록 사회 전체의 음울한 현실에서 동떨어진 '유한계급'의 사랑 놀이라 할지라도, 비누 냄새라는 후각 안에는 1960년대의 새로움과 역동성을 추동한 씨앗이 담겨 있었다.

"내 나이 열아홉 살, 그때 내가 가지고 싶었던 것은 타자기와 뭉크 화집과 카세트 라디오에 연결하여 레코드를 들을 수 있게 하는 턴테이블이었다. 단지, 그것들만이 열아홉 살 때 내가 이 세상으로부터 얻고자 원하는, 전부의 것이었다."

시집 《햄버거에 대한 명상》으로 시 문법에 일대 혁신을 가져온 장정일은 1990년대 벽두에 소설집 《아담이 눈뜰 때》를 내놓으며 소설가로 화려하게 변신한다. 이 책의 표제작인 중편소설의 도입부 역시 그의 시에 못지않게 새롭고 도발적인 목소리로 한 문제적 작가의 탄생을 알렸다. 좋은 의미에서든 나쁜 의미에서든 정치적·이념적 무게를 등에 지고 허덕이던 당대 문학에 장정일은 의도적 가벼움과 자폐적 개인주의로 돈키호테처럼 맞선 셈이었다. 인용한 도입부 문장은 소설 말미에서 고스란히 반복됨으로써 음악의 주제 선율처럼 독자의 기억에 오래도록 남게 되었다.

"버려진 섬마다 꽃이 피었다."

김훈의 대표작 《칼의 노래》 첫 문장은 주격조사를 '은'으로 할지 '이'로 할지를 놓고 작가가 고민했다는 일화로도 잘 알려져 있다. 같은 주격조사라고는 해도 '이'와 '은'은 사뭇 다르다. '이'가 객관적 사실의 건조한 진술이라면 '은'에는 서술자의 주관이 들어가 있다. 전쟁으로 주민들이 떠난 섬에 꽃이 피어 있다는 동일한 사실을 서술하는 것이지만, 주격조사 '은'이 들어가는 순간 그런 상황을 대하는 서술자의 안타까운 심정이 개입하게 된다. 《칼의 노래》는 전반적으로 담담하고 냉정한 서술을 통해 오로지 '바다의 사실'에 충실할 뿐인 이순신의 개성을 드러낸다는 서사 전략을 지닌 작품이기 때문에, 첫 문장의 주격조사를 '은'이 아닌 '이'로 택한 것은 절묘한 결정이었다.

"공문空門의 안뜰에 있는 것도 아니고 그렇다고 바깥뜰에 있는 것도 아니어서"로 시작해 "우계에는 안개비나 조금 오다 그친다는 남녘 유리羹里로도 모인다"로 끝나는 박상륭 소설 《죽음의 한 연구》 첫 문장은 원고지로 2매를 꼬박 채울 정도로 길고 복잡한 구조로도 유명하다. 일곱 개의 쉼표를 거쳐 마침내(!) 마침표를 찍을 때까지 산천경개를 유람하듯 구불구불 이어지는 이 문장이 "어떤 것들은"이라는 주어와 "모인다"라는 술어로 완벽하게 추려진다는 사실은 일찍이 평론가 김현이 감탄을 섞어 적시했던 바였다.

"국경의 긴 터널을 빠져나오자, 설국이었다. 밤의 밑바닥이 하얘졌다. 신호소에 기차가 멈췄다."

가와바타 야스나리 소설 《설국》의 첫 문장은 얼마나 많은 독자를 니가타현의 온천 마을로 이끌었던가!

"롤리타, 내 삶의 빛, 내 몸의 불이여. 나의 죄, 나의 영혼이여. 롤-리-타. 혀끝이 입천장을 따라 세 걸음 걷다가 세 걸음째에 앞니를 가볍게 건드린다. 롤. 리. 타."

블라디미르 나보코프의 소설 《롤리타》 첫 문장은 강렬한 열정과 음악적 감각으로 독자를 얼마나 설레게 했던가.

"그래, 그러니까 사람들은 살기 위해 이곳으로 오는데, 내 보기에는 오히려 여기서 죽어가는 것 같다."

라이너 마리아 릴케의 소설 《말테의 수기》 첫 문장은 현대 도시의 삶에 깃든 고독과 불행이라는 본질을 얼마나 섬뜩하게 포착했던가.

"맑고 쌀쌀한 4월의 어느 날, 괘종시계가 13시를 알렸다."

"어느 날 아침 불안한 꿈들에서 깨어난 그레고르 잠자는 자신이 거대한 해충으로 변해 침대에 누워 있는 것을 알게 되었다."

조지 오웰의 소설 《1984》와 카프카의 단편 〈변신〉의 첫 문장은 현실에 있을 법하지 않은 상황 설정으로 아연 긴장과 충격을 제시한다. 괘종시계의 종소리가 '12'라는 암묵적 한계를 넘어 13을 알릴 때, 독자는 무언가 자신이 알고 있는 현실과는 다른 세계가 펼쳐질 거라 예상하며 마음을 졸인다. 잠자는 사이에 돌연 벌레로 변해버린 자신을 발견한 인간의 놀라움은 얼마나 클까. 벌레로 변한 그를 가족들은 어떻게 대할까. 과연 그는 다시 인간의 모습으로 돌아올 수 있을까. 이런 소설은 첫 문장만으로 많은 이야기를 전해준다. 과장하자면 첫 문장에 이어지는 나머지 문장들은 그에 대한 부연 설명이라고 할 수도 있을 정도다. 영화나 애니메이션으로 잘 알려진 제임스 매튜 배리의 소설 《피터 팬》도 그런 계보에 속한다. "아이들은 모두 자란다. 한 아이만 빼고."

"오늘, 엄마가 죽었다. 아니 어쩌면 어제, 모르겠다."

알베르 카뮈의 문제적 소설 《이방인》의 첫 문장은 심각한 사실을 무심하게 내뱉는 어조로써 주인공의 성격과 작품의 주제를 효과적으로 알려준다.

"상당한 재산을 지닌 독신 남자에게 아내가 필요하리라는 것은 보편적으로 인정되는 진리다." (제인 오스틴, 《오만과 편견》)

"행복한 가정은 모두 비슷하지만, 불행한 가정은 제각각으로 불행하다." (레프 톨스토이, 《안나 카레니나》)

이 두 소설의 첫 문장은, 비록 시대적 한계와 편견에서 자유롭지 않을지언정, 세속적 진리를 담은 일종의 금언으로 널리 회자된다. 이밖에도 기억할 만한 첫 문장들의 사례는 무수히 많지만 개인적으로 가장 좋아하는 것은 찰스 디킨스의 시적인 대비가 인상적인 소설 《두 도시 이야기》의 도입부다.

"최고의 시간이었고, 최악의 시간이었다. 지혜의 시대였고, 어리석음의 시대였다. 믿음의 세기였고, 불신의 세기였다. 빛의 계절이었고, 어둠의 계절이었다. 희망의 봄이었고, 절망의 겨울이었다. 우리 앞에 모든 것이 있었고, 우리 앞에 아무것도 없었다. 우리 모두 천국으로 가고 있었고, 우리 모두 반대 방향으로 가고 있었다."

이 소설의 배경은 물론 프랑스혁명 무렵이라는 역사상의

특정한 시간대이지만, 그 시대의 양면성을 포착한 디킨스의 문장은 2020년대 현재를 포함해 거의 모든 시간대에 두루 해당하는 진실을 지니고 있는 게 아닐까 싶다.

"날개야 다시 돋아라. / 날자. 날자. 날자. 한 번만 더 날자꾸나. / 한 번만 더 날아보자꾸나."

"투쟁은 끝났다. 그는 자신과의 싸움에서 승리했다. 그는 빅브라더를 사랑했다."

이상의 〈날개〉 끝 문장은 첫 문장만큼이나 강렬한 인상을 독자에게 남긴다. 오웰 소설 《1984》의 마지막 문장은 그 첫 문장에 못지않게 충격적이고 불길하다. 첫 문장만큼은 아닐지 몰라도 어떤 소설들의 마지막 문장은 책을 덮고 난 뒤에도 진한 여운으로 오래도록 기억에 남아 있곤 한다.

"안도감과 함께, 치욕감과 함께, 두려움과 함께 그는 자신 또한 자신의 아들처럼 다른 사람에 의해 꿈꾸어진 하나의 환영이라는 것을 깨달았다."

호르헤 루이스 보르헤스의 단편 〈원형의 폐허들〉은 오웰의 《1984》와 비슷하게 세계관의 우울한 전복을 확인시키는 문장으로 끝을 맺는다.

"그래서 우리는 앞으로 앞으로 나아가는 것이다, 흐름을 거스르는 배처럼, 끊임없이 과거로 되밀리면서도."

피츠제럴드의 소설 《위대한 개츠비》의 결말은 개츠비의 이른 죽음을 애도하는 가운데, 부질없는 것을 추구하는 행위의 숭고함과 그런 숭고함을 짓밟고 파괴하며 전진할 수밖에 없는 세속 도시의 잔인한 슬픔을 시적인 문장에 담아 전한다.

"'꼭 내일이 아니라도 좋다.' 그는 혼자서 다짐했다." (황석영, 〈객지〉)

"내일은 내일의 태양이 뜰 테니까." (마거릿 미첼, 《바람과 함께 사라지다》)

두 소설의 마지막 장면에서 '내일'이라는 미래의 시간대는 희망의 약속으로 이어진다. 〈객지〉의 주인공인 파업 노동자 동혁은 좌절한 거사의 재개를 '열린 내일'이라는 막연한 미래에 의탁한다. 미첼의 소설에서도 주인공 스칼릿이 내뱉는 혼잣말은 쓰라린 낙관과 체념 섞인 의지를 절묘하게 드러낸다. 스칼릿의 독백 원문은 "After all, tomorrow is another day"로, 직역하면 "어쨌든 내일은 또 다른 날이니까" 정도가 될 것이다. 이 말 자체도 미국에서는 일상 회화에서 관용적으로 쓰일 정도로 사랑받고 있다지만, 한국 독자에게는 역시 "내일은 내일의 태양이 뜰 테니까"라는 의역이 한결 친숙하고 작품의 주제도 더 잘 전달하는 느낌이다. 헤밍웨이의 소설 제목 《해는 또다시 떠오른다The Sun Also Rises》를 떠오르게도 하는 이 번역문은 작고한 영문학자 장왕록의 고안으로 알려져 있는데, 창조적 의역의 대표적 사례라 하겠다.

지금까지 첫 문장 또는 마지막 문장이 인상적인 소설들을 살펴보았다. 그런데 어떤 작품들의 경우에는 첫 문장이 곧 마지막 문장이 되기도 한다. 도입부 문장을 말미에서 되풀이하는 장정일 소설 《아담이 눈뜰 때》 같은 사례들 이야기가 아니다. 여기서 말하려는 것은 작품 전체가 한 문장으로 이루어진 '한 문장 소설'이다. 박태원의 단편 〈방란장 주인〉은 200자 원고지로 40매가량 되는 분량인데 전체가 한 문장으로 되어 있다. 게다가 작품 마무리도 마침표가 아닌 쉼표로 처리해서 여운을 남겼다. 모더니스트다운 실험 정신을 보여주는 사례라 하겠다. 외국에는 이와는 비교도 할 수 없이 긴 한 문장 소설이 여럿 있다. 가장 최근의 사례로 유명해진 작품은 2019년 부커상 최종 후보에 오른 루시 엘먼의 소설 《오리들, 뉴버리포트 Ducks, Newburyport》를 들 수 있다. 그해의 공동 수상작인 마거릿 애트우드의 《증언들》과 버나딘 에바리스토의 《소녀, 여자, 다른 사람들》, 그리고 살만 루슈디의 《키샷Quichotte》 등과 함께 부커상을 놓고 다툰 《오리들, 뉴버리포트》는 무려 천 페이지가 넘는 분량(제임스 조이스의 대작 《율리시스》의 두 배에 가까운 분량)이 달랑 한 문장으로 이루어졌다. 미국 오하이오주에 사는 중년 여성의 독백 형식으로 된 이 소설은 의식의 흐름 기법을 사용했다는 점에서 《율리시스》에 견주어지기도 하는데, 루시 엘먼이 권위 있는 조이스 학자이자 조이스 전기 작가로도 유명한 리처드 엘먼의 딸이라는 사실이 흥미를 더한다.

같은 한 문장 소설이라도 그야말로 짤막한 한 문장으로 된 것도 있다. "팝니다: 아기용 신발, 한 번도 안 신었어요For sale: baby shoes, never worn." 헤밍웨이가 쓴 것으로 알려졌지만 조사 결과 사실이 아닌 것으로 드러났고, 결국 최초의 저자는 확인되지 않았다. 번역으로는 원문의 함축성과 충격 효과가 제대로 살지 않지만, 영어 원문은 딱 떨어지는 한 문장 안에 반전과 비극성을 담고 있다. 번역에서도 억지로 한 문장으로 맞추자면 '한 번도 안 신은 아기용 신발 팝니다' 정도가 될 텐데 역시 원문의 뉘앙스와는 거리가 있다. 산문적으로 한껏 늘어지는 바람에 시적 압축미를 놓치며, 아기에게 주려고 신발을 사놓았다가 아기가 일찍 죽는 바람에 신기지 못했다는 비극을 효과적으로 전달하지 못하는 것이다.

한국 단편소설의 완성자로 일컬어지는 상허 이태준은 고전적 문장 작법서 《문장강화》에서 "문장은 문학의 출발이요 완성"이라고 말한 바 있다. 첫 문장과 끝 문장에 문학의 정수가 담겨 있다는 뜻으로, 그 말을 비틀어서 이해해보려 한다. 누군들 이렇듯 강렬하고 인상적인 문장을 쓰고 싶지 않겠는가. 세상에는 문장 안내서도 차고 넘친다. 그 책들의 조언이 두루 쓸모가 있겠지만, 여기에서는 영국 작가 제이디 스미스의 말을 참고삼아 소개하고자 한다. 스미스는 자신이 첫 문장을 쓰는 것으로 소설을 시작하고 마지막 문장으로 소설을 끝낸다고 어느 에세이에서 쓴 바 있다. 하나 마나 한 소리, 허무 개그라는 원성이 들려오는 듯하다. 소설에 대한 장악력과 자신감, 과단성이 필요하다는 뜻으로 저 말을 새기고자 한다. 어떤 소설을 어떻게 쓸지 판단이 서고 준비가 끝나면 과감하게 첫 문장을 적으라는 것, 그리고 쓰고자 하는 소설을 다 썼다면 역시 미련 없이 마지막 문장을 적고 마침표를 찍으라는 것이 제이디 스미스의 조언 아니겠는가. 또한, 그것을 어찌 굳이 소설에만 국한하겠는가. 기사와 편지, 발표문을 비롯해 모든 종류의 글에 두루 해당하는 금언이 아닐지. 시작이 반이다. 첫 문장에서 시작하자.

생활

작가는 무엇으로 사는가

"얘야, 네가 뭔지 모를 그런 작업을 돈 받아가면서 한다니, 너는 억세게 운이 좋구나. 남들은 일해야만 먹고사는데 말이다!"

문학이 무엇인지 정확히 모르는 어머니가, 오랜만에 귀향한 작가 아들에게 감탄을 섞어 말한다. 미국 작가 토머스 울프의 자전적 에세이 《무명작가의 첫 책》에 나오는 일화다. 이 어머니의 생각에 작가들이 하는 일, 그러니까 글쓰기는 '일'의 축에 들지 못한다. 그런 어머니에게 울프는 글쓰기 역시 노동이라고 입이 닳도록 말씀드리고, "작가는 단연코 노동자"라고 거듭 강조하지만, 어머니가 생각을 바꾸었을 것 같지는 않다.

"작가가 좋아. 방에 틀어박혀 착실하게 일할 수 있고, 남들 앞에 나가지 않으니 주위에서 신비한 일을 한다고 착각해줄지도 몰라. 힘도 들지 않아. 땡볕에 땀 흘릴 일도 없어. 찬바람을 맞을 일도 없어, 만원 전철에 타지 않아도 되지. (……) 베스트셀러를 쓰면 큰 부자가 될 수 있다는 꿈도 꿀 수 있고, 선생님이라 불리면 기분 좋을 것 같아. 그렇지?"

일본 작가 아리스가와 아리스의 소설집 《작가 소설》에 실린 단편 〈기코쓰 선생〉에서 소설가인 기코쓰 선생이 자신을 찾아온 문학 지망 고교생에게 하는 말이다. 선생의 말은 세상 물정을 모르는 어린 학생이 문학에 대해 품고 있을 환상을 깨뜨리고자 반어적으로 들려주는 설명이지만, 실제로 작가의 삶에 관해 이런 식의 환상을 품은 이가 적지 않을 것이다. 울프 어머니의 생각과 기코쓰 선생의 설명에서 공통된 것은 무엇일까. 몸과 힘을 쓰는 육체노동이든 직장에서 눈치를 보고 스트레스를 받아가며 하는 사무 노동이든 일반적으로 노동으로 간주되는 것과 작가가 하는 일은 다르다는 것, 작가가 하는 일이란 한마디로 '일 같지 않은 일'이라는 인식이 그것일 테다.

그런데 과연 그러한가. 작가의 일이란 누구의 지시나 압박도 받지 않고, 영감이 떠오르는 대로 글을 받아 적기만 하면 되는 '신선놀음'인가.

그런 생각은 반은 맞고 반은 틀렸다고 해야 할 것이다. 작가가 하는 일이란 다른 일에 비해 상대적으로 독립적이고 주체적인 성격을 지니는 게 사실이지만, 그렇다고 해서 그 일이 수월하고 우아하며 노동강도가 약한 것은 결코 아니다. 작가의 일, 그러니까 글쓰기가 여느 노동과 다르지 않은 고강도의 노동이라는 사실은 울프를 비롯해 숱한 작가들이 공통적으로 확인하는 바다.

한국 작가 23명의 합동 산문집 《소설엔 마진이 얼마나 남을까》에 실린 글 〈나는 더 이상 소설을 기다리지 않는다〉에서 소설가 박민정도 사람들에게 글쓰기가 노동으로 인정받지 못하는 것과 관련해 비슷한 고민을 토로한다. 이 글에서 그는 평소 규칙적인 생활을 하지 못했던 자신이 글쓰기 역시 노동이라는 사실을 부모님에게 증명하느라 애를 먹었다고 밝힌다.

"아침에 일어나서 하루 종일 노동하고 세끼 밥을 챙겨 먹고 너무 늦지 않게 잠자리에 드는 일생을 살아온 부모에게는 아무 때나 잠들고 아무 때나 일어나는 내가, 누가 보는 데서 책을 읽거나 글을 쓰지 못하는 내가 노동하는 사람으로 보이지 않았을 것이다. 무엇보다 그 행위들을 통해 적은 임금이라도 벌지 못했다." 그러나 그는 어쨌든 소설을 쓰는 것으로 생계를 꾸려왔다. "소설은 결국 나를 먹고살게 했고 더 나은 미래를 도모할 수 있게 만들었다. 그러므로 소설은 내게 노동이었다."

미국 작가 제임스 미치너의 《소설》에 등장하는 소설가 루카스 요더의 생각도 울프나 박민정의 말과 통한다.

"어떤 때는 글 쓰는 일이 마치 무슨 지고한 영감에 의해서 이루어지는 행위라고 생각하는 사람이 있으면 사람 웃기지 말라고 말해주고 싶은 심정이 들기도 했다. 정말 글쓰기란 고된 노동인 것이다."

영감의 도움을 받아 글이 술술 풀리는 순간이 없지 않지만, 그보다는 잡히지 않는 영감을 잡고자 갖은 몸부림을 다하는 것이 글쓰기의 일반적인 형태임은 이 책에 실린 '마감' 꼭지에서도 확인할 수 있을 것이다. 게다가 글쓰기 이외에 '생활인'으로서 다른 역할을 수행해야 하는 경우에 작가들의 고초는 배가된다. 역시 《소설엔 마진이 얼마나 남을까》에 실린 〈시작되지 않은 이야기, 끝나지 않은 사랑〉이라는 글에서 함정임은 현대의 소설가는 생활인이라 육아와 직장 생활을 수행하면서 창작을 병행해야 한다며, 그 때문에 틈새 시간을 쪼개고 모아 소설 쓰기에 집중해야 한다고 설명한다. 같은 책에 글을 쓴 김이설과 오한기 역시 함정임과 비슷한 경험을 들려준다.

글쓰기가 예술작품의 창작을 위한 고투일 뿐만 아니라 밥벌이로서의 성격 역시 아울러 지닌다는 사실은 사정을 더욱 복잡하게 만든다. 이 글 앞머리에서 언급한 《무명작가의 첫 책》에서 다시 한 대목을 인용한다.

"내가 끊임없이 써왔다면 그것은 먹고살아야 했기 때문이다. 나는 나 자신을 부양해야 했다. 그런가 하면, 나는 또한 진실로 말할 수 있다. 내가 기억하는 한 그 어떤 단어, 어떤 문장, 어떤 문단도 오로지 돈만을 목적으로 쓴 적은 없었다고."

울프는 글쓰기와 문학에 관한 자신의 염결성廉潔性을 방증하고자 자신이 할리우드에서 온 제안을 거부한 일화를 소개하기도 한다. 동시대 유명 작가였던 스콧 피츠제럴드가 할리우드의 시나리오 작가로 상업적 성공을 누렸던 사실과 대비되는 모습이라 하겠다. 그런가 하면 우리의 시인 김수영은 울프와는 사뭇 다른 고백을 하고 있어 눈길을 끈다. 〈마리서사〉라는 산문의 한 대목이다.

"지난 일 년 동안만 하더라도 나의 산문 행위는 모두가 원고료를 벌기 위한 매문·매명 행위였다. 그리고 지금 이 순간에 하고 있는 것도 그것이다. 진정한 '나'의 생활로부터는 점점 거리가 멀어지고, 나의 머리는 출판사와 잡지사에서 받을 원고료의 금액에서 헤어날 사이가 없다."

울프가 순결한 작가인 반면 김수영은 돈이나 밝히는 속물적인 글쟁이인 것일까. 설마 그렇게 단순하게 사태를 이해하는 독자는 없을 것으로 믿는다. 우리네 삶의 많은 것들이 그러하듯, 창작으로서의 글쓰기와 생계유지를 위한 글쓰기의 경계는 사실 그렇게 분명한 것이 아니다. 국경을 이루는 강물처럼 양자는 뚜렷한 경계선 없이 유연하게 넘나든다는 것이 더 진실에 가까울 것이다. 앞서 인용한 김수영의 산문 〈마리서사〉만 하더라도 그 글은 쓰인 지 반세기가 훌쩍 넘은 지금까지도 예술과 삶의 관계에 관해 통찰과 가르침을 주는 바가 적지 않다. 독자로서 우리는 오히려 김수영으로 하여금 이런 글을 쓰지 않을수 없도록 한 '매문·매명' 상황에 감사해야 하지 않겠는가.

문학과 문인들이 일반적으로 가난과 친숙하다는 사실은 잘 알려져 있다. 물론 '직업으로서의 문학'이 상대적으로 유망하다는 주장이 없지는 않다. 《작가의 수지》라는 책을 쓴 작가 모리 히로시가 대표적이다. 이 책에서 그는 자신이 데뷔 19년 차인 2015년 현재 90권가량의 소설을 포함해 278권의 책을 냈고 총 판매부수 1400만 부에 15억 엔의 수익을 올렸노라고 밝힌다. 이런 수치에 못지않게 중요한 것은 그가 소설가라는 직업을 "의외로 장래성이 있는 분야"라고 소개하는 대목이다. "인건비가 들지 않아 불황에 강하다는 점, 자본과 설비가 필요 없다는 점, 그리고 비교적 단시간에 제품을 만들 수 있다는 등의 유리한 조건"을 드는 데에서 짐작하듯, 그는 철저하게 사업의 측면에서 글쓰기와 문학에 접근한다. 문학을 '사업'으로 대하는 태도는 영국 작가 조지 기싱의 소설 《뉴 그럽 스트리트》의 주인공 재스퍼 밀베인을 떠오르게도 한다. 이런 태도가 잘못됐다고 지적할 수는 없겠지만, 이들이 생각하는 문학이 문학의 전형과는 거리가 있음은 분명해 보인다. 작가들이 오로지 사업과 생계만을 위해 글을 쓰는 것은 아니기 때문이다.

오히려 사업과 생계의 측면을 등한시하거나 그에 무지하고 무능하다 보니 작가들은 대체로 가난의 굴레에서 벗어나지 못한다. 더 나아가, 가난을 문학의 필연적인 동반자로 보는 시각도 있다. 동양의 문학 이론에 나오는 '시궁이후공詩窮而後工'이라는 말이 대표적이다. '시는 가난해진 뒤에 더 좋아진다'는 뜻으로, 중국 송대의 시인 구양수가 처음 이런 주장을 한 것으로 알려졌다. 물론 이에 대한 반론도 없지 않아, 점필재 김종직 같은 이는 "넉넉한 도량과 높은 천성"을 지닌 "공후와 귀인들 중에 문장을 잘하는 사람이 어찌 적겠는가?"라며 맞서기도 했다.

'좋은 글을 쓰기 위해 작가는 가난해야 한다'는 주장은 아무래도 가혹하다. 자칫 문학 지망생들의 의욕을 꺾을 수도 있겠다. 그렇지만 작가들이 일반적으로 가난하다는 것은 부인하기 어려운 사실이다. 《뉴 그럽 스트리트》나 '명동 백작' 이봉구의 에세이에 등장하는 문인들이 대체로 가난에 허덕이는 것은 객관적인 사태의 반영이라고 보아야 한다. 발자크나 도스토옙스키 같은 작가들이 사업 실패와 도박으로 인한 빚을 갚느라 초인적인 생산력을 발휘해가며 글을 썼다는 일화는 작품 창작에 가난이 기여하는 몫이 분명히 있다는 방증으로도 보인다.

작가들의 수입원은 사실 뻔하다면 뻔하다. 시나 소설 또는

'잡문'이라 불리는 산문을 발표해서 받는 원고료, 그 글들을 책으로 묶어 낼 때 받는 인세, 간헐적이고 예측할 수 없는 문학상 상금과 창작 지원금, 도서관이나 학교 등에서 주관하는 초청 강연의 사례비, 신춘문예나 문학상의 심사를 해서 받는 심사료 등이 대종을 이룬다. 이 가운데 강연은 독자들과 만나 자신의 작품을 알리는 기회가 되는 데다 일정한 보수도 챙길 수 있기 때문에 작가들의 생계에 적잖은 도움을 준다. 그런데 최근 몇 년 사이에는 코로나19 때문에 작가들의 강연이 거의 끊기다시피 했다. 그렇잖아도 궁색한 작가들의 처지가 더욱 오그라들게 된 것이다. 다행히 코로나의 기세가 한풀 꺾이면서 작가들의 강연도 코로나 이전에 가깝게 회복되고 있는 듯하다. 작가들의 궁벽한 살림에도 조금은 온기가 더해지리라.

그곳이 어디든
작가가 있는 곳이면

글을 쓰기 위해서는 무엇이 필요할까. 과거라면, 펜과 종이가 그에 대한 답이 되었으리라. 지금은 펜과 종이의 자리에 노트북 컴퓨터가 들어설 테고, 노트북 컴퓨터가 없는 경우에는 휴대전화 메모장이 원고지와 필기도구 역할을 대신할 수도 있을 것이다. 실제로 휴대전화 메모 방식으로 쓴 원고를 책으로 내는 사례들이 심심찮게 있다. 펜과 종이든 노트북 컴퓨터든 휴대전화 메모장이든, 확실한 것은 글을 쓰기 위해 그리 많은 재료나 도구가 필요하지는 않다는 사실이다. 이 점은 미술이나 음악, 연극 등 다른 예술 장르들과 비교하면 분명하다. 속된

말로 '원가'가 가장 싸게 먹히는 예술 분야가 글쓰기, 곧 문학이라는 데에 별 이견은 없을 것이다. 그림 그리기를 좋아했으나 물감 살 돈이 없어서 미술을 포기하고 문학 쪽으로 방향을 틀었다는 문인들의 회고도 제법 있으니.

집필 아이디어를 머릿속에 지닌 이라면 언제 어디서나 원고를 쓸 수 있다! 시간과 장소에 구애받지 않고 자유자재로 작업할 수 있다는 것이 문학 장르의 장점임에는 틀림이 없지만, 현실이 반드시 그렇지만도 않다. 작가들은 대체로 작업 환경에 민감해, 글을 쓰기 위한 최적의 시간과 공간을 찾아 헤매고는 한다. 글을 쓰기 위한 공간, 그러니까 작업실의 유무와 그 형편 여하가 때로는 글쓰기에 사활적인 중요성을 지니기도 한다.

"글을 쓰는 데는, 누구나 알다시피, 타자기나 여의치 않을 경우 연필 한 자루와 종이 몇 장에 책상과 의자가 있으면 그만이다. 이것들은 내 침실 한 귀퉁이에 죄다 있다. 그런데도 지금 나는 언감생심 작업실까지 욕심내고 있다."

앨리스 먼로의 소설집 《행복한 그림자의 춤》에 실린 단편 〈작업실〉에서 주인공인 '나'는 남편에게 작업실이 필요하다고 말해놓고도 그런 자신의 주장이 지닌 타당성에 일말의 의구심을 품는다. 글을 쓰기에 부족함이 없는 집이 있는데, 굳이 다른 작업실이 필요한가 하는 의문이다. "쾌적하고 널찍하고 바다가 훤히 보이니 전망도 좋고 맞춤한 식당과 침실과 욕실에다

친구들과 담소를 즐길 공간도 있다. 게다가 정원까지 있으니 공간이 없어서 작업을 못 하는 게 아니지 않은가."

먼로의 단편이, 아직 노트북 컴퓨터가 나오기 전 타자기와 종이 시절의 이야기이기 때문이라고 넘겨짚지는 말 일이다. 문제는 집필 도구나 공간의 유무에 있지 않기 때문이다. 주인공이 생각하기에 집은 남자가 일하는 곳이지만, 여자에게는 집이 지니는 의미가 남자와는 다르다. 여자와 집의 관계는 너무도 밀접한 나머지 "여자는 곧 집"이라고 할 수 있을 정도다. "떼려야 뗄 수가 없다." 짐작하자면, 생활의 공간으로서의 집과 자기만의 글을 쓰기 위한 공간으로서의 작업실이 따로 있어야 한다는 생각이겠다.

이 인물의 고민은 사실 새삼스러운 것이 아니다. 버지니아 울프의 저 유명한 산문 《자기만의 방》이 바로 그런 고민을 담은 것 아니겠는가. '여성과 픽션'이라는 주제로 행한 강연 원고를 다듬은 이 글은 여성과 문학의 관계를 폭넓고 깊이 있게 다루는데, "여성에게 자기만의 방과 일 년에 500파운드의 수입을 주라"는 대목에 핵심 메시지가 담겨 있다. 여성이 글을 쓰자면 경제적 자립과 아무런 방해를 받지 않고 글쓰기에 집중할 수 있는 독립적 공간이 필요하다는 것이다. 《자기만의 방》에서 울프는 제인 오스틴에 관한 그 조카의 회고록 한 대목을 인용하는데, 지난 시절 여성 작가들이 놓였던 열악한 환경을 알게 한다.

"그녀가 어떻게 이 모든 걸 이룰 수 있었는지 놀라울 따름이다. 왜냐하면 그녀에게는 따로 서재가 없어서 원고 대부분을 일반적인 거실에서 썼을 테고 따라서 온갖 일상사의 방해에 노출될 수밖에 없었을 것이기 때문이다. 그녀는 하인들이나 방문객들을 비롯해, 가족 구성원에 속하지 않는 그 누구에게도 자신이 하는 일을 들키지 않으려 신경을 썼다."

'자기만의 방'을 지니지 못한 채, 그 자신이 집의 일부인 상태로 악전고투하다시피 글을 쓴 것이 제인 오스틴처럼 19세기 여성 작가만의 일은 아니다. 글쓰기를 향한 갈증을 누른 채 아이들을 다 키운 뒤 마흔 나이에 늦깎이 작가로 출발한 박완서를 비롯해 현대의 많은 여성 작가들 역시 생활과 글쓰기 사이에서 힘겨운 줄타기를 해야 했다. 여성 작가들보다 사정이 낫다고는 해도 남성들 역시 작업 공간의 문제에서 자유롭지 않음을 무라카미 하루키의 등단 무렵 이야기에서 알 수 있다. 산문집 《직업으로서의 소설가》에 소개된바, 그가 처음 쓴 소설 《바람의 노래를 들어라》와 《1973년의 핀볼》은 좁은 아파트 주방 식탁 앞에서 아내가 잠든 한밤중에 쓴 것들이었다. 하루키는 이 두 작품을 두고 '키친 테이블 소설'이라는 이름을 붙였는데, 김연수의 산문집 《청춘의 문장들》에도 '키친 테이블 픽션'이라는 말이 나온다. 전문 작가가 아니라 일반인의 처지에서 쓴 소설이라는 뜻이다. 그렇다면 반드시 부엌 식탁에서 쓴 것이 아니라도, 작가로서 인정을 받기 전에 쓰는 소설이란 모두가 '키친 테이블 소설'이라 할 수 있겠다. 스티븐 킹이 《유혹하는 글쓰기》에서 소개하기를, 그의 첫 소설 《캐리》와 두 번째 소설 《살렘스 롯》은 "대형 트레일러의 세탁실에서 무릎 위에 어린이용 책상을 올려놓고 내 아내의 휴대용 올리베타 타자기를 두드려 써낸 것들"이었다. 이 경우에는 트레일러 세탁실에서 쓴 작품이 키친 테이블 소설이 되는 셈이다.

그런데 《직업으로서의 소설가》에 따르면, 전업 작가가 된 뒤의 하루키에게는, 특히 장편소설을 쓰기 위해서는 자유롭게 사용할 수 있는 널찍한 공간이 필요해졌다. 게다가 언제부터인가 장편소설은 외국에서 쓰는 경우가 잦아졌는데, 일본에 있으면 아무래도 이런저런 잡무가 생기거나 불필요한 잡음이 발생하기 때문이라고. 긴 글을 쓰기 위해서는 집중할 수 있는 공간과 여건이 필요하다는 것이다. 《파리 리뷰》의 인터뷰집 《작가라서》에서도 이런 하루키의 생각과 비슷한 답변을 만날 수 있다.

"어느 도시에 살건 매번 호텔에 방을 하나 잡아요. 호텔 방을 몇 달씩 빌려 아침 6시에 집을 나서 6시 반부터는 일을 시작하려고 애씁니다. (……) 방에 들어가면 제가 믿는 모든 것이 멈추는 기분이 듭니다. 무엇도 저를 붙잡지 못해요." (마이아 앤

47

절로)

"저에게는 집 바깥에 일할 장소가 있다는 게 중요합니다. 그래서 늘 사무실을 마련합니다. 출근부에 도장을 찍듯이 일을 하러 나섭니다." (리처드 프라이스)

그런데 모든 작가가 이런 생각에 동의하는 것은 아니다. 미국의 시인 겸 소설가 찰스 부코스키의 시 한 편을 읽어보자.

"가족이니 일이니 / 항상 방해물이 / 있었어. / 하지만 지금은 / 집을 팔아버리고 / 이 큰 원룸을 구했지, 보다시피 / 공간과 빛이 있는 방이야. / 내 평생 처음 창작할 공간과 시간이 / 생긴 거야.' // 아니야, 이 양반아. / 창작 의지만 있다면 / 창작은 / 하루 열여섯 시간 탄광 일을 해도 / 애 셋을 데리고 / 단칸방에서 / 정부 보조금으로 / 살아도 / (······) / 할 수 있다네. // 여보게, 공기와 빛과 시간과 공간은 / 창작과 아무 관련이 없고 / 아무것도 만들어내지 않아." (〈공기와 빛과 시간과 공간〉 부분)

우리의 작가 이문구가 부코스키의 주장에 격하게 공감을 표한다. 그의 산문집 《외람된 희망》에 실린 〈집필괴벽〉이라는 글의 한 대목이다.

"글은 으레 밝은 대낮에만 쓴다. 근무처의 사무실이나 다방 또는 친구네 서재 등 장소를 가리지 않는다. 잘 것 자고 마실 것 다 마셔가며 남과 이야기하면서도 쓰고 전화를 받아가면서도 쓴다."

평론가 김병익의 증언이 이문구의 이런 주장을 뒷받침한다. 이문구 장편소설 《장한몽》에 쓴 김병익의 해설에 따르면 이 작품을 쓰던 1970년에서 1971년 사이, 이문구는 스스로 일컬은바 문단 정치의 '선거꾼'으로 부지런하게 뛰어다니고 있었다. 당시 그는 《월간문학》 편집장으로 여러 필자를 만나야 했는데, 그 와중에도 다방 한구석에 붙박여 앉아 수십 잔의 커피를 마셔가며 낮 동안에 무려 원고지 100장 분량의 글을 쓰고는 했다.

젊은 작가 정용준의 산문집 《소설 만세》에는 〈고속버스와 기차와 지하철에서 읽고 쓰기〉라는 꼭지가 있다. 생계를 위해 여기저기 대학 시간강사로 뛰어다니던 시절, 읽고 쓰기 위한 절대 시간이 부족하게 되자 길 위에서 보내는 시간을 활용했던 경험을 담은 이야기다.

"고속버스에서의 세 시간 반, 기차에서의 세 시간, 지하철에서 한 시간(자리를 잡는다는 전제하에). 그 시간을 이용하는 수밖에 없었다. 버스에서 소설을 읽거나 초고를 썼다. 기차에서는 인쇄한 원고를 읽으며 퇴고를 했다. 지하철에서는 단편이나 시집을 읽기에 좋다. 집중이 안 되면 영화를 봤다. 처음엔 어지럽고 속이 울렁거리고 두통이 생기고 눈이 감겼지만 한 학기 두 학기 일 년 이 년 반복하다 보니 익숙해졌다. 잘 써졌고 잘 읽혔다. 나중에는 카페나 조용한 책상에 앉아 있을 때보다 읽기와 쓰기가 잘 되는 지경에 이르렀다."

가히 초인적인 집중력과 생산성이라 하겠는데 이런 것은 어디까지나 특수한 사례, 모든 사람에게 강요하거나 기대할 수는 없는 경지라 하겠다. 당연한 일이지만, 창작에 필요한 집중력을 위해서는 어느 정도의 고립과 단절이 불가피하다. 작가들에 따라 정도의 차이는 있을지언정, 글을 쓰는 순간만큼은 온전히 혼자일 수밖에 없다. 《작가라서》에 소개된 조르주 심농의 인터뷰를 보자.

"소설을 쓰는 동안에는 누구도 만나지 않고 누구와도 말하지 않고 전화도 받지 않습니다. 그저 수도사처럼 지내지요. 온종일 저는 등장인물 중 하나가 됩니다. 그가 느끼는 대로 느낍니다. 닷새나 엿새가 지나면 견딜 수 없을 지경이 돼요. 제가 쓰는 소설들이 그토록 짧은 이유 중 하나가 바로 이겁니다. 열하루가 지나면 일을 할 수가 없어요. (……) 이런 까닭에 소설을 시작하기 전에, 대개는 소설을 시작하기 며칠 전에 앞으로 열하루 동안 약속이 전혀 없는지를 확인합니다."

물론 심농과 정반대되는 견해도 있다. 같은 책에 실린 네이딘 고디머의 말이다.

"일상과 꾸준히 접촉해야 해요. 고독한 글쓰기도 매우 섬뜩합니다. 하루 동안 자취를 감추고 연락을 두절하는 건, 가끔 광기에 가깝게 보입니다. 세탁소에 옷을 맡기거나 진딧물이 끓는 식물에 약을 뿌리는 것 같은 일상적인 행동은 매우 온당하고 훌륭한 일입니다. 이를테면 그런 행동은 우리를 되살리고 세상을 되살립니다."

작가의 글쓰기 스타일 차이일 수도 있겠고, 문학과 세계의 관계를 보는 관점의 차이일 수도 있겠다. 어느 쪽이 옳거나 효율적이고 어느 쪽이 그르거나 비효율적인지 구분하는 것은 무의미한 노릇일 터. 사람마다 자기에게 맞는 방식을 택하는 것이 좋겠다.

집에 있는 서재든 집 바깥에 따로 마련한 방이든 작가가 글을 쓰는 주된 공간을 통칭해 작업실이라 하자. 그렇다면 작가들이 생각하는 좋은 작업실의 조건은 무엇일까. 가령 멋진 풍광을 거느린 쾌적한 공간이 좋은 작업실일까. 다시 말해서, 그런 곳에서라면 다른 곳에서보다 글쓰기의 능률이 오를까. 근사한 경치를 싫어할 사람은 없겠지만, 아름다운 풍경이 곧 좋은 작업실을 만들지는 않는 것 같다. 예컨대 앞서 소개한 네이딘 고디머는 전세계 작가들의 작업실 창밖 풍경을 소개한《작가의 창》이라는 책에도 참여하고 있는데, 여기에서 그는 이렇게 단언한다. "나는 작가에게 경치 좋은 방이 필요하다는 말을 믿지 않는다. (……) 작가에게는 풍경이 필요하지 않다." 같은 책에 참여한 다니엘 켈만 역시 작업실 창밖 풍경을 무시하려 창을 등지고 책상에 앉는다고 쓴다.《유혹하는 글쓰기》에서 스티븐 킹도 이 견해에 동조한다. "창문이 있는 경우, 바깥에 보이는 것이 담벼락이라면 몰라도, 그렇지 않다면 커튼이나 블라인드를 쳐라."

　작가 역시 여느 사람들과 마찬가지로 풍광 좋은 곳을 선호하며 그런 곳에 집을 마련하고 싶어 한다. 그런데 생활 공간으로서의 집의 입지와 작업 공간인 집필실에 관한 기준이 반드시 같지는 않다는 사실이 흥미롭다. 아니, 같기는커녕 완전히 상반된다고 해도 좋을 정도로 차이를 보인다.《걸작의 공간》은 미국 작가들이 살던 집과 그 집에서 생산된 작품의 관계를 사진을 곁들여 소개하는 책인데, 여기 소개된 너새니얼 호손과 마크 트웨인의 사례가 이와 관련해 참조할 만하다. 매사추세츠주 콩코드의 '올드 맨스'는 본래 초월주의로 잘 알려진 랠프 월도 에머슨의 집안 사람들이 대대로 살던 집(에머슨은 이 집에 사는 동안《자연론》초고를 완성함)을 임대한 것으로, 호손은 결혼 직후 삼 년간 살았던 이 집을 작은 에덴이라 부를 정도로 좋아했다. 특히 그가 은둔처라 부르며 가장 마음에 들어 했던 2층 서재에서는 창밖으로 콩코드 강이 보였지만, "호손은 집필용 책상을 전망이 보이지 않는 쪽으로 향하게 했다. 사실상 반대쪽 벽을 향해 벽난로 옆에 짜 넣었다." 코네티컷주 하트포드의 '마크 트웨인 하우스' 역시 트웨인 인생의 가장 행복했던 시절을 함께한 공간이었는데, 당구대를 갖춘 널찍한 서재에는 "창문 쪽이 아니라 책꽂이를 바라보는 집필용 탁자가 있었다. 그는 자기 앞의 벽에다 메모나 줄거리, 나중에 끼워 넣을 문단 등을 적은 종이를 핀으로 꽂아두었다."

근사한 풍광을 거느린 집과 서재임에도 막상 글을 쓰는 책상은 풍경을 내다볼 수 있는 창문 쪽이 아니라 책장이나 벽처럼 시야가 막힌 쪽으로 향하게 배치한 까닭은 무엇일까. 두말할 필요도 없이, 아름다운 경치가 시선과 관심을 빼앗아 오히려 글쓰기에 방해가 되는 것을 막기 위함이었을 것이다. 극단적인 사례일 수 있지만, 멀쩡한 아파트와 교수 연구실을 놔두고 창도 없는 허름한 고시원을 집필실로 이용한다는 소설가 김태용의 선택도 같은 맥락에서 이해할 수 있지 않을까 싶다.

작업실에 관한 작가들의 고민을 덜어주고자 고안된 제도가 '레지던시residency'다. 정해진 기간에 작가들에게 숙박과 식사를 제공하며 글쓰기에만 전념할 수 있도록 지원하는 시설을 가리키는데, 문학만이 아니라 다른 예술 분야에서도 활발하게 운영되고 있다. 낯선 공간에서 일상의 제약과 의무에서 놓여나 글쓰기에 집중할 수 있어서 작가들 사이에서 환영을 받고 있다. 대체로 동료 작가들이 같은 공간에 머물고 있어서 격려와 자극을 주고받을 수도 있다(격려와 자극을 취지로 시작한 술자리 모임이 지나치다 보면 술만 마시다가 끝나는 경우도 없지는 않다). 레지던시의 운영 주체는 문화 재단이나 지방자치단체 등인데, 국내만이 아니라 외국의 유사 기관과 제휴해서 외국 레지던시에 머물 수 있는 기회도 있다. 국내의 대표적인 작가 레지던시로는 토지문화관과 연희문학창작촌이 꼽히는데, 서울 명동 한복판의 서울프린스호텔이 제공하는 '소설가의 방'도 젊은 작가들 사이에 인기가 높다.

따로 작업실을 마련할 형편이 못 되고 레지던시에도 입주하지 못한 작가들이 작업실 대용으로 가장 많이 이용하는 것이 카페다. 카페에서 글을 쓰는 작가를 따로 거명하기 힘들 정도로 카페에서 글쓰기는 널리 퍼져 있는 문화라 할 법하다. 작업실로서 카페의 장점이라면 적당한 소음과 익명성을 들 수 있겠다. 다만 너무 알려진 작가의 경우에는 카페를 작업실로 이용하는 데 어려움이 있을 수도 있다. 카페가 여의치 않을 경우 도서관을 작업실로 이용하는 경우도 있는데, 대표적인 작가가 강원도 평창의 소설가 김도연이다.

작업실은 다른 무엇보다 글을 쓰기 위한 공간이다. 작가마다 문학 세계와 문체가 다르듯 자신에게 딱 맞는 작업실이 따로 있을 수 있겠다. 그곳이 어디든 자신으로서 최선의 글을 쓸 수 있는 최적의 장소, 그곳이 곧 좋은 작업실일 것이다.

마감

작가의 호흡이자 숙명

다른 일들에 비할 때 작가는 상대적으로 고도의 자율성을 지닌 직업이다. 작가가 되는 것부터가 누군가의 강요나 어쩔 수 없는 떠밀림과는 거리가 멀다. 작가는 온전히 자신의 판단과 결정으로 작가가 된다. 자유와 독립이 글쓰기의 양보할 수 없는 핵심이 되는 까닭은 이런 배경 때문일 것이다. 다른 누군가가 작가에게 어떤 글을 쓰라고 강요하는 것은 불가능하다. 원칙적으로 작가는 자신이 쓰고 싶고 써야 하는 글을 쓸 뿐이다. 그러나 그렇다고 해서 작가가 쓰고 싶을 때 쓰고 쓰기 싫으면 쓰지 않아도 되는 것은 아니다. 세상에는 그런 행복한 작가도 없지 않겠지만, 대부분의 작가와는 무관한 얘기다. 작가 역시 쓰고 싶지 않아도 써야 할 때가 있다. 마감의 압박에 시달릴 때다.

마감은 작가의 호흡이자 숙명과도 같다. 마감의 압박을 가장 강하게 느끼는 경우는 물론 신문이나 잡지처럼 발행 일자가 정해진 매체에 일정한 분량의 원고를 때맞춰 넘겨야 할 때일 것이다. 요즘은 아예 사라지다시피 했지만 2000년대 초까지만 해도 거의 모든 신문이 연재소설을 실었고, 역사물 하나에 현대물 하나 식으로 두 편을 동시 연재하는 사례도 드물지 않았다. 신문 연재소설에는 매회 삽화도 들어갔기 때문에 작가는 신문 발행 시점만이 아니라 삽화가가 그림 작업을 할 시간도 감안해서 미리 원고를 마감해야 했다. 그 시간에 대서 원고를 마치지 못할 경우에는 해당 회차의 대략적인 내용을 알려주고 그에 맞추어 그림을 그리도록 하거나, 아예 구체적인 이야기나 장면과 무관하게 막연한 분위기를 담은 삽화를 그려서 넣기도 했다. 삽화 작업에 필요한 시간은커녕 신문 발행을 위한 최종 마감 시각까지도 원고가 들어오지 않는 경우도 제법 있었다. 그럴 경우 신문사는 그동안 연재된 내용을 간추려서 환기시키는 '줄거리 요약'으로 지면을 메꾸기도 했다. 심지어는 작가 대신 담당 기자가 한 회분을 대필했다는 믿거나 말거나 식의 이야기도 있다.

인터넷은 물론 팩시밀리도 등장하기 전, 원고지 시대의 담당 기자들은 연재소설 작가의 집에 가서 육필 원고를 받아 오는 일이 허다했다. 소설가 황석영이 전남 해남에 살면서 〈한국일보〉에 《장길산》을 연재하던 시절에는 우체국에서 신문사로 원고를 부치고는 했는데, 마감이 밭을 때에는 버스 터미널에 가서 서울행 버스 승객 가운데 적당한 사람을 골라 원고 '배달'을 부탁하기도 했다. 작가 김훈이 담당 기자였던 어느 날은 휴가 나왔다가 귀대하는 병사 편에 원고를 맡겼는데, 귀대 시간에 쫓긴 병사가 원고를 지닌 채 근무처인 육군본부로 들어가버리자 김훈 기자가 수소문 끝에 찾아가서 원고를 회수해오는 일도 있었다. 여전히 원고지에 손글씨로 작품을 쓰는 조정래가 〈한겨레〉에 대하소설 《아리랑》과 《한강》을 연재할 때에는 팩시밀리로 원고가 들어왔는데, 문학 담당 기자만이 아니라 문화부의 다른 기자들까지 동원돼서 원고를 입력하고는 했다.

이제 신문 연재는 거의 사라졌다지만 문예지나 온라인 장편 연재는 여전하다. 시나 중단편소설은 잡지에 먼저 발표하고 일정한 분량이 차면 단행본으로 묶는 것이 일반적이다. 작가들은 여전히 마감의 사이클에서 자유롭지 않은 것이다. 설사 잡지 연재나 발표를 거치지 않고 단행본으로 곧바로 출간하는 경우라 해도 출판사나 편집자에게 약속한 마감일은 있게 마련이고 그것은 당연히 작가에게 부담과 압박감을 준다. 글을 쓰고 책을 내는 거의 모든 과정에 마감의 입김이 작용한다고 보아야 한다.

글 쓰는 일이 직업이고 누구보다 그 일에 특화된 작가들이 마감 때문에 그토록 힘들어한다는 사실이 의아하게 여겨질지도 모르겠다. 작가들에게 글쓰기란 밥을 먹고 숨을 쉬는 것처럼 자연스러운 일이 아닌가? 그러나 사정은 그와는 전혀 딴판이다. 토마스 만의 단편 〈트리스탄〉에는 '그 누구보다 글쓰기를 힘들어하는 사람이 곧 작가'라는 언급이 나온다. 작가가 여느 사람보다 글을 잘 쓰는 편인 것은 사실이지만, 그 말이 곧 그가 글을 쉽게 쓴다는 뜻은 아니다. 작가의 글이 잘 쓴 것처럼 보이는 까닭은 그만큼 힘들게 썼기 때문일 수 있다. 장 폴 사르트르 역시 《문학이란 무엇인가》에 수록된 글 〈왜 쓰는가?〉(김봉구와 정명환이 각각 번역한 한국어판에서는 〈어째서 쓰는가〉와 〈무엇을 위한 글쓰기인가〉로 옮김)라는 글에서 비슷한 말을 한 적이 있다. 글쓰기란 독특한 방식으로 자유를 갈구하는 행위인데, 왜냐하면 일단 쓰기 시작하면 그로부터 놓여나기 위해 분투해야 하기 때문이라는 것.

"가끔 어떤 대목이 잘 풀리지 않으면, 그 자리에서 섰다가 앉았다가 마셨다가 피웠다가를 점점 더 자주 되풀이한다. 담배를 한 대 피우고 나서 오 분이나 십 분 가만히 원고를 노려보고, 그래도 안 되면 이번에는 차를 마시고 또 노려본다. 그래도 안 풀리면 소변보러 나갔다가 내친김에 정원까지 걸어 다닌 뒤 돌아와 또다시 원고에 매달린다. 꽤 심하게 막힐 때는 원고가 나를 뒤엎어버리는 느낌이라, 후유 한숨을 내쉬며 바닥에 드러누워 천장을 응시한 채 반 시간에서 한 시간을 허비한다."

'일본 유명 작가들의 마감 분투기'라는 부제를 단 책《작가의 마감》에 실린 다니자키 준이치로의 글 한 대목이다. 나쓰메 소세키, 아쿠타가와 류노스케, 다자이 오사무를 비롯하여 20세기 전반기 일본 문학 작가들이 마감에 관해 쓴 글들을 모아놓은 책이다. 마감이 임박했을 때 느끼는 압박감, 어떻게 해서든 마감에 맞춰 원고를 끝내고자 하는 몸부림, 마감이라는 굴레에 갇혀 허덕여야 하는 운명에 대한 저주, 그럼에도 어찌어찌 마감을 끝내고 난 뒤에 맛보는 홀가분한 만족감 그리고 다시 다음 작품에 착수하고 싶다는 신선한 의욕 등 마감을 둘러싼 다양한 풍경을 만날 수 있다. 다니자키 같은 탐미주의 소설 작가도 그렇게 글쓰기에 애를 먹었던가, 하고 묻지 말길 바란다. 글이 아름답고 정교할수록 작가의 고뇌와 몸부림 역시 자심했으리라고 짐작하는 것이 사실에 더 부합할 것이다. 글이란 써도 써도 좀처럼 익숙해지지 않고, 쓸 때마다 제로에서부터 다시 시작하는 것처럼 무기력하고 두렵게만 여겨지는 것이다. 대가와 신인이 같은 기준, 같은 출발점에서 신호에 맞추어 동시에 달려가는 것이 곧 글의 세계다. 평론가 이명원의 산문집 《마음이 소금밭인데 오랜만에 도서관에 갔다》의 한 대목에 그 점이 잘 그려져 있다.

"문인들은 '쓴다'는 행위 속에 갇힌 수인이다. 글이 쓰이지 않을 때, 그는 절망하며, 글을 쓰는 순간 그는 좌절한다. 글쓰기를 중단하는 순간 그는 무의미한 존재가 되며, 글쓰기를 시작하는 순간 그는 자신의 무능을 끊임없이 질책한다. 쓴다는 일을 고통스럽다고 표현하는 문인들이 많은데, 이는 결코 엄살이 아니다. 작품은 먼지처럼 '축적'되는 것이 아니라, 매 순간 새롭게 '탄생'하는 것이다."

글쓰기가 너무도 힘든 나머지 공원에서 잠자리를 잡으려고 쫓아다니는 아이들을 부러워하거나(호리 다쓰오), 잊었던 위경련이 다시 생기거나(사카구치 안고), 소설 따위 쓰고 싶지 않다며 애꿎은 아내에게 하소연을 하기도 한다(다야마 가타이). 모두 《작가의 마감》에 나오는 이야기들이다. 따로 작업실 없이 집에서 글을 쓰는 작가가 마감에 맞춰 글을 쓰는 동안 집안은 가히 비상 상태가 된다. 작가를 제한 나머지 모든 가족 구성원은 말은커녕 숨소리조차 최소화한 채 오로지 글쓰기를 방해하지 않도록 하는 데 전념해야 한다. 스티븐 킹 소설을 원작 삼은 영화 〈샤이닝〉에서 잭 니컬슨이 연기한 작가 주인공이 글에 집중한답시고 아내에게 히스테리를 부리는 장면은 다소 과장되어 있을지는 몰라도, 적잖은 작가들에게서 흔히 목격되는 모습일 것이다.

글쓰기와 마감이 이토록 고통스러운데도 작가들이 포기하지 않고 매달리는 것은 왜일까. 모종의 피학 취미 때문일까. 작가 김초엽은 2020년 〈한겨레21〉과 진행한 인터뷰에서 "마감이 닥쳐왔을 때 발휘되는 창의성"을 언급한 적이 있다. 실제로 똥줄이 타도록 마감에 쫓겼을 때 생각지도 못했던 문장이 떠오르며 글이 술술 풀렸다는 작가들의 경험담을 종종 듣게 된다. 마감은 창작의 촉매요, 뮤즈로 구실하기도 하는 것이다.

2022년 4월 이웃 나라 일본에 문을 연 '원고 집필 카페'는 바로 마감이 강제하는 창의력에 기댄 공간이다. 이 카페는 마감해야 할 원고가 있는 이들만이 이용할 수 있는데, 입장할 때 접수처에 그날 써야 할 원고 양과 마감 시각을 적어내야 한다. 글을 쓰고 있으면 카페 직원이 한 시간마다 찾아와서 원고 진행 상황을 점검하고, 손님이 사전에 선택한 강도에 따라 마감을 독려하거나 다그치거나 한다. 카페 이용 요금은 시간당 300엔(최초 삼십 분은 150엔)인데, 사전에 신고한 대로 원고를 끝내지 못하면 영업이 종료될 때까지 카페에서 나갈 수 없다.

일본 작가 아리스가와 아리스의 소설집 《작가 소설》에 실린 〈글 쓰는 기계〉라는 단편을 보자. 출판사 편집장이 신진 소설가를 출판사 지하의 수상쩍은 방으로 안내하는데, '글 쓰는 기계'라는 이름이 붙은 그 방에서 작가는 모든 편의를 제공받으며 오로지 글을 쓰기만 하면 된다. 이곳에서 작가는 책상을 떠나지 못하도록 수갑이 채워진 채 안락한 의자에 앉혀지며, 글이 진행되지 않으면 작가가 앉은 의자가 조금씩 뒤로 밀려나 결국에는 깜깜한 구덩이 아래로 떨어지게 되어 있다. 거꾸로, 글을 부지런히 쓰면 의자가 반대 방향으로 움직이기도 한다. 그야말로 쓰지 않으면 죽고, 써야만 살 수 있는 극한의 조건이다.

이런 장치가 현실에 있을 리는, 당연히, 만무하다. 그렇지만 비슷한 사례가 아예 없는 것은 아니다. 김승옥이 오랜 침묵을 깨고 발표해 제1회 이상문학상을 받은 중편 〈서울의 달빛 0장〉은 잡지 《문학사상》을 발행하던 평론가 이어령이 김승옥을 강제로 호텔에 투숙시키고 편집자들이 옆방에 머무르며 감시하며 완성시킨 것으로 알려졌다. 조정래는 《태백산맥》《아리랑》《한강》 등 대하소설 3부작을 완성하느라 두문불출하며 글쓰기에만 일로매진한 이십 년 세월을 '글 감옥'이라 표현하기도 했다.

"다 쓰고 나면 언제나 녹초가 된다. 쓰는 일만큼은 이제 당분간은 거절하자고 마음먹는다. 하지만 일주일쯤 아무것도 안 쓰고 있으면 적적해서 견딜 수 없다. 뭔가 쓰고 싶다. 그리하여 또 앞의 순서를 되풀이한다. 이래서는 죽을 때까지 천벌을 받을 성싶다."

《작가의 마감》에 실린 아쿠타가와의 고백이다. 너무나 힘들고 고통스러워서 학질을 떼는 심정으로 마감을 했음에도, 어느 정도 시간이 지나면 그 고통의 시간이 다시 그리워져서는 같은 과정을 되풀이한다는 것. 그런 점에서 작가에게 마감이란 마약과도 같은 것이 아닐지. 아쿠타가와는 비록 '천벌'이라고 표현했지만, 그것이 말로 형용하기 어려운 보상을 가리킨다는 사실을 그 누가 알아채지 못할쏘냐. 그래서, 그 덕분에, 글쓰기는, 문학은 끊이지 않고 쭉 이어진다는 해피엔딩인 셈인가.

아침에 쉼표 하나를 들어냈고,
오후에는 그것을 되살렸다

"오전 내내 시 교정지를 가지고 작업을 했지요. 그래서 쉼표 하나를 들어냈습니다. 오후에는 그걸 다시 살렸고요."

"한 시간 전부터 잘못 쓴 한 문장을 고치느라 진을 빼고 있다네. 그런데도 점심을 먹는 내내 그 문장이 다시 잘못된 것 같다는 후회가 밀려와 나를 괴롭히니 말이야."

두 인용문은 문인들의 퇴고 작업이 얼마나 섬세하면서도 까다로운지를 알려준다. 시와 쉼표에 관한 언급은 오스카 와일드의 말로 알려졌고, 문장에 관한 인용은 에밀 졸라 소설 《작품》 속 소설가 상도즈의 말이다. 두 인용문은 어쩐지 닮은 모양이어서 한쪽이 다른 한쪽을 모방한 게 아닌가 하는 의심이 든다. 불확실한 인용문의 출처를 탐사하는 한 웹사이트에 따르면 와일드의 이 말이 처음 등장한 것은 1884년 어느 미국 신문에 소개된 일화에서였다. 세잔을 모델로 삼은 졸라의 소설 《작품》이 처음 발표된 것은 1886년이니 졸라가 와일드의 일화를 접하고 소설에 써먹었을 가능성도 있어 보인다.

독자가 책으로 접하는 완미한 작품은 사실은 작가의 치열한 퇴고의 결과물이다. 잔잔한 호수 위를 평화롭게 유영하는 고니가 수면 아래에서는 끊임없이 발을 놀리는 이치와 비슷하달까. 제아무리 재능이 뛰어난 작가라도 처음부터 완벽에 가까운 작품을 내놓을 가능성은 희박하다. 천재의 일필휘지는 아름답지만 비현실적인 신화에 가깝다. 글쓰기는 다른 많은 일과 마찬가지로 피땀 흘리는 노동의 결과라 보아야 한다.

퇴고는 글쓰기의 마지막 단계다. 퇴고 과정을 끝으로 작품은 작가의 손을 떠나고, 그 뒤에는 편집과 출판 그리고 홍보와 판매 같은 부수적 절차가 이어진다. (편집 과정에서 퇴고가 이루어지는 사례도 드물지 않다. 상당수 작가가 편집자의 조언을 듣고 작품을 손보고는 한다. 유능하고 경험 많은 작가일수록 편집자의 견해를 존중하는 듯하다. 이 책의, 편집자를 다룬 꼭지를 참조하라.) 그러나 이런 일들은 어디까지나 작품 외적인 것이어서, 퇴고 이후에는 작품의 완성도를 높이기 위해 할 수 있는 일이 전혀 없다시피 하다. 따라서 작가로서는 작품에 관해 자신이 들일 수 있는 최선의 노력을 퇴고 과정에서 다 쏟아부어야 한다. 그런 만큼 작가들은 퇴고의 중요성을 충분히 인식하고 그 인식을 실천에 옮긴다.

시적인 미문으로 유명한 소설가 윤대녕은 초고를 일단 거칠게 써놓은 뒤에 시간을 들여 한 문장 한 문장 다듬는다고 말한 바 있다. 정유정은 시놉시스에 가까운 초고를 한달음에 쓰고, 그 뒤 몇 번에 걸쳐 새롭게 고쳐 쓰는 방식으로 작업한다. 오정희는 완성된 원고를 소리 내서 읽어보며 리듬감을 찾고, 문장이 입에 착착 달라붙지 않으면 리듬감이 느껴질 때까지 고쳐 쓰는 것으로 알려졌다. 윤대녕이나 정유정, 오정희만이 아니라 대부분의 작가가 비슷하게 퇴고에 많은 공력을 기울인다. 소설가 김탁환은 SNS에 올린 글에서 퇴고의 중요성을 이렇게 단적으로 표현했다. "새벽 퇴고 시작한다. 소설가는 고치는 사람이다."

이태준의 《문장강화》에서도 퇴고의 중요성은 강조된다.

"문장의 성질은 고칠수록 좋아지는 그것이다. 같은 글이면 두 번 고친 것보다는 세 번 고친 것이 더 나을 것이요, 열 번 고친 것보다는 열한 번 고친 것이 또 나을 것이다. 이것은 문장의 법칙이라 해도 상관없을 것이다."

퇴고의 효용에 관한 이태준의 신념은 거의 신앙과도 같아서, 산문집 《무서록》에 실린 〈명제 기타〉라는 글 중 퇴고를 다룬 대목에서는 이렇게까지 쓴다. "아마 조선 문단 전체로도 이 대로 삼 년이면 삼 년을 나가는 것보다는 지금의 작품만 가지고라도 삼 년 동안 퇴고를 해놓는다면 그냥 나간 삼 년보다 훨씬 수준 높은 문단이 될 것이라 믿는다." 삼 년 동안 새로운 작품을 쓰느니 기왕 발표된 작품을 다듬고 또 다듬는 것이 문학 전체의 수준을 높이는 데 더 도움이 될 것이라는 말이다.

이태준과 비슷한 퇴고에 관한 믿음은 외국 작가들에게서도 확인할 수 있다. 《파리 리뷰》의 작가 인터뷰집 《작가라서》의 한 장은 퇴고에 관한 작가들의 답변을 담고 있는데, 작가들 대부분이 퇴고를 적극적으로 한다고 답한다. 제임스 볼드윈은 퇴고 과정이 고통스러움에도 불구하고 많이 고쳐 쓴다고 답했다. 레이먼드 카버는 "첫 원고를 쓰기까지 그렇게 오랜 시간이 걸리지 않으며 대개는 한자리에서 다 쓰기도 하지만, 이야기를 다양한 형태로 만들어보는 데는 시간이 좀 걸린다"며 "이야기 하나당 원고를 20~30편 정도 써왔다"고 밝혔다. 포크너의 말은 이태준의 주장에 공명하는 듯하다. "제 생각에는 제가 만약 제 모든 작품을 다시 쓸 수 있다면 분명 더 잘 쓸 수 있을 거라고 확신합니다." 퇴고의 속성과 효용에 관한 가장 멋진 말은 줄리언 반스의 답에서 만날 수 있다.

"고쳐 쓸 때야말로 진정한 작업이 시작되지요. 초고가 주는 즐거움은 그 글이 어엿한 작품과 꽤 비슷하다고 작가를 속이는

데 있습니다. 그 후에 나오는 원고들이 주는 즐거움은 부분적으로는 초고에 속지 않았다는 사실을 깨닫는 데서 비롯되지요."

물론 모든 작가가 입을 모아 퇴고를 예찬하지는 않는다. 미국 시인 존 애시베리는 퇴고가 크게 필요하지 않도록 처음부터 완성도 높은 글을 쓰려 한다고 말한다. 그러나 애시베리의 경우는 역시 예외적이라 해야 할 것이다. 훨씬 더 많은 작가가 퇴고의 필요성과 중요성을 알려주는 발언과 일화를 남기고 있다. '초고란 뭐가 됐든 쓰레기'라는 금언은 어니스트 헤밍웨이의 말로 알려져 있다. 이 말의 출처는 1984년에 유작으로 출간된 아널드 새뮤얼슨의 회고록인데, 새뮤얼슨은 자신이 스물두 살이던 1934년 키웨스트로 헤밍웨이를 찾아가 열 달 동안 그의 낚시 조수로 일하면서 글쓰기에 관한 가르침을 받았다며 당시 헤밍웨이한테서 직접 들은 말로 이것을 소개하고 있다. 초고는 완성작과는 전혀 다른 물건이며, 초고가 최종 원고가 되기까지는 수많은 퇴고 과정을 거쳐야 한다는 뜻이겠다. 헤밍웨이는 실제로 《누구를 위하여 종은 울리나》의 경우 무려 47개의 서로 다른 결말을 시도해본 끝에 지금의 마무리로 낙착을 보았다. 《무기여 잘 있거라》와 《노인과 바다》를 비롯한 다른 작품들 역시 적게는 수십 번에서 많게는 200번까지 고친 것으로 알려졌다.

무라카미 하루키의 《직업으로서의 소설가》에도 퇴고에 관한 언급이 나온다. 하루키의 퇴고는 몇 차례에 걸쳐 이어지는데, 각각의 퇴고를 하기 전에 일주일에서 한 달 정도는 원고를 서랍에 넣어두고 그에 관해서는 가능한 한 생각하지 않는다는 고백이 주목된다. 초고 작성과 퇴고 사이에 이처럼 휴지기를 두는 방식은 실제로 많은 작가들이 실천하고 있다. 원고와 시간적 거리를 둠으로써 그에 관해 객관적 시선이 생기도록 하는 것이다(《파리 리뷰》 인터뷰집 《작가라서》에 등장한 트루먼 커포티 역시 일주일에서 한 달 또는 그보다 더 오랫동안 원고를 치워둔다고, 퇴고를 위한 휴지기를 소개한다). 하루키는 두 번째 퇴고 이후의 긴 휴식기를 가리켜 건축 현장 용어인 '양생'이라는 표현을 쓴다. 원고를 재워서 스스로 자리 잡도록 한다는 뜻일 텐데, 달리는 숙성이라 해도 좋겠다(실제로 스티븐 킹은 소설 작법서 《유혹하는 글쓰기》에서 적어도 여섯 주 정도의 '숙성'을 강조한다). 그런 다음에야 최종적인, 세밀하고 철저한 퇴고에 들어가는 게 하루키식 퇴고 방법이다. 퇴고에 관한 하루키의 신념은 이태준이나 포크너를 닮았다.

"여기서 내가 말하고 싶은 것은 어떤 문장이든 반드시 개량의 여지가 있다는 것입니다. 본인이 아무리 '잘썼다' '완벽하다'라고 생각해도 거기에는 좀 더 좋아질 가능성이 있습니다."

헤밍웨이나 하루키만 해도 퇴고의 '선수'들이라 할 만하지만, 이들조차도 범접하지 못할 퇴고의 대마왕이 있으니, 오노레 드 발자크가 그다. 스테판 츠바이크가 쓴 책 《츠바이크의

69

발자크 평전》은 발자크의 인간적 면모와 작가로서의 특성을 흥미진진하게 담았는데, 그 가운데 퇴고를 다룬 부분은 예술가 발자크의 치열한 장인 정신을 알게 한다. 발자크의 퇴고는 교정쇄 읽기에서 시작된다.

"그러나 교정쇄 읽기는 대부분의 다른 작가들처럼 창작 과정보다 더 쉬운, 수정이나 뒷손질을 하는 정도의 일이 아니었다. 그것은 완전히 고쳐 쓰고 새로 창작하는 작업이었다. (……) 발자크는 이미 인쇄된 교정쇄를 고치는 것이 아니라 인쇄된 형식을 일종의 도구로 이용하기 때문이다. (……) 무엇보다도 종이가 크고 길어야 했다. 전지全紙 전체에, 인쇄된 부분이 카드의 으뜸패처럼 한가운데 들어 있어야 하고, 그래서 왼편 오른편, 위와 아래에 네 배, 여덟 배의 공간이 수정을 위해 남겨져 있어야 했다."

이렇게 초고보다 너른 공간을 빼곡하게 채우며 수정된 원고를 써넣을 뿐만 아니라, 교정쇄의 몇 단락을 가위로 자르고 새로 쓴 원고용지를 풀로 붙이는 작업이 더해진다. 이렇게 너덜너덜해진 교정쇄가 신문사나 인쇄소로 보내지면 발자크 스타일에 매우 숙달된 식자공들이 새로운 교정쇄를 만들어 발자크에게 보내고, 발자크는 "처음과 똑같은 노여움에 사로잡혀 새로 인쇄된 텍스트에 달려"든다. 이런 작업이 대여섯 번에서 일곱 번까지 이어졌고, 적잖은 작품들은 열대여섯 번까지도 이런 퇴고 과정을 거쳤다. 여느 작가들과는 비교할 수도 없을 이런 퇴고 작업에는 당연히 추가 비용이 요구되었고 발자크는 그를 위해 원고료의 절반 또는 아예 전부를 날렸다. 끝이 없어 보이는 그의 퇴고에 지친 어떤 신문 발행인이 발자크의 마지막 교정 작업을 기다리지 않고 연재분을 게재하자 발자크는 그에게 절교를 선언하기도 했다. 발자크는 작가로 활동한 이십 년 동안 74편의 장편소설과 단편, 산문 등을 썼는데, 그가 실제로 쓴 원고는 인쇄된 분량의 일곱 배에서 열 배에 이르렀을 것으로 추산된다. 가히 무시무시한 생산력이요, 예술가 정신이라 해야 할 것이다. 퇴고에 관한 발자크의 신념과 자부심은 거의 사랑의 감정과 흡사해서, 그는 원고와 교정쇄들을 한데 모아 제본한 책자를 소수의 연인과 친구들에게 선물로 나눠주곤 했다.

앞서도 언급했다시피 퇴고는 글쓰기의 최종 단계여서, 퇴고가 끝나고 작품이 인쇄되어 나오면 그것으로 작가의 일은 마무리되는 게 보통이다. 물론 신문이나 잡지에 발표된 작품을 나중에 책으로 펴낼 때 작가가 또 한 번 크고 작은 손질을 하는 경우도 없지 않다. 그렇게 해서 원고가 책으로 묶여 나오면 이제는 정말 마지막이라고 해야 한다. 더 이상의 퇴고는 없는 것. 그런데 어떤 작가들은 이미 책으로 출간된 '완성본' 원고를 다시 고치기도 한다. 최인훈 소설 《광장》은 개작 과정과 그 의미가 연구 대상이 될 정도로 유명하다. 작가는 이 작품을 무려 열 번 정도 고친 것으로 알려졌는데, 거기에는 한자어를 순우리말로 바꾸는 것과 같은 약간의 손질에서부터 결말의 의미를 완전히 뒤집는 대폭 개작까지가 망라되어 있다. 조정래는 등단 50주년이던 2020년 대하소설 삼부작《태백산맥》《아리랑》《한강》 개정판을 내놓았다. 이 경우는 작품의 전체 얼개를 바꾸지는 않고 문장과 표현을 손보는 그야말로 '퇴고' 수준이었다. 그런데 어떤 개작의 경우는 작품의 주제를 거의 정반대로 바꿈으로써 독자를 혼란스럽게 만들고 논란을 일으키기도 한다. 황석영의 중편 〈객지〉와 김성동의 장편《만다라》가 그런 경우들이다.

황석영은 2000년에 창작과비평사(현 창비)에서 중단편전집을 내면서 특히 〈객지〉의 마지막 대목에 큰 변화를 주었다. 1971년에 처음 발표한 〈객지〉는 공사판 떠돌이 노동자들의 계급적 각성과 그 한계를 그리는데, 소설 결말은 파업을 주동했던 동혁이 동료들의 비겁과 배신을 지켜보면서 "꼭 내일이 아니라도 좋다"고 다짐하는 장면으로 처리되었다. 그런데 작가는 2000년판 전집에 다음 한 대목을 덧붙였다.

"바싹 마른 입술을 혀끝으로 적시고 나서 동혁은 다시 남포를 집어 입안으로 질러 넣었다. 그것을 입에 문 채로 잠시 발치께에 늘어져 있는 도화선을 내려다보았다. 그는 윗주머니에서 성냥을 꺼내어 떨리는 손을 참아가며 조심스레 불을 켰다. 심지 끝에 불이 붙었다. 작은 불똥을 올리며 선이 타들어오기 시작했다."

동혁이 다이너마이트를 입에 문 채 불을 붙이는 이 장면은 그가 자신의 생명을 던져 동료 노동자들의 투쟁을 촉발하겠다는 비장한 각오를 극적으로 보여준다. 그러나 이것으로 끝이 아니었다. 황석영은 2020년 중단편들을 문학동네에서 다시 펴내면서 〈객지〉를 단행본 한 권으로 독립시켜 내놓았는데, 2000년판에서 추가되었던 마지막 단락을 여기에서는 다시 삭제해서 최초 발표본으로 돌아갔다. 작가가 두 가지 버전의 결론을 놓고 고민을 거듭하고 있음을 짐작할 수 있는 사례라 하겠다.

김성동의 소설 《만다라》는 1978년에 중편으로 잡지에 처음 발표되었다가 이듬해 장편으로 출간한 작품이다. 이 소설은 젊은 승려 법운의 구도행과 방황을 다루는데, 마지막 장면에서 주인공 법운은 '피안'행 차표를 찢어버리고 사람들 속으로 힘껏 달려간다. 타락한 불가佛家를 버리고 속세로 돌아가겠다는 의지의 표현이었다. 그런데 2001년에 낸 개정판에서 이런 결말은 정반대로 바뀐다. 법운은 사람들 속이 아닌 정거장 쪽으로 힘껏 달려간다. 그리고 '피안'행 차표를 든 그의 귀에는 "입선入禪을 알리는 죽비소리가 들려오고 있었다." 작가는 결말을 이렇게 바꾼 것과 관련해 "젊은 수좌 법운이 공부도 모자라고 흥분된 상태에서 저자로 내려와서는 아니 되는 것이었다. 다시 내려올 힘을 얻기 위해서라도 산에 올라가 공부를 더 해야 했다"고 밝혔다. 결말의 이런 변화와 함께 작가는 법운의 종교적 회의를 촉발한 선배 승려 지산의 방황과 전쟁통에 비명에 간 법운의 부친 이야기를 크게 줄이는 대신, 지산의 단식 정진과 참선 과정을 밀도 있게 그렸다. 불교계와 사회에 대한 비판적 메시지보다는 구도에 초점을 맞춘 종교소설로 읽히도록 한 것이다. 《만다라》 결말과 작품 전체의 기조 변화에 대해서는 동의하는 독자에 못지않게 비판적인 독자들도 많을 텐데, 작가 자신은 "법운과 작가의 선택을 애정으로 이해해달라, 공부를 마친 법운이 저자로 내려올지 그냥 산에 머물러 있을지는 그다음에 고민할 문제"라고 설명한 바 있다.

개작의 사례는 시에서도 찾아볼 수 있는데, 특히 유명한 것이 고은 시인의 경우다. 고은 시인은 1993년에 시 전집 증보판을 내면서 초기 시들을 크게 손보았다. 시인 자신의 오랜 고민을 담은 개작이라 함부로 왈가왈부할 수는 없지만, 독자들 쪽에서는 개작한 결과보다 개작 이전의 '원본'이 더 낫다는 말도 없지 않았다. 1974년에 나온 시집 《문의 마을에 가서》에 실린 작품 〈삶〉이 대표적이다. "비록 우리가 가진 것이 없더라도 / 바람 한 점 없이 / 지는 나무 잎새를 바라볼 일이다"로 시작하는 이 12행짜리 시는 삶에 관한 관조적이며 초월적인 태도를 유려한 가락에 실어 노래한다. 그런데 1993년 개정증보판에서는 적잖은 변화가 눈에 띈다. 전체 분량이 15행으로 늘었고, 불교적 주제를 부연 설명하는 구절이 추가되면서 리듬감이 깨진 느낌이 든다. "비록 우리가 몇 가지 가진 것 없어도 / 바람 한 점 없이 / 지는 나무 잎새의 모습 바라볼 일이다"라는 도입부에서부터 그런 변화는 확연한데, 특히 마지막 부분의 변모가 두드러진다. 1974년 판본과 1993년 판본을 비교해서 읽어보자.

"젊은 아내여 / 여기서 사는 동안 / 우리가 무엇을 가지며 무엇을 안다고 하겠는가 / 다만 잎새가 지고 물이 왔다가 갈 따름이다."

"젊은 아내여 / 여기서 사는 동안 / 우리가 무엇을 다 가지겠는가. / 또 무엇을 생이지지生而知之로 안다 하겠는가. / 잎새 나서 지고 물도 차면 기우므로 / 우리도 그것들이 우리 따르듯 따라서 / 무정無情한 것 아닌 몸으로 살다 갈 일이다."

작품을 고치는 것이야 어디까지나 창작자 고유의 권한이라 하겠지만, 시집 《문의 마을에 가서》에 실렸던 〈삶〉을 사랑했던 독자들 상당수는 시인의 개작에 선뜻 동의하기 어려웠다. 시인 자신도 그런 분위기를 알고 있었다는 사실을 증보판 서문에서 확인할 수 있다. 시인은 개작에 대한 엇갈린 평가가 있음을 인정하면서 개작의 최종 운명에 관해 이렇게 유보적인 말을 남겼다. "앞으로 이 시 전집에 관한 한 두 가지 일이 남아 있다. 하나는 개작 이전으로 돌아갈 것인가, 한 번 더 개작할 것인가가 그것이다." 원상 복구냐 또 다른 개작이냐, 시인의 최종 선택이 어느 쪽일지 자못 궁금해지는 대목이다.

이태준과 포크너가 특히 강조했다시피, 퇴고는 대개의 경우에 긍정적이며 발전적인 결과로 이어진다. 그러니까, 고치자면 무진장 고칠 수도 있는 것이다. 창작자는 아니지만 번역가 정영목 역시 《씨네21》 김혜리 기자와의 인터뷰에서 자신이 번역한 모든 책을 고쳐 내고 싶다며 "저한테 한정 없이 잡고 있으라면 한 책을 갖고 끝도 없이 고칠걸요?"라고 반문한 바 있다. 그러나, 그렇다고 해서 작가가 하나의 작품을 마냥 붙들고 있을 수는 없는 노릇. 어느 정도 선에서 더 고치는 것을 포기하고 다음 작품을 쓰는 일로 넘어가야 하는 것이다. 따라서, 말의 엄밀한 의미에서 '완성된' 작품이란 있을 수 없다. 작가들이 독자들 앞에 내놓는 결과물은 불가피하게 포기와 체념을 수반한 타협의 산물일 수밖에 없다 하겠다.

PART

2

문학이 위기라는
아우성 속에서

다르게 읽기를 권함

피에르 바야르라는 프랑스의 문학비평가를 아시는지? 그의 책들은 십여 년 전에 여러 권이 국내에서도 번역 출간되었는데, 《읽지 않은 책에 대해 말하는 법》《여행하지 않은 곳에 대해 말하는 법》 같은 제목에서 보듯 한결같이 삐딱하고 독창적인 주제를 담고 있다. 어떤 책이나 여행지에 관해 그럴듯한 말을 하기 위해 반드시 그 책을 읽거나 해당 여행지를 다녀와야만 하는 것은 아니라는 주장이니, 얼핏 얄팍한 교양서로 오해할 수도 있겠다.

그러나 정신분석가이자 파리 제8대학교 문학 교수인 바야르의 세계가 생각만큼 간단한 것은 아니다. 《예상 표절》이라는 책에서 그는 후대의 작가가 자기보다 앞선 작가의 작품을 베낀다는 표절에 관한 고정관념을 과감하게 뒤집어, 선행 작가가 미래에 출현할 작가의 작품을 미리 표절할 수도 있다는 전복적인 주장을 내놓는다. 아마도 보통의 독자들에게 가장 친근하고 솔깃하게 다가올 그의 생각들은 이른바 '추리비평 삼부작'으로 일컬어지는 《햄릿을 수사한다》《누가 로저 애크로이드를 죽였는가》《셜록 홈즈가 틀렸다》에서 만날 수 있다.

'추리비평'이란 추리소설의 범죄 해결 과정과 결론을 문제 삼고 원작과는 다른 범인을 추리하는 비평을 말한다. 앞서 언급한 삼부작은 각각 윌리엄 셰익스피어와 애거서 크리스티, 아서 코난 도일이 자신의 작품 속 살인 사건 범인을 잘못 지목했다고 비판하며 바야르 자신이 혐의를 두는 '진범'을 제시한다. 이 가운데 《셜록 홈즈가 틀렸다》는 도일의 소설 《바스커빌 가의 개》를 대상으로 삼는데, 바야르는 이 작품만이 아니라 탐정 셜록 홈스가 등장하는 도일의 다른 여러 작품 역시 그릇된 추리와 엉뚱한 수사의 사례를 숱하게 보인다고 주장한다. 그에 따르면 홈스가 주인공으로 등장해서 멋지게 사건을 해결하는 여러 소설에서 과학적이지 않거나 그릇된 수사법을 동원한 사례들이 수없이 많다.

《바스커빌가의 개》는 황량한 시골 저택의 주인이 주검으로 발견된 사건을 홈스가 해결하는 과정을 담은 소설이다. 특히 작가 도일이 단편 〈마지막 사건〉에서 홈스를 죽는 것으로 처리했다가 독자들의 압력에 굴복해 그를 다시 등장시킨 첫 작품이기도 하다. 흥미롭게도 바야르는 자신의 작중인물인 홈스를 향한 도일의 복합적인 감정이 소설의 플롯에까지 영향을 미쳤다고 본다. 심지어는, 홈스나 도일 자신의 의도와는 무관하게, 이 작품에서는 홈스가 살인의 공범이기도 하다는 것이 바야르의 파격적인 주장이다. 홈스가 그릇된 추리를 통해 엉뚱한 범인을 지목함으로써 "한 세기도 넘게 텍스트 속에 은둔해 있는, 문학 역사상 가장 악마적인 살인자 가운데 한 사람을 감춰주고 있"다는 것. 그 진범의 정체를 스릴 넘치게 추리하는 과정이 곧 《셜록 홈즈가 틀렸다》인데, 그런 점에서는 이 책 자체를 또 하나의 추리소설로 읽을 수도 있겠다.

　《햄릿》의 핵심을 이루는 사건 역시 바야르의 추리비평을 거치게 되면 전혀 다른 면모로 바뀌게 된다. 햄릿의 부친인 선왕을 그 동생인 클로디어스가 살해하고 형수인 거트루드와 결혼한 데 대해 선왕과 거트루드의 아들인 햄릿이 복수를 한다는 것이 우리가 아는 《햄릿》의 얼개인데, 바야르는 사건의 성격을 완전히 뒤바꾼다. 그 결과는 독자가 책에서 직접 확인하는 것이 좋겠거니와, 우리의 논의와 관련해서 한층 관심을 끄는 것은 세계 문학사상 가장 유명한 작품 가운데 하나일 이 희곡의 기본 전제에 대해 다채로운 해석이 존재해왔다는 사실이다. 주인공인 햄릿을 동성애자로 파악하는 견해에서부터 그가 사실은 남자가 아니라 여자라든가, 클로디어스가 형의 귀에 부어 넣어 결국 형을 죽게 만들었다는 독이 실제 독극물이 아니라 말로 된 독("형수님은 형님의 아내가 아니라 제 아내이고, 햄릿 역시 형님의 아들이 아니라 제 아들입니다")이었다는 가설이 대표적이다.

그런 가정은 물론 셰익스피어가 의도한 것은 아니었고, 이 꼭지의 논점이 바로 그와 관련된다. 그러니까, 독자는 반드시 작가가 의도한 대로만 작품을 읽어야 하는가 하는 의문이 그 것이다. (바야르는 《셜록 홈즈가 틀렸다》에서 텍스트의 진술을 고스란히 반복하는 데 머무는 독창성 없는 독서를 비판하는데, 추리비평을 비롯한 그의 일련의 삐딱한 해석은 독창적이며 비판적인 독서에 대한 그의 신념을 실천한 결과라 하겠다.)

작품에 관한 최종 권위가 그 작품의 창작자인 작가로부터 나온다는 생각은 독자들이 지닌 미신에 불과하다. 작가 자신의 의도와 다른 작품 해석이 가능할 뿐만 아니라 바람직하기도 하다는 것은 바야르 이전에도 유구하게 전개되어온 주장이다. 이른바 '의도의 오류'를 앞세워, 창작자가 의도한 의미와 작품에 실제로 구현된 의미를 구분하려 한 미국의 신비평 이론이 대표적이다. 야우스와 이저 같은 독일 문학 이론가들이 발전시킨 수용미학은 고정된 의미를 지닌 '작품' 대신 의미 산출을 위한 매개체로서 '텍스트'라는 개념을 선호했다. 프랑스의 문학비평가 롤랑 바르트는 아예 〈저자의 죽음〉이라는 글에서 작가를 작품을 낳은 아버지로 보는 낡은 관념을 파기하고, 저자를 한갓 필사자의 위치로 끌어내리며, 의미의 최종 구현자로서 새로운 독자의 탄생을 주창한다.

바르트가 생각하는 독자의 주체적·능동적 역할과 관련해 특히 주목할 만한 개념이 '읽히는 텍스트texte lisible'와 '쓰이는 텍스트texte scriptible'라는 것이다. 의미가 고정되어 있어서 독자의 참여와 개입을 차단하는 텍스트가 '읽히는 텍스트'고, 유동적이며 끊임없이 새로운 의미를 생성하는 살아 있는 텍스트가 '쓰이는 텍스트'다. 새로운 독자는 저자가 텍스트에 부여해놓은 의미에 갇히지 말고 그 자신이 또 다른 저자가 되어 텍스트를 다시 써야 한다는 것이다.

이상의 논의를 염두에 두고 가령 서포 김만중의 소설《구운몽》을 새로 쓴다면 어떠할까. 이 작품은 성실한 불제자였던 성진이 세속의 쾌락과 부귀영화를 탐한 죄로 선계에서 쫓겨나 현세의 시골 선비 양소유로 환생한 뒤, 온갖 영예와 즐거움을 만끽한 끝에 그것이 모두 하룻밤 꿈이었음을 깨닫는 액자 구조로 되어 있다.《삼국유사》중 〈조신의 꿈〉 이야기를 그 원형으로 볼 수 있는데, 현세의 부귀영화란 덧없는 것일 뿐이라는 불교의 공空 사상을 담은 작품이라 하겠다. 그러나《구운몽》을 실제로 읽어보면 작품의 9할 남짓은 양소유의 현세 이야기가 차지하고 있고, 성진의 꿈이라는 진짜(?) 이야기는 나머지 1할 정도에 그칠 뿐임을 알 수 있다. 그렇다면 구도자 성진의 꿈 이야기라는 액자가 아니라 양소유의 화려한 생애를 예찬하는 쾌락주의가 이 소설의 핵심이라는 본말전도 식의 독법이 가능하지 않겠는가. 같은 맥락에서 〈허생전〉을 허생이 아닌 허생 처의 입장에서(이남희, 〈허생의 처〉), 흥부전을 흥부가 아닌 놀부의 입장에서(최인훈, 〈놀부뎐〉) 다시 쓰는 것 역시 얼마든지 가능한 것이다. 식민 개척자가 아닌 피식민지 주민의 세계관으로 《로빈슨 크루소》를 다시 쓴 미셸 트루니에의 소설 《방드르디, 태평양의 끝》 역시 다시 쓰기라는 적극적, 능동적 독서의 사례로 볼 수 있을 것이다.

  '저항적 독서resistant reading'라는 딱딱한 말은 바로 그런 의미에서의 주체적이며 비판적인 독서를 가리키는 표현이다. 저자의 의도를 비롯해 특정 텍스트에 대한 기존의 지배적인 해석에 반기를 들고 새롭고 전복적인 해석을 제출하는 독법으로, '버텨 읽기'라는 우리말 표현으로 대체되기도 한다. '저항적'이라는 말에서 짐작되듯 이런 독서 방식은 페미니즘과 탈식민주의를 비롯한 대안적 비평에서 즐겨 동원된다. 기왕의 작품 해석에 깃든 남성중심주의나 백인 우월주의에 맞서 성 및 인종 평등주의적 관점에서 작품을 달리 보도록 하는 것이다. 텍스트가 감추거나 누락시킨 의미를 캐내는 '징후적 독법' 또는 텍스트가 표층적 의미를 스스로 배반한다는 사실을 밝혀내는 '해체적 독법'이 비슷한 개념이다.

이런 독법을 전문 비평가들만의 몫으로 치부할 필요는 없다. 또한 이런 독법이 반드시 문학작품의 해석에만 소용이 닿는 것도 아니다. 신문 기사를 읽을 때도 기사가 표면적으로 알려주는 것과 다른 내막과 맥락을 주체적·비판적으로 읽어내는 독법은 얼마든지 가능하다. 이른바 행간을 읽는 지혜라는 것이 바로 그런 것 아니겠는가. 영상 소비의 수동성에 대비해서 독서의 능동적 성격을 강조하는 견해를 생각해보라. 그런 능동적·적극적 독서의 진수가 바로 저항적 독서라 할 수 있는 것이다.

"시는 쓰는 사람의 것이 아니라 읽는 사람의 것이에요!"

영화 〈일 포스티노〉의 원작인 안토니오 스카르메타의 소설 《네루다의 우편배달부》에서 우편배달부 마리오는 대시인 네루다에게 이렇게 말한다. 순박한 시골 청년 마리오의 이 말은 곧 바야르와 바르트 같은 고급 문학 이론가들의 주장을 자신만의 소박한 언어로 바꾸어 표현한 게 아니겠는가. 작품을 창작한 것은 물론 작가이지만, 그렇다고 해서 작가에게 작품에 관한 전권이 있는 것은 아니며 독서의 주도권은 어디까지나 작가가 아닌 독자에게 있다는 사실을 마리오는 잘 알고 있는 것이다. 물론 그렇다고 해서 아무렇게나 읽어도 된다는 뜻은 아닐 것이다. 독자의 주체적 독법에는 나름의 근거와 설명이 따라야 한다. 그리고 이런 독법은 작품을 더 풍요롭게 이해하고 그런 이해 위에서 세상을 더 살 만한 곳으로 만드는 행위가 되어야 한다. 2011년 4월 한국을 방문한 피에르 바야르는 〈한겨레〉와의 인터뷰에서 그런 독법을 가리켜 '개입주의 비평'이라고 표현했다. "독자가 텍스트 앞에서 수동적이고 무기력하게 있지 않고, 작품에 개입해서 변형을 가하고 그 결과 더욱 공정한 세상에 적합하게 만드는 비평"이 그가 말하는 개입주의 비평이다. 그러곤 이렇게 부연했다. "문학작품을 비롯한 텍스트 주위에는 수많은 잠재적 텍스트, 또는 유령 텍스트가 있다. 기존의 텍스트를 불완전하고 유동적인 실체라고 가정하고, 그 안에 감추어진 잠재적 텍스트를 적극적으로 드러내려는 것이 개입주의 비평이다." 저항적 독서, 버텨 읽기, 개입주의 비평…… 그것을 어떤 말로 표현하든, 독자 역시 안온하고 무기력한 텍스트 소비자의 위치에서 벗어나 주체적이며 생산적인 독서를 해야 한다는 당위만큼은 분명하다 하겠다.

문단

순혈주의 또는
'그림자 문화'

"항상 내 소설을 가지고 문단의 바깥으로 나가야 한다고 생각했다. 문학상 수상이 작가를 문단 안에 묶어놓는 결과가 되지 않기를 바란다."

장편소설 《남한산성》이 제15회 대산문학상 수상작으로 결정되어 열린 기자간담회에서 김훈은 이렇게 말했다. 2007년 11월이었다. 그는 평소에도 '작가는 문단 밖으로 나가야 한다'는 지론을 기회 있을 때마다 밝히곤 했다. 도대체 '문단'이란 게 무엇이관데 김훈은 이토록 문단으로부터 거리를 두고자 한 것일까.

문단이란 문학 창작 및 유통과 관련된 이들의 느슨한 집합체를 가리킨다. '문학계'라는 말과 비슷하다. 영어로는 'literary circle' 정도로 번역할 수 있겠다. 시나 소설 등을 창작하는 이들과 그 작품을 평가하는 평론가, 문학 단행본과 문학 전문지를 내는 출판사 발행인과 편집자, 신문과 잡지의 문학 담당 기자 등이 그 구성원이다. '문단'의 하위 범주로는 '시단' '작단' '평단' 등이 있다.

김훈은 오랫동안 신문기자로 일했고 특히 문학 담당 기자로서 뚜렷한 족적을 남겼다. 그가 신춘문예나 잡지 신인상 같은 별도의 등단 과정을 거치지 않고 곧바로 문예지에 소설을 연재할 수 있었던 데는 문학 기자로서 확보한 명성과 평판이 큰 몫을 했을 것이다. 소설가가 된 뒤에도 그의 행로는 순탄했다. 빼어난 문학 기자였던 김훈은 일급의 작가로 성공적으로 변신했다. 김훈은 기자로서나 작가로서나 문단의 핵심에서 벗어나지 않은 처지였다. 그런 그가 '문단 밖으로!'라는 구호를 외친 것은 무엇 때문일까.

문단을 다룬 책 가운데 선구적이며 고전적인 가치를 지니는 것으로 김병익의 《한국문단사》를 꼽을 수 있다. 이 책의 1973년 초판 서문에서 김병익은 '문단사'를 '문학사'로 오해해서는 안 된다고 강조한다. 문학사에 오를 만한 작가와 작품이 곧 문단사에서 언급될 만큼의 '사건적인 성격'을 지니는 것은 아니고, 오히려 문단의 사건과 소문에서 벗어나 조용히 자신의 글을 쓰는 작가에게서 문학사에 길이 남을 작품이 생산되는 경우가 더 많다는 것이다. 김병익은 '사건적인 성격'이라는 표현을 썼지만, 이 글의 맥락에서는 그것을 '당대 문단의 평가'로 비틀어서 이해해보고자 한다. 김훈이 경계한 문단의 폐해가 그것과 관련되거니와, 문단의 폐쇄적이고 자족적인 성격 그리고 순혈주의와 자기복제의 함정을 김훈은 겨냥했던 것으로 보인다.

신춘문예나 잡지 신인상은 물론 다수의 '권위 있는' 문학상 역시 단편소설을 중심으로 짜인 한국 문단 구조에서 장편소설로 작가로서 출발을 알렸고 그 뒤로도 단편보다는 장편에 주력하는 김훈의 존재는 이질적이라 할 수 있다. 같은 기자간담회 자리에서 시 부문 수상자인 남진우는 김훈과는 상반되는 취지로 수상 소감을 밝혀 눈길을 끌었다. "내 시는 결코 대중적인 시는 아니지만, 한국 시단에서 내가 맡아야 할 일정한 역할이 있다고 생각하며 앞으로 그 길로 계속 나아가겠다"는 것이 그의 말이었는데, 이런 태도는 소설과 시의 장르적 차이 때문이기도 하겠지만 유력 문예지의 편집위원이자 대학 문예창작과 교수로서 남진우가 당시 문단의 핵심 중 핵심이었다는 사실과 무관하지 않아 보인다.

반면 오랫동안 영화 쪽 일을 하다가 장편 《고래》로 등단했으며 등단 뒤에도 주로 장편을 써온 천명관의 태도는 역시 김훈과 비슷하다. 2015년 문예지《악스트》가 마련한 소설가 정용준과의 대담에서 그는 작가들이 시종 '선생님들의 시선'에서 자유롭지 않다고 말한다.

"책상 앞에서 글을 쓰는 동안 선생님들의 엄한 눈이 등 뒤에서 늘 자신을 지켜보고 있는 거다. 출발부터 그렇다. 대학을 다니며 교수들의 지도 편달과 평가를 받는다. 그리고 등단을 할 때 심사위원 선생님들의 심사, 청탁을 받을 때도 편집위원 선생님들의 평가, 문학상 후보에 오를 때 또 심사위원의 평가, 하다못해 문예창작과 관련한 지원금을 받을 때도 누군가의 심사를 받는다. 그러니까 문단 생활을 한다는 건 내내 선생님들의 평가와 심사를 받는다는 의미이다."

그렇게 '선생님들의 시선'을 의식하다 보니 "작가들의 상상력과 취향이 공장에서 생산된 것처럼 다 비슷하다"는 것이 천명관의 판단이다. 그는 "그 시스템이 반백 년 넘게 문단을 지배하고 있다. 바깥에서 보면 믿기 어려울 정도로 권위적이고 전근대적"이라고 일갈한다.

천명관의 이런 비판은 미국 소설가 에드거 로런스 닥터로의 생각과 통한다.《다니엘서》《래그타임》등이 국내에 번역 소개돼 있는 닥터로는 캐나다 출신 문학평론가 엘리너 와크텔이 CBS 라디오 프로그램 인터뷰를 기반으로 낸 책《작가라는 사람》에 실린 인터뷰에서 문예창작과가 미국 문학에 끼친 부정적 영향을 지적한다. 와크텔은 닥터로가 〈작가의 믿음〉이라는 에세이에서 1930년대에 비해 오늘날의 문학은 단정하다고, 진지한 픽션은 소심해졌고 언어는 조심스러워졌다고 썼다며, 그 까닭을 묻는다. 그에 대한 답변에서 닥터로는 그 에세이가 미시간대학 창작과 대학원생들에게 한 강연이었다며 이렇게 설명한다. "제2차 세계대전 이후 대학이 작가의 크나큰 후원자가 되었다. 문예창작과 시스템에서 몇몇 일류 작가들이 나타난 것은 사실이고 특히 기술적으로 이전 세대 작가들에 비해 능숙해졌을 수는 있지만 어느 정도는 공식화·이론화되었다는 아쉬움을 떨칠 수 없다."

"그들은 예술학 석사 학위를 받고 다른 캠퍼스로 가서 다른 젊은 작가들을 가르치고, 그 작가들 역시 예술학 석사 학위를 받고 또 다른 학생들을 가르치죠. 그러다 보니 글을 쓰는 선생이 작가를 가르쳐서 역시 글 쓰는 선생으로 만드는 일종의 그림자 문화가 존재합니다. 그러다 보면 작가로서의 비전이 제한됩니다."

문예창작과를 겨냥한 닥터로의 이러한 비판은 일본의 문학비평가 가라타니 고진의 〈근대문학의 종언〉을 떠오르게도 한다. 문예창작과가 흥성하는 것과 반비례해서 문학은 본래의 역할과 기능을 수행하지 못하게 된다는 판단은 일본이나 미국의 사례만이 아니라 한국의 경우에도 들어맞는 지적이 아닐까. 천명관과 닥터로의 말은 문단의 순혈주의에 대한 비판으로 이해할 수 있다. 문단의 평가 시스템이 문단 구성원 사이의 친소 관계로 굴절·왜곡되어 있다는 주장은 이런 비판의 연장선상에 놓여 있다. 등단 절차와 문예지의 원고 청탁, 각종 문학상 심사와 시상 등 문학의 생산과 유통 과정 전반에는 불가피하게 평가와 취사선택이 수반된다. 독자에게 양질의 작품을 제공하기 위한 일종의 게이트키핑인 셈인데, 그것이 공정하고 객관적이냐 하는 의문이 항상 따라붙는다. 문단이 일종의 폐쇄적 성채를 이루어 외부의 접근을 차단하고 있다는 지적도 나온다. 대한민국예술원의 폐쇄적 속성을 비판한 이기호의 단편소설 〈예술원에 드리는 보고-도래할 위협에 대한 선제적 대응 방안(문학 분과를 중심으로)〉이 같은 맥락을 지니고 있다 하겠다.

잘 팔리는 작가와 작품에 문학성이라는 후광을 씌워서 포장하는 '주례사비평'의 폐해 역시 문단의 문제점으로 단골처럼 소환되곤 한다. 2015년 표절 논란 때 새삼 불거진 문학권력 또는 문단권력 주장은 이런 의구심의 단적인 표출이었다. 문단을 둘러싼 이런 잡음들과 관련해서는 조지 오웰이 1938년 영국 시인 스티븐 스펜더에게 보낸 편지를 곱씹을 만하다.

"누군가를 직접 만나게 되면 그 사람이 특정한 사상을 구현한 일종의 캐리커처가 아니라 한 사람의 인간이라는 사실을 곧바로 깨닫게 됩니다. 제가 문단 사람들과 섞이지 않는 건 어느 정도는 그 때문입니다. 왜냐하면 일단 누군가와 만나서 이야기를 하고 나면 다시는 그 사람에 대해 어떠한 지적 무자비도 보일 수 없다는 것을 경험상 알고 있기 때문이에요. 마땅히 그렇게 해야 할 때에도 말이지요."

사정이 이렇다 보니 문단을 일종의 '이너 서클'로 파악해서 그 구성원들 사이에 비밀스러운 음모와 협잡이 이루어지곤 한다는 식의 주장도 드물지 않게 나온다. 이진우의 장편소설 《적들의 사회》는 그런 음모론의 극단을 보여준다. 유력 문예지를 발행하며 권력을 휘두르는 출판사 주간과 그가 운영하는 '공동창작팀', 그 출판사의 책들을 기사로 띄워주는 거대 신문사의 문학 담당 기자, '권력'에 등을 돌렸다가 배신자로 낙인찍히고 죽음으로 내몰린 작가, 각각 소설가와 평론가로 등단하고자 문단 권력자들에게 성 상납을 하거나 범죄 행위에 가담하는 기자들……. 이 소설에 등장하는 인물과 상황은 분명 자극적이고 과장되어 있기는 해도 권력으로서 문단의 속성을 알게 한다.

문단의 이런 부정적 면모가 한국만의 것은 아니다. 조지 기싱의 《뉴 그럽 스트리트》는 19세기 후반 영국 문단을 배경으로 작가와 평론가, 잡지 주간 등 그 구성원들의 이전투구를 그린 작품이다. 앞서 언급한 것처럼 주인공 재스퍼 밀베인은 문학을 사업처럼 대하며 인맥의 중요성을 강조한다. 그런 인맥과 사업 수완으로 유력 문예지의 편집장 자리를 꿰찬 그는 친구의 소설을 과도하게 칭찬하는 평을 쓰고는 이렇게 변명한다. "작가한테 출판업과 관련된 친구들이 있다면, 그 친구들은 최선을 다해 작가를 도울 의무가 있어. 좀 과장되거나 심지어 거짓말을 한들 무슨 상관이야?" 소설 속에는 서로의 작품을 추어올리는 서평을 주고받거나, 반대로 경쟁자를 헐뜯고 몰락시키기 위한 음모를 꾸미는 등 문단의 추악한 민낯을 보여주는 삽화들이 줄을 잇는다. 미국 작가 에드거 앨런 포의 생애와 죽음을 소재로 삼은 소설 《공포를 보여주마》에서는 문단 사정에 밝은 한 작중인물이 젊은 작가 포에게 이렇게 경고한다. "자고로 문단이란 표독스러운 오소리들로 가득한 곳이라네. 아무리 견고한 보루를 쌓아도 부지불식간에 안으로 파고들지. 그러다가 어느새 털이 죄다 뜯겨나간 알몸 상태가 되고 마는 거라네. 내 말 명심하게. 이 좁은 바닥에서 자네가 마음 놓고 믿을 사람은 아무도 없어." 이런 것이 비단 19세기 영국과 미국 문단의 상황만이 아니라, 정도의 차이는 있을지언정, 21세기 현재 한국 문단의 실정과도 무관하지 않다는 짐작이 아주 터무니없는 것만은 아니리라.

2021년 4월 영국 신문 〈가디언〉에는 2018년에 작고한 미국 작가 필립 로스에 관한 흥미로운 기사가 하나 실렸다. 최근 출간된 《우리가 몰랐던 필립 로스-섹스, 인종, 자서전The Philip Roth We Don't Know: Sex, Race, and Autobiography》이라는 책에서 조지 타운대학교의 자크 베를리너블라우 교수는 미국 의회도서관에 보관된 필립 로스의 서한들을 분석한 결과를 제시했는데, 그에 따르면 로스가 문학상 수상과 대학교수직 등을 위해 출판계 및 문단 동료들과 서로를 추켜세우는 평론과 추천서를 주고받았으며 심지어는 자신이 수상한 유력 문학상의 심사위원장을 맡았던 이의 부탁을 받고 그를 특정 자리에 추천하는 편지를 써주었다는 것이다. 로스는 《유령작가》와 《미국의 목가》 《휴먼 스테인》 등 무려 9개 소설에서 자신의 분신과도 같은 소설가 네이선 주커먼을 등장시킨 바 있는데, 베를리너블라우는 그토록 많은 소설들에서 자신과 똑 닮은 작가에 관해 쓰면서도 로스가 자신의 문학상 '사냥'에 대해서는 묘사한 적이 없다며 실망감과 충격을 표했다.

로스는 노벨상을 제한다면 받을 수 있는 거의 모든 문학상을 생전에 받았고 로비가 아니었더라도 수상 이력에 큰 차이가 나지는 않았을 것이다. 그럼에도 베를리너블라우의 책이 폭로하는 사실은 아닌 게 아니라 충격적이다. 집필실에 틀어박힌 채 수도자처럼 글을 쓸 뿐 세속의 평가에는 무관심한 고결한 작가를 기대했던 독자들에게는 실망스러울 수도 있을 것이다. 그러나 로스 역시 인간이었고, 문단이라는 것도 빛과 그늘을 아울러 거느린 세속 인간들의 집합체라는 사실을 새삼 확인시켜주는 사례라 하면 어떨까.

친절인가 간섭인가

책 한 권을 손에 들고 읽기 시작할 때 내게는 조금 이상한 버릇이 있다. 책의 본문으로 곧바로 들어가지 않고, 본문을 앞뒤에서 감싸고 있는 부차적 텍스트들을 먼저 읽는 것이다. 책 제목과 저자 이름이 적힌 앞표지를 확인한 뒤에는 '표4'라고 일컫는 뒤표지의 추천 글로 우선 눈이 간다. 이어서 서문이나 후기, 해설 또는 해제 같은 것들을 빠짐없이 챙겨 읽고 나서야 비로소 본문 독서를 시작하는 것이다.

이런 습관은 물론, 그것이 본문 텍스트를 읽고 이해하는 데 도움이 된다는 판단 때문이겠지만, 그와 함께 또 다른 동기 또는 심리적 메커니즘이 있을 듯하다. 가령 기사나 원고를 쓰기 전에 손을 씻거나 책상을 정리하고 인터넷 서핑을 하는 등 한껏 해찰을 부림으로써 실제로 글을 쓰기 시작하는 순간을 가능한 한 늦추는 버릇과 통하는 태도가 아닐까. 본문 독서로 직진하는 대신 이런저런 우회로를 경유해보는, 일종의 회피 심리라고나 할지. 읽고 싶었거나 업무상 필요에 의해 손에 든 책인데도 그렇게 머뭇거리는 청개구리 심리라니.

그런 의미에서 서문과 후기, 해설 같은 '잉여 텍스트'들은 독자의 책 읽기에 도움을 주는 조력자인 동시에 본문 독서를 지연시키고 방해하는 훼방꾼이기도 하다. 이렇게 천사와 악마의 두 얼굴을 지닌 요소들 가운데 유난히 '한국적'이라 할 만한 것이 시집과 소설책 뒤에 붙는 해설이 아닐까 싶다.

한국에서 발행되는 시집과 소설집, 장편소설 뒤에는 으레 해설이 붙는다. 간혹 해설이 없는 책들도 보이고, 최근 들어서 그런 추세가 느는 것 같긴 하지만, 아직까지는 해설이 없는 쪽보다는 있는 경우가 훨씬 더 많은 듯하다. 해설과 함께, '시인의 말'과 '작가의 말' 역시 거의 빠지지 않는데, 이 역시 한국에만 특화된 현상이 아닌가 의심이 든다. 영미 소설의 경우 소설 본문 이외에 작가가 쓴 글은, 헌사 말고는 'acknowledgements'라고 해서 소설을 쓰는 과정에서 도움을 받은 이들에게 표하는 감사 인사 정도뿐이다.

해설 얘기로 돌아가자. 외국 소설책에 해설이 들어가는 건 대체로 발표된 지 오랜 시간이 지나 고전의 지위를 얻은 작품의 경우로 국한된다. 초판 출간 뒤 충분한 시간이 지나서 문학적 평가가 마무리된 작품에 대해서 해설이나 소개 글을 덧붙이는 것이다. 번역 소설의 경우에는 자국 독자들에게 낯설 수도 있는 외국 작가와 그 작품 세계를 안내해주는 번역자의 소개글 같은 게 들어가기도 한다. 미국 작가 제임스 미치너의 《소설》이라는 소설에 보면, 젊은 나이에 아깝게 숨진 요절 작가의 유작을 책으로 내면서 그 작가의 대학 스승 등 주변 사람들의 글을 곁들이는 장면이 나오는데 그것은 어디까지나 특수한 사례라 해야 할 것이다.

신작 시집이나 소설에 실리는 해설이 문제적인 것은 그것이 자칫 독자의 자유롭고 독립적인 독서를 방해할 수 있기 때문이다. 작가는 물론 나름의 의도를 가지고 작품을 쓰는 법이고, 보통의 독자라면 작품을 읽으면서 그 의도를 파악할 것이라고 기대할 수 있다. 그러나 작품이 완성되어 책으로 나오면 그다음부터는 독자의 몫으로 맡겨두어야 한다. 독자가 작가의 의도를 있는 그대로 헤아려 읽을 수도 있겠지만, 때로는 작가가 의도하지 않은 것을 작품에서 읽어낼 수도 있고 심지어는 작가의 의도와 완전히 상반되는 독해도 가능한 것이 독서의 세계인 것이다. 해설은 그런 독자의 권리를 침해할 수도 있다.

작품의 주제와 성취를 세세하게 설명해주는 해설은 얼핏 친절한 것처럼 보이지만, 독자의 주체적 독해력을 무시하고 특정한 방향으로 책을 읽도록 강요하는 행위가 된다.

"작품에 대한 해설은 모두 저질이거나 무익하다. 직접적이지 않은 것은 무가치하다."

냉소적 독설로 호가 난 에밀 시오랑이 해설을 두고 이런 독설을 퍼부은 것은 그런 맥락에서다. 해설은 비평과는 다르다. 비평은 문학 행위의 일부로서 독자적 가치와 필요성을 지니는 영역이지만, 해설은 비평의 탈을 쓴 추천사에 가깝다는 점에 문제가 있다. 해설은 대체로 출판사나 작가 쪽 주문에 의해 쓰이는데, 그렇게 '주문 생산'된 글이 엄정한 객관성과 비판적 성격을 지니기는 쉽지 않다. 해설을 맡긴 쪽에서는 어쨌든 작품에 대한 칭찬과 고평을 기대하고 그런 글을 써줄 만한 이를 선별해서 원고를 청탁하기 때문이다. 간혹 해설에서 작품에 대한 아쉬움을 표한 대목을 만나는 경우는 있지만, 가혹한 비판의 언사를 담은 해설은 보기 어렵다. 심하게 말하자면 그런 해설이란 거의 형용모순과도 같다. '주례사비평'은 이렇듯 과도한 칭찬 일변도의 비평을 꼬집고자 고안된 표현이다. 해설의 이런 부정적 속성 때문에 자신은 해설을 쓰지 않겠노라고 공언한 비평가도 있을 정도다. 주례사비평의 문제는 문예지에 실리는 평론에서도 비슷하게 나타난다. 문예지를 발행하는 출판사는 문학 단행본 역시 출간하는데, 자사에서 출간한 작품에 대한 비평을 잡지에 실을 때 아무래도 칭찬 일변도의 글이 나올 가능성이 큰 것이다.

책 뒤표지에 실리는 짧은 추천의 글은 해설과는 조금 다른 맥락을 지닌다. 해설이 작품에 대한 전면적인 설명과 평가를 담는다면, 추천사는 작가나 작품의 특정 국면이나 특징에 대한 단편적 언급에 머물게 마련이다. 해설이 주로 평론가들에 의해 쓰이는 반면, 추천사는 동료 시인이나 소설가가 쓰는 경우가 많다. 시인들과 소설가들이 일종의 품앗이 삼아 서로의 책에 추천사를 쓰기도 한다. 요즘은 추천사 '전문' 필자들도 눈에 뜨이는데, 대체로 독자들이 좋아하는 이들이 여러 책에 자주 '등판'하는 듯하다. 독자들이 사랑하는 저자들인 만큼 권위를 지니고 신뢰를 주지만, 등판이 너무 잦으면 쓰는 이나 읽는 이나 피차 피로감을 느끼게도 된다. 추천을 남발한다는 느낌을 피하자면 적절히 조절할 필요가 있겠다.

작가 조지 오웰은 생계를 위해 서평도 부지런히 썼고 그 경험을 〈어느 서평가의 고백〉이라는 산문으로 남겨놓았다. 그러나 그는 〈소설의 옹호〉라는 또 다른 산문에서 소설을 망친 주범으로 추천사와 칭찬 일변도의 서평을 지목한 바 있다. "하루에 열다섯 권꼴로 소설이 쏟아지는데, 그 책들이 하나같이 잊을 수 없는 걸작이어서 놓치면 영혼이 위태로워질 거라는 식

101

이다." 그렇게 역겨운 찬사들이 오히려 독자를 소설에서 떨어져 나가게 한다는 것이 그의 판단이었다. 미국의 베스트셀러 판타지 작가 매기 스티브오터도 2021년 3월 자신의 인터넷 홈페이지에 쓴 글에서 추천사에 관해 동료 작가들과 나눈 대화를 소개한 바 있다. 그 글에 따르면 언젠가 작가들 모임 자리에서 당시 출간을 앞두고 자신에게 추천사 의뢰가 온 다른 작가의 소설에 관한 이야기가 화제에 올랐다. 추천사를 쓸 생각이냐는 어느 작가의 질문에 스티브오터는 쓰지 않겠다는 취지로 대답을 했는데, 그에게 질문을 한 작가는 자신은 추천사를 쓸 생각이라고 말했다는 것. 설사 그 작품이 형편없더라도 추천사를 쓰려 한다는 말에 스티브오터가 까닭을 묻자, 동료 작가는 이렇게 대답했다. 이 소설을 미는 마케팅이 엄청나기에, 자기 이름이 그 소설 표지에 실리면 그 자체로 무료 홍보가 될 것이라고. 스티브오터는 그 작가와 같은 생각을 하는 동료 작가들이 드물지 않으며, 작가들끼리 서로 추천사를 주고받으며 마케팅 동력과 홍보 효과를 얻는 것이 관행처럼 되어 있는 현실을 뒤늦게 깨닫고 자신이 순진했노라고 고백한다. 그는 그럼에도 자신은 스스로 인정하고 동의하지 않는 책에는 추천사를 쓰지 않을 것이고 그것이 독자에 대한 작가의 의무라는 말로 글을 마무리한다. 스티브오터의 글은 물론 미국적 맥락에서 나온 것이지만, 지금 한국에서 벌어지는 추천사 관행이 미국 쪽 사정과 크게 다르지 않을 것으로 짐작된다.

시집이나 소설집 말미에 대체로 해설이 실리는 지금의 관행과 달리 근대문학 초창기에는 해설보다는 동료 문인의 서문이나 발문을 싣는 게 일반적이었다. 윤동주 시집에 쓴 정지용의 서문, 《정지용 시집》에 쓴 박용철의 발문이 대표적이다. 발문은 해설과도 다르고 추천사와도 다르며, 어떤 의미에서는 양자를 결합한 형식의 글이라 할 수 있다. 발문의 존재 이유는 책 저자의 사람됨과 인간적·문학적 이력, 저자와 발문 필자의 관계 등을 친근하고 재미있게 밝혀두어 독자가 본문 수록 작품에 부담 없이 접근할 수 있도록 가교 구실을 하는 데 있다. 텍스트에 대한 직접 정보와 평가라기보다는 작품을 쓴 작가나 시인에 대한 인물평 성격의 글이어서 작품을 이해하는 데에 간접적인 도움을 준다. 흠결이 뻔히 보이는 작품에 과도한 칭찬을 퍼부을 필요도 없기 때문에 청탁받은 쪽에서도 한결 부담 없이 쓸 수 있다는 장점을 지닌다. 좋은 발문은 작품에 종속되지 않고 독자적인 매력을 발산한다. 발문을 잘 쓰자면 해당 작가와 오랜 교유를 통해 깊은 인간적 이해를 지니고 있어야 한다. 여기에다가 글을 맛깔나게 쓰는 문장력이 뒷받침되면 금상첨화. 한국 문학사에서 최고의 발문 필자를 꼽자면 작고한 소설가 이문구를 들 수 있겠다. 그는 《관촌수필》《우리동네》《장한몽》 같은 좋은 소설도 여럿 썼지만, 동료 작가들에 대한 인물평과 발문 성격의 글로도 독자들을 웃기고 울렸다. 그가 또래 작가 박태순과 윤흥길을 평한 글의 한 대목씩을 소개한다.

"그는 작은 것을 말하지 않는다. 공용이 아니면 바라지 않고, 공적이 아니면 규탄을 참으니 비록 사사로운 기쁨이 있어도 상색上色함이 없으며, 혼자 불안을 만나도 침울하기를 삼갔다. 저절로 못난 것이 못난 짓을 하면 생각을 일으켜 겸손으로 위로하고, 그것도 아닌 것이 그런 척을 일삼으면 다만 측은지심으로 침묵을 지탱한다. 그는 나라의 인걸과 산천에 진작 능하여, 상대가 무르고 여리면 외유내유한 달관대인의 심덕을 보이고, 상대가 거칠고 엄숙함이 있으면 반드시 외강내강한 협골로 돌아가 일변직선一邊直線의 투지로 맞선다."(《이문구의 문인기행》 중 〈소설가 박생원을 말한다-박태순〉)

"오밀조밀하고 선이 가는 곱살한 얼굴에 시골서 달갑잖은 먼촌 일가 부스러기가 올라와 여러 날째 묵으며 쌀독 달랑대는 양식이나 파먹고 있는 집 사내처럼 들뜨름하게 끄먹거리는 눈, 서너 마디는 건네야 한 마디 넘어올지 말지 한 더디고 무딘 입, 충청도 스으산瑞山 구석빼기 사람보다도 석자 치닷푼은 더 늘어지던 생전 늙잖을 말씨, 아무리 말쑥한 옷을 걸쳐도 반찬 없이 밥 먹고 나온 사람처럼 허름해 뵈던 보리밥 빛깔의 촌사람 (……)"(《이문구의 문인기행》 중 〈한 켤레 구두로 산 사내-윤흥길〉)

예스럽고 해학적인 만연체 문장으로 해당 작가의 사람됨을 절묘하게 잡아낸 솜씨가 감탄을 자아낸다. 발문 자체가 하나의 작품으로 읽힐 정도로 이문구의 발문은 인기가 높았다. 그 솜씨가 얼마나 좋았으면 동료 작가 송기숙은 이렇게 개탄(?)한 바도 있다.

"내 소설집《재수없는 금의환향》에 이문구 씨가 쓴 발문이 그 무렵 한참 화제가 되었었다. 만나는 사람마다 이문구 씨 발문이 좋더라는 소리는 하면서 내 작품 좋다는 말은 없었다. 이건 꼭 결혼식장에서 신부 예쁘다는 말은 않고 들러리 예쁘다는 소리만 하는 꼴이었다."

이 글 자체가 이문구의 장편소설《산 너머 남촌》에 붙인 송기숙의 발문 일부이거니와, 자신의 책을 망쳐놓은(?) 데 대한 '복수'로 이 발문을 쓰게 되었노라는 반어적 설명이 두 작가의 돈독한 우애를 알게 한다. 발문이란 이처럼 책의 저자와 발문 필자 사이의 깊은 이해와 신뢰에 바탕을 두게 마련이다.

현역 문인 중에서 발문을 잘 쓰는 이라면 소설가 한창훈이 떠오른다. 공교롭게도 그는 이문구 생전에 그를 사숙했고 그를 가장 많이 닮았다는 말을 듣는다. 그가 각각 동료 작가 유용주와 시인 박남준의 책에 쓴 발문 일부를 읽어보자. 세 사람은 문단에서 유난히 우애가 좋은 것으로 알려졌는데, 여기 인용하는 것은 한창훈이 두 동료를 처음 만났을 때의 인상을 담은 대목들이다.

"홍성장에서 황소 들쳐 메고 달려온 듯 뜨거운 기운을 내뿜으며 복도 저만치에서 성큼성큼 다가오는 사대천왕 같은 물건이 있었다. 오오, 크고 넓기도 하지." (《한창훈의 나는 왜 쓰는가》 중 〈그는 지금도 걷고 있다-유용주 시인〉)

"버스 뒷자리에는 절대 안 앉을 것처럼 생긴 사내 하나가 바랑 같은 것을 짊어지고 있는데 참 개심심합디다. 풀여치 같기도 한데 나는 먹 갈기 싫어하는 화가가 그려놓은 그림 같습디다." (《한창훈의 나는 왜 쓰는가》 중 〈처마 끝 빗물 같은 사람-박남준 시인〉)

이문구와 한창훈의 발문을 읽으면 저절로 입가에 웃음을 깨물게 된다. 해당 작가의 풍모가 눈앞에 선하게 그려지는 듯하고 그 작가가 친근하게 느껴지며 작품의 비밀에 접근한 것 같은 생각이 든다. 쓰는 이나 읽는 이나 부담스럽기만 한 해설과는 맛이 다르다. 그래서 제안한다. 신작 시집이나 소설책에 꼭 무언가를 넣어야겠거든 앞으로는 해설 대신 발문이 어떻겠는가.

영광과 굴레 사이에서

문학 담당 기자에게 오는 보도자료 가운데 가장 많은 것은 당연히 문학 신간 출간 소식이다. 출간되는 모든 문학책이 전달되는 것은 아닐 텐데도 일주일이면 수십 권에서 백 권에 가까운 문학 도서가 기자의 책상 위에 쌓인다. 그다음으로 많은 자료는 무엇일까. 문학 관련 행사나 사건이 아닐까 짐작하겠지만, 뜻밖에도 정답이 아니다. 신간 출간에 이은 문학 관련 뉴스 자료 제2위는 문학상 수상 소식이다. 현장 기자의 실감으로는 하루가 멀다 하고, 많을 때에는 하루에도 두서너 개씩 문학상 수상 소식을 접하는 듯하다. 어떤 집계에 따르면 국내에서 시상되는 문학상이 몇백 개에 이른다고 하니, 문학상의 숫자만 놓고 보자면 한국문학은 목하 번창 중이라 하겠다. 그런데 무라카미 하루키의 책《직업으로서의 소설가》중〈문학상에 대해서〉를 보니 일본에도 한국만큼이나 많은 문학상이 있는 모양이다. 하루키는 일본 전역에서 하루에 한 개씩 문학상이 시상되는 것처럼 보일 정도라고 썼다. 책 읽는 사람이 줄고 문학이 고사 위기라는 아우성 속에서 문학상만은 이렇듯 번성하는 현상은 매우 난해한 수수께끼라 하지 않을 수 없다.

문학상에는 종류가 많다. 한국에서는 등단부터가 문학상의 형식을 취한다. 몇백만 원의 상금이 걸린 신문의 신춘문예는 물론, 상금이 있건 없건 흔히 '신인상'이라는 이름으로 운영되는 잡지의 신인 배출 시스템 역시 문학상에 해당한다. 신춘문예와 잡지 신인상이 주로 중단편소설 또는 몇 편의 시를 심사 대상으로 삼는 데 비해, 장편소설이나 시집 한 권 분량의 시 작품을 대상으로 하는 신인 문학상도 있다. 문학동네소설상과 한겨레문학상을 비롯한 장편소설 공모전, 시집 한 권 분량 원고를 투고하도록 하는 김수영문학상이 대표적이다. 이런 상들에는 대체로 몇천만 원 규모의 상금이 따라붙는다.

문학상의 중핵을 이루는 것은 아무래도 등단 과정을 거친 기성 문인의 기 발표작에 주어지는 문학상들이다. 이 역시 중단편소설이나 시 한 편을 대상으로 삼는 경우가 있고, 장편소설이나 소설집 또는 시집 한 권을 시상하는 경우가 있다. 중단편소설 한 편에 주어지는 문학상 가운데 가장 잘 알려진 것이 이상문학상과 현대문학상일 것이다. 최근에는 등단 십 년 이내 작가를 대상으로 하는 문학동네젊은작가상이 독자들의 많은 사랑을 받고 있다. 역시 현대문학상 시 부문과 정지용문학상 등은 시 한 편을 대상으로 시상하는 문학상들이고 대산문학상, 신동엽문학상 시 부문 등은 시집 한 권에 주어진다. 대산문학상 소설 부문이 장편소설만을 시상하는 반면 신동엽문학상 소설 부문, 동인문학상, 한국일보문학상 등은 장편소설과 소설집을 가리지 않고 단행본 소설 한 권에 주어진다. 대한민국예술원상처럼 한 작가의 평생의 업적을 기리는 상도 있는데, 표면적으로는 작품에 주어지는 문학상이라 해도 실제로는 특정 작품보다는 평생의 활동과 성과를 평가 대상으로 삼는 문학상들도 없지 않다.

문학상을 주관하는 주체로는 문학 단체와 문예지, 언론사 그리고 지방자치단체 등이 있다. 이 주체들 두셋이 연합해서 문학상을 꾸리기도 한다. 상을 주관하는 단체명을 상의 이름으로 삼는 경우도 있지만, 비교적 널리 알려진 것은 작고 문인의 이름으로 주어지는 상들이다. 만해문학상, 이상문학상, 동인문학상, 신동엽문학상, 김수영문학상 등이 대표적이다. 생존 문인의 이름을 딴 문학상도 없지는 않다. 지자체가 운영하는 문학상의 경우 상을 제정한 지자체 수장이 임기를 마치고 떠난 뒤 후임 수장이나 지역 의회의 무성의와 반대 등으로 상이 없어지거나 차질을 빚기도 한다. 2011년에 제정돼 초대 수상자 최인훈을 비롯해 응구기 와 시옹오, 이스마일 카다레, 아모스 오즈 등 세계적 명성을 지닌 문인들을 수상자로 배출했으나 2021년에 시상을 걸렀던 박경리문학상은 지자체의 문학상 운영과 관련해 적잖은 숙제를 남겼다.

문학상은 여러 순기능을 지니고 있다. 작가들의 창작을 격려하고 좋은 작품을 쓰고자 하는 동기와 자극을 주는 것이 가장 클 것이다. 상에 따라 액수에 차이가 있지만 상금은 수상 작가들의 생계에도 도움을 준다. 독자들 입장에서 보더라도, 문학상 수상작은 일단 믿고 읽을 수 있다는 신뢰감을 준다. 좋은 작품을 독자들에게 소개하는 역할을 문학상이 하는 것이다.

이런 장점에도 불구하고 현행 문학상들에는 크고 작은 문제가 없지 않다. 우선, 문학상들 사이에 변별력이 떨어진다. 문학적 지향이나 색깔이 어떠하든 최고의 작품을 선정한다는 방침이라면 모르겠다. 적어도 특정 작가의 이름을 내건 문학상이라면 그 작가의 문학세계와 통하는 작품을 뽑아야 할 터인데, 그런 경우는 많지 않은 듯하다. 그러다 보니 상이한 작품 경향을 지닌 작가의 이름으로 된 문학상들이 동일한 작가와 작품에 중복 시상하는 경우도 보게 된다. 이른바 잘나가는 작가를 '선점'하고자 하는 눈에 보이지 않는 경쟁도 벌어진다. 어떤 작가든 매번 좋은 작품만 쓸 수는 없는 법인데, 특정 작가의 최상의 작품이 아니라 범작이나 태작에 상을 주는 경우도 없지 않다. 넓게 보면 이런 일은 역시 상업적 판단의 결과로 보인다. 문학상을 운영하는 주체는 대체로 문학상 수상작품집을 출간하고 그 판매 수익에 신경을 쓸 수밖에 없기 때문이다.

2020년 우수상 작가들의 수상 거부로 초유의 시상 포기를 결정했던 이상문학상 사태 역시 출판사의 상업주의와 무관하지 않다. 상을 주는 대가로 작가들의 저작권을 침탈해온 관행이 몇몇 용기 있는 작가들의 수상 거부로 늦게나마 바로잡히게 된 것은 다행스러운 일이지만, 그 과정에서 2019년 수상자인 윤이형이 이상문학상으로 대표되는 문단 시스템을 비판하며 작가 활동 영구 중단을 선언한 것은 안타까운 일이었다. 2014년에는 현대문학상 소설과 평론 부문 수상자로 결정된 황정은과 신형철이 수상을 거부하는 일이 있었다. 이 상을 주관하는 잡지 《현대문학》이 이제하와 정찬의 연재소설 원고를 '정치적'이라는 이유로 게재하지 않은 데 대한 항의의 표시였다. 다른 문학상들의 경우에도 작가들의 수상 거부 선언이 드물지 않게 나오곤 했다. 친일 혐의를 받는 문인의 이름으로 수여되는 동인문학상과 미당문학상, 팔봉비평문학상이 대표적이다. 이 문학상들의 경우 최종 수상자로 선정되기 전에 심사

대상에 오른 문인들이 상을 받지 않겠다는 뜻을 공개적으로 밝히면서 스스로 후보에서 빠지고는 했다. 〈중앙일보〉가 주관하던 미당문학상은 2019년에 시상을 중단했고, 〈한국일보〉가 주관하던 팔봉비평문학상도 2022년에 폐지되었다. 문인들과 역사 관련 단체 등의 끈질긴 비판이 그런 결정에 영향을 준 것으로 보인다. 반면 〈조선일보〉가 운영하는 동인문학상은 여전히 시상 중이다. 친일문학상의 대표 격으로 남아 있는 동인문학상에 대해서는 문인들 사이에서도 다양한 견해가 나오고 있다. 문학평론가 권성우는 2022년 12월 16일 페이스북에 글을 올려 동인문학상 수상자들이 "문학적 자유와 문학상을 둘러싼 섬세한 정치적 맥락과 문화적 조건을 충분히 감안하지 못하고 있다"고 비판했다. 그들이 과거 김동인의 친일 행적이 제대로 알려지지 않았던 시기에 동인문학상을 받았던 최인훈, 조세희 같은 선배 작가들을 거명하며 자신의 수상을 정당화하고 있다는 것이다. 이에 대해 동료 평론가 오길영은 댓글에서 공감의 뜻을 밝혔지만, 또 다른 평론가 김명인은 역시 댓글을 통해 "특정 문학상을 수상하는가 마는가는 철저히 그 작가 개인의 양심과 입장에 맡길 일"이라는 생각을 밝혔다. 친일 문인을 기리는 문학상의 폐지를 요구하고 해당 상을 주관하는 언론사를 비판할 수는 있겠지만, "수상 작가들에게 윤리적 낙인을 찍거나 그들을 궁지로 내모는 일"에는 동의할 수 없다는 것이다. 권성우와 오길영, 김명인은 신경숙 표절 사태 당시 문학 권력을 비판하는 대오에 함께했던 이들이다.

외국에도 문학상 수상 거부 사례가 없지 않다. 1964년 노벨 문학상 수상자로 선정되었지만 상을 거부한 장 폴 사르트르 가 대표적이다. 라이벌 의식을 지니고 있었던 후배 작가 알베르 카뮈에게 그보다 칠 년 앞서 먼저 노벨상을 준 데 대한 불쾌 감의 표출이었다는 해석도 있긴 하다. 그러나 그는 수상 작가 를 어떤 제도의 일부로 포함시킴으로써 작가의 자율성을 침해 하는 것에 동의하지 않는다는 점을 수상 거부 이유로 밝혔다. 재미있는 것은 사르트르의 이런 정신을 이어받은 문학상이 있 다는 사실. '사르트르상'이라는 이름으로 수여되는 이 상은 '문 학상 수상을 거부한 작가'를 대상으로 시상한다. SF 작가 어슐러 K. 르 귄의 에세이 《남겨둘 시간이 없답니다》에 실린 글 〈너무 필요한 문학상〉에 이 상에 관한 언급이 나온다. 르 귄 자 신이 냉전 시대에 미국 SF 판타지 작가협회가 주관하는 네뷸 러상 수상자로 선정되었을 때 그 상을 거부했던 일화를 소개 하기도 하는데, 당시 협회가 명예회원이었던 폴란드 작가 스 타니스와프 렘이 공산주의자라며 회원 자격을 박탈했던 데 대 한 항의 표시였다. 그렇게 자신이 포기한 그해 네뷸러상이 "냉 전주의자들의 늙은 추장"인 아이작 아시모프에게 돌아갔노라 고 마저 소개하며 르 귄은 "아주 경멸할 만한 누군가 내게 상을 좀 줘서 나도 사르트르상 후보에 들 수 있으면 좋으련만"이라는 말로 글을 끝맺는다. 사르트르와 르 귄이 너무 까탈스럽다고 생각할 수도 있겠지만, 문학상이 좋은 의미에서든 나쁜 의미에서든 수상 작가를 '규정'하고 '제약'하는 것은 사실이다. 수상 거부는 상의 그런 부정적 속성에 대한 작가 쪽의 저항이라 할 수 있는 것이다.

그렇다고 해서 작가의 자율성을 구속하고 억압하는 문학상에 저항하는 방식이 반드시 수상 거부일 필요는 없다. 1972년 부커상을 수상한 존 버거는 상을 받으면서 동시에 그 상을 정면으로 공격하는 수상 연설로써 파문을 낳았다. 그는 부커상을 후원하는 기업 '부커 매코널'이 서인도제도에서 저지른 착취 행위를 지적하며 그런 제국주의적 행태에 맞서 런던에서 활동하는 흑인 좌파 조직 '블랙 팬서'에 상금의 절반을 기부하겠다는 뜻을 밝혔다. 그리고 상금의 나머지 절반은 유럽의 이주노동자들을 다루는 다음 작업에 쓰겠노라고 했는데, 이 작업은 그가 삼 년 뒤에 낸 책 《제7의 인간》으로 결실을 맺었다.

버거가 자신에게 거액의 상금과 명예를 안겨준 문학상 후원 기업을 정면에서 비판한 데는 물론 정치적 판단이 자리하고 있지만, 그와 함께 문학상 자체에 대한 근본적 회의와 비판이 있다는 사실도 잊어서는 안 된다. "상이 조장하는 경쟁을 나는 혐오한다. 수상 후보를 발표하며 고의로 긴장을 유발하고, 작가들이 경주마라도 되는 양 수상자를 둘러싼 추측과 내기를 조장하며, 승패에 집착하게 하는 식의 태도는 전혀 문학적이지 않고 그릇된 것이다"라고 그는 일갈한다.

문학상에 관한 무라카미 하루키의 태도에는 버거의 이런 생각과 통하는 지점이 있다. 하루키의 글 〈문학상에 대해서〉는 어느 문예지 칼럼에 대한 일종의 대응으로 쓰인 셈인데, 그 칼럼은 하루키가 아쿠타가와상 수상에 실패한 뒤 점점 더 문단에서 멀어졌고 그 점이 아쿠타가와상의 권위를 더욱 돋보이게 한다는 취지를 담고 있는 글이었다. 하루키는 초기 소설들인 《바람의 노래를 들어라》와 《1973년의 핀볼》로 두 번 아쿠타가와상 후보에 올랐지만 결국 수상에 실패했다. 이 상은 신인급 작가를 대상으로 삼고 있기에 그 뒤로는 하루키가 다시 이상의 후보가 되는 일은 없었다. 하루키는 우선 그 상의 후보에 올랐던 당시에도 자신은 상을 타거나 말거나 크게 개의치 않았다고 말한다. 자신은 상을 타기 위해 글을 쓰는 게 아니고 당시 하던 가게 일도 바빴던 데다 남들 앞에 나서는 것도 좋아하지 않기 때문이라는 것. 하루키는 "아쿠타가와상을 타든 타지 않든 내가 쓰는 소설은 아마도 거의 같은 부류의 사람들에게 받아들여지고 거의 같은 부류의 사람들을 짜증 나게 했을 것"이라며, "어떤 문학상도 훈장도 호의적인 서평도 내 책을 자기 돈 들여 사주는 독자에 비하면 실질적인 의미는 없다"고 말

115

한다. 아쿠타가와상은 독특하게도 일 년에 두 번 시상하는데, "그걸 해마다 두 번이나 선정하려고 하니까 아무래도 거품이 끼게 된다"고 말하는 데서는 이 상에 대한 하루키의 감정이 느껴지기도 한다. 그러나 작가에게 상이란 건 받든 못 받든 큰 상관이 없는 것이며 작가에게 무엇보다 중요한 것은 '개인의 자격'이라고 말하는 하루키에게서는 역시 사르트르와 버거의 그림자가 어른거린다.

그렇다면 격려와 자극이라는 순기능을 놓지 않으면서 부작용은 최소화하는 방식의 문학상은 불가능한 것일까. 거액의 상금이 오히려 문학상을 타락시킬 수 있다는 우려를 감안하자면, 상금이 고작 10유로(1만 4000원 안팎)일 뿐이지만 프랑스 최고의 문학상으로 꼽히는 공쿠르상을 참고할 만하다. 공쿠르상은 공정한 심사를 통해 최상의 수상작들을 뽑아온 역사 덕분에 작가들과 독자들의 신뢰를 얻었다. 상금은 비록 상징적인 액수에 불과하지만, 수상작으로 발표되면 거의 예외 없이 베스트셀러에 오르기 때문에 작가는 여느 문학상 상금에 못지않은 금전적 보상을 기대할 수 있다. 그런데 공교롭게도 2021년 11월 수상자 발표를 앞두고 공쿠르상 역시 심각한 논란에 휩싸인 바 있다. 10인 심사위원에 속한 카미유 로랑이 최종 후보에 오른 철학자 프랑수아 누델만의 여자친구인 데다, 로랑이 또 다른 최종 후보인 안 베레의 작품을 신랄하게 비판하는 서평을 〈르몽드〉에 기고함으로써 심사위원의 객관성과 공정성을 훼손했다는 것이다. 수상자 발표를 한 해 거르기에 이르렀던 2018년 노벨문학상 파문을 떠오르게 하며 우려를 자아냈지만, 다행스럽게도 그해 공쿠르상이 누델만도 베레도 아닌 세네갈 출신 작가 모하메드 음부가르 사르의《인간들의 가장 은밀한 기억》에 돌아가면서 사태는 일단락되었다.

2021년 10월 초에 국내 문학상 관련 소식 가운데에도 뒷맛이 개운하지 않은 사례가 둘 있었다. 소설가 김유정의 이름을 나란히 내건 제15회 김유정문학상(주최 김유정기념사업회, 수상자 권여선)과 제1회 김유정작가상(주최 김유정문학촌, 수상자 김유담)이 경쟁하듯 수상자를 발표한 것이 그 하나다. 김유정문학촌 전 촌장(소설가 전상국)과 당시 촌장(소설가 이순원) 사이에 문학상의 운영권을 둘러싸고 갈등이 생기자 전 촌장은 2020년 4월 특허청에 김유정문학상의 상표등록 출원을 냈다가 기각되었다. 문학상의 운영권은 문학촌에 있다는 것이 특허청의 판단이고 상금을 지원하는 춘천시도 당시 촌장의 손을 들어주었는데, 전 촌장과 기념사업회가 그에 아랑곳하지 않고 일을 밀어붙인 것이다. 양쪽의 다툼에 본의 아니게 '참전'하게 된 수상 작가들이 난처하게 되었다.

최동호 고려대 명예교수가 영역 시집《제왕나비》로 제18회 제니마문학상을 받았다는 소식도 있었다. 생소한 상인데 운영위원인 제커 마리나이의 이름이 어쩐지 기시감을 주었다. 찾아보니 알바니아계 미국인인 이 시인은 2021년 10월 경남 창원 김달진문학제에서 제12회 '창원KC국제문학상'을 받은 인사. 이 상을 주관한 것은 시사랑문화인협의회고 그 회장이 최동호 교수였다.

2022년 11월에는 서울 영등포구가 주관하는 구상문학상을 둘러싼 한바탕 소동이 있었다. 심사 결과 국립한국문학관장인 문정희 시인이 수상자로 선정되었는데, 문 시인이 해당 문학상의 운영위원이라는 사실이 드러나면서 '셀프 수상' 논란에 휩싸이게 된 것이다. 문 시인은 심사 직전 운영위원 자리에서 물러났지만, 그가 2021년 구상문학상 심사에 참여했고 그 결과 수상자가 된 김종해 시인이 2022년 심사에 참여했다는 점, 문정희 시인과 김종해 시인은 물론 구상문학상의 또 다른 운영위원이며 2022년 심사에 참여한 유자효 시인이 모두 한국시인협회 전현직 회장이라는 점에서 '내부자 거래'라는 혐의를 받았다. 내가 〈한겨레〉에 해당 사실을 단독 보도하고 온라인을 중심으로 비판 여론이 들끓자 영등포구청은 결국 '수상자 없음' 결정을 내렸다. 상금 5천만 원인 구상문학상 십사 년 역사에서 처음 있는 일이었다. 이러매 생각해볼 수밖에. 이래저래 문학상은 구설을 피하기 힘든 것인가.

누군들 표절에서
자유로울 수 있으랴

주미 벨로라는 신인 작가가 2022년 1월 초 미국의 한 온라인 문학 사이트에 흥미로운 글을 올렸다. 〈나는 데뷔 소설의 일부를 표절했다. 전말은 이러하다.〉라는 제목으로 된 이 글에서 그는 출판사에서 출간 일정을 잡았다가 취소 결정을 내린 자신의 데뷔작에 얽힌 이야기를 털어놓았다. 이 소설에는 임신 상황을 묘사한 대목이 나오는데, 임신 경험이 없었던 작가가 다른 이의 글을 도용한 것. 작가는 "글을 쓸 당시에는 우선 작품을 마무리하는 것이 중요했다. 이 부분은 일단 빌려오는 것이고 작품이 완성된 뒤 편집 단계에서 내 언어로 다시 쓰겠다고 다짐했지만, 결국 그러지 못했다"며 잘못을 인정했다. 문제는 이 솔직한 고백과 반성의 글 또한 표절이었다는 것! 문학 사이트 편집자는 벨로가 표절의 역사를 서술한 대목과 몇몇 전문가의 언급을 역시 다른 글들에서 표절한 사실을 확인했다며 이 글을 하루 만에 사이트에서 내렸다.

이 무명작가의 사례가 말해주는 것은 무엇일까. 작가의 양심 불량? 표절의 끊기 힘든 중독성? 그보다는 표절의 보편적 위험성에 대한 생생한 경고로 받아들여야 하지 않을까.

표절의 역사는 유구하고 그 함정은 위협적이다. 과장하자면 문학사란 곧 표절의 역사라 할 수도 있다. 벨로의 사례는 표절이라는 대양에 첨가된 물 한 방울이라고나 할까. 이름이 알려진 작가치고 표절 논란에 휘말리지 않은 이를 찾기 어렵다는 것이 좀 더 사실에 가까울 것이다.

김소월의 시 〈진달래꽃〉은 1922년 잡지 《개벽》에 발표됐다. 오산학교 스승 안서 김억의 추천이었다. 그 전해인 1921년 김억이 펴낸 번역 시집 《오뇌의 무도》에는 예이츠의 시 〈그는 하늘의 천을 원합니다He Wishes for the Cloths of Heaven〉가 〈꿈〉이라는 제목으로 바뀌어 소개되었다. 가난한 화자가 하늘의 천 대신 자신의 꿈을 그대의 발아래에 펼쳐놓을 테니 그 꿈을 사뿐히 밟으시라tread softly는 것이 시의 대략적인 내용이다. 소월의 〈진달래꽃〉 중 "가시는 걸음걸음 / 놓인 그 꽃을 / 사뿐히

즈려밟고 가시옵소서"가 바로 이 시 속 "나의 생각 가득한 꿈 위를 / 그대여, 가만히 밟고 지나라"라는 대목을 표절했다는 주장이 제기된 바 있다. 소월이 〈진달래꽃〉을 쓰기 전에 《오뇌의 무도》속 예이츠의 시를 읽고 그로부터 영향을 받았을 가능성은 충분해 보이는데, 그것을 표절이라 볼지 단순 영향이라 볼지는 더 따져볼 여지가 있다 하겠다.

보들레르의 시집 《악의 꽃》 수록작인 〈불운〉은 영국 시인 토머스 그레이의 장시 〈시골 교회 묘지에서 쓴 비가〉를 표절했다고 알려졌다. 따로 설명을 하기보다는 문제가 된 대목을 비교해서 읽어보는 것만으로도 사태는 분명해질 것이다.

"수많은 보석들이 잠자고 있다, / 어둠과 망각에 묻힌 채. / (……) / 수많은 꽃들이 비밀처럼 / 달콤한 향기 풍긴다, 깊은 적막 속에서." (〈불운〉 후반부)

"수많은 보석들이 순결하고 고요하게 / 어두운 바닷속 깊은 동굴 품에 안겨 있고, / 수많은 꽃들이 보는 이 없이 피어나 / 황량한 대기에 달콤한 향기를 낭비하는구나." (〈시골 교회 묘지에서 쓴 비가〉 14연)

작고한 불문학자이자 평론가인 황현산은 그럼에도 〈불운〉을 표절작으로 보는 견해에 반대한다. "이 정형시의 시대에 보들레르가 영어와 프랑스어의 담을 넘으면서 깨어진 시구의 리듬과 각운을 프랑스어로 새로 만들어야 했던 노력이 컸기 때문"

이라고 그는 설명했다. 황현산의 주장은 2015년 6월 〈경향신문〉에 칼럼으로 실렸는데, 이 칼럼에는 보들레르와 그레이 말고도 김지하 시 〈타는 목마름으로〉와 폴 엘뤼아르 시 〈자유〉에 관한 언급도 있었다. "나는 너의 이름을 쓴다 // (……) // 자유여"(〈자유〉)와 "네 이름을 남몰래 쓴다 민주주의여"(〈타는 목마름으로〉) 사이에 유사성이 있음은 분명하지만, 시대 상황과 두 작품의 색깔 차이 때문에 이 역시 표절로 단죄하기는 어렵다는 것이 황현산의 생각이었다. 이 글에서는 언급하지 않았지만, "이제 나는 쓰리라 / 조국은 하나다"라는 구절이 되풀이되는 김남주의 시 〈조국은 하나다〉 역시 〈자유〉를 표절했다는 혐의로부터 자유롭기는 어려울 것이다.

황현산의 칼럼이 발표된 때는 신경숙 표절 논란으로 문단 안팎이 시끄러울 무렵이었다. 신경숙의 남편인 평론가 남진우는 그해 말과 이듬해에 걸쳐 문예지들에 표절에 관한 글을 여러 편 발표한다. 《현대시학》 2015년 11월호에 권두시론으로 쓴 글 〈판도라의 상자를 열며〉에는 앞서 언급한 보들레르와 그레이의 사례가 상세히 분석되어 있다. 이 글은 많은 흥미로운 정보와 깊은 통찰을 담고 있는데, 특히 글 말미에 인용한 《노턴 영문학 개관》 한 대목이 눈길을 끈다. 전세계 영문학도들의 교과서라 할 이 책은 〈어느 시골 묘지에서 쓴 비가〉를 그레이의 대표작으로 꼽으면서 그 작품에 나오는 많은 구절이 다른 이들의 작품에서 빌려온 것이라는 사실을 공표한다. 자신의 동시대 시인 윌리엄 콜린스와 드라이든, 스펜서, 밀턴 같은 선배 시인들 작품을 그레이가 베꼈다는 것. 이런 회심의 카드를 내보인 뒤, 남진우가 표절을 다룬 일련의 글들로써 하고자 하는 말이 비로소 등장한다.

"원천에 대한 추적은 또 다른 원천에 대한 추적을 낳고, 기원은 기원의 기원 속으로, 기원의 기원은 기원의 기원의 기원 속으로 점점 더 멀어져 간다. (……) 표절은 표절이다. 그러나 표절은 문학의 종말이 아니라 시작, 그것도 시작의 시작에 불과하다. 창조의 낙원 속에 이미 모방, 영향이, 표절이 뱀처럼 들어와 있기 때문이다."

남진우의 주장을 아전인수 격 궤변으로 받아들이지는 말 일이다. 문학작품을 독창적이며 순수한(!) 창작물로 보는 견해는 낡은 낭만주의의 유산이다. 근대 유럽에서 글을 쓴다는 것은 흔히 고대의 문헌을 번역하는 일을 가리켰다. 세계적 문호 셰익스피어는 수많은 역사 자료와 타인들의 저작물을 자유롭게 가져다 쓴 것으로 유명하다. 지금으로 치면 심각한 표절 사건이 여럿 벌어졌을 것이다: 프랑스 극작가 몰리에르도 셰익스피어와 비슷했다. 표절 논란이 끊이지 않는《황무지》의 작가 엘리어트는 "미숙한 시인은 흉내를 내고 노련한 시인은 훔친다"라는 유명한 말로 표절을 옹호한 바 있다. "예술은 도둑질이다"라는 피카소의 말, "그 무엇도 모방하지 않으려는 사람은 아무것도 만들어내지 못한다"는 살바도르 달리의 말도 같은 맥락이다. 노벨문학상 깜짝 수상으로 화제가 되었던 가수 밥 딜런은 수상 기념 연설에서 허먼 멜빌 소설《모비딕》에 관해 언급했는데, 그 내용이 학생용 온라인 참고 사이트의 설명과 유사해 또 다른 논란을 낳았다.

이런 사례들이 알려주는 것은 분명하다. 제아무리 평지돌출식 천재의 작품이라 해도 선행하는 전거가 있게 마련이라는 사실이다. 작가들에게 선행 텍스트는 따르고 흉내 내야 할 모범이면서 동시에 넘어서야 할 장애물이 된다.

"아, 세상에나, '표절' 소동이라니 그 얼마나 우스꽝스럽고 어이없는 바보짓이란 말인지요! 말이든 글이든 사람에게서 발설된 것 중에 표절 아닌 게 얼마나 된다고. 사람이 하는 모든 말의 알짬과 영혼(아예 더 나아가서 그 본질, 몸통, 실질적이며 쓸모 있는 재료라고 합시다)이란 다 표절인데 말입니다."

1903년 미국 소설가 마크 트웨인이 헬렌 켈러에게 보낸 편지 한 대목이다. 헬렌 켈러는 그해에 출간한 책《내 인생의 이야기》에서 자신이 십 년 전 열한 살 무렵에 써서 잡지에 실린 이야기가 기성 작가의 작품을 자기도 모르게 표절한 것임을 확인하고 느꼈던 당혹감과 수치, 고통을 털어놓은 바 있다. 그 책을 읽은 트웨인이 헬렌을 위로하느라 편지를 보낸 것인데,

이 편지에서 그는 자신도 다른 이의 글을 무의식적으로 표절한 바 있다며 이렇게 쓴다. "의심할 것도 없이, 우리는 기억 나지 않는 언젠가 책에서 빌렸는데 이제는 자신의 것으로 여겨지는 문장들로 줄기차게 자신의 글을 채우곤 합니다."

1959년 공쿠르상 수상작인 앙드레 슈바르츠바르의《마지막 의인》의 십여 줄은 고대 유대교 연대기의 문장을 베낀 것으로 드러나 표절 논란에 휘말렸다. 시몬 드 보부아르는 작가 편에 서서 이 사태를 개탄하며 이렇게 썼다. "어떤 문장은 결국 그의 것으로 여기고야 말 정도로 머릿속에 들러붙는다." 이 일화는 프랑스 문학 연구가 엘렌 모렐앵다르의 책《표절에 관하여》에 소개된 것인데, 이 책에는 표절에 관한 우리의 강박관념을 깨뜨리는 유명인들의 발언이 여럿 등장한다. "신 자신도 인간을 창조할 때 인간을 발명해낼 수 없었거나, 아니면 감히 그러지 않았다. 신은 인간을 자신의 형상대로 만들어냈다"(알렉상드르 뒤마), "고아처럼 오로지 하나뿐인 책, 다른 그 어떤 책의 후손도 아닌 책이 과연 존재할까?"(카를로스 푸엔테스), "그 어떤 텍스트이건 모두 과거의 인용문들의 새로운 직조물이다"(롤랑 바르트) 등등.

표절은 물론 나쁜 짓이다. 표절은 원저작자의 영감과 노동의 결과물을 훔치는 도둑질이며 독자를 속이는 기만행위이기도 하다. 표절을 문학적으로도 용납하지 않고 법적으로 처벌하기까지 하는 것은 그 때문이다. 스위스 작가 장자크 피슈테르의 소설 《편집된 죽음》(원제는 《별쇄본tiré à part》)은, 비록 원한과 복수심에서 비롯된 음모이기는 해도, 표절이 초래할 수 있는 파괴적 결과를 섬뜩하게 그려 보인다.

그렇다고 해서 표절을 적발하고 단죄하는 것만이 능사일까. 아니 애초에 그것이 타당하거나 가능한 일일까. 앞서 마크 트웨인과 푸엔테스, 바르트 등의 주장에서 보다시피 완벽하게 독창적인 말이나 글은 가능하지 않다. 언어는 질서이며 약속이고, 우리는 그 매트릭스 안에서 말을 하고 글을 쓴다. 바둑을 두고 글을 쓰는 인공지능의 사례를 생각해보자. 그들의 깜짝 놀랄 만한 성취의 바탕을 이루는 것이 이른바 '딥 러닝'인데, 바둑 기보와 문장을 최대한 많이 입력하는 것이 딥 러닝의 기본이다. 그런 양적 축적으로부터 일견 고유해 보이는 인공지능만의 바둑 수와 문장이 나오는 것인데, 따져보면 그것은 기존의 행마와 글쓰기의 흉내이며 변주일 뿐이다. 그것을 한마디로 표절로 치부하면 되는 것일까.

문장 차원만이 아니다. 소재와 주제의 표절에 관한 주장도 심심치 않게 제기되는데, 이 역시 문장 표절과 마찬가지로 매우 세심하게 다루어질 필요가 있다. 이재무는 〈나는 표절 시인이었네〉라는 짧은 시를 쓴 바 있는데, 이런 작품이다.

"나는 표절 시인이었네 고향을 표절하고 엄니의 슬픔과 아부지의 한숨과 동생의 좌절을 표절했네 바다와 강과 저수지와 갯벌을 표절하고 구름과 눈과 비와 나무와 새와 바람과 별과 달을 표절했네 (……) 이웃과 친구의 생활을 표절했네 그리고 그해 겨울 저녁의 7번 국도와 한여름의 강진의 해안선을 표절했네 나는 표절 시인이었네"

문장이든 소재나 주제든 어차피 표절이니 아무렇게나 가져다 쓰자는 것일까. 실제로 보르헤스의 단편 〈틀뢴, 우크바르, 오르비스 테르티우스〉에는 모두가 모두를 베끼는 '표절 천국'에 관한 상상이 나온다. 이 작품의 배경인 상상의 땅 틀뢴에서는 "저자의 이름이 들어가 있는 책은 매우 드물다. 그들에게는 표절이라는 개념은 존재하지 않는다. 그들에게는 모든 작품은 단 한 작가의 작품이며, 무시간적이고 익명이라는 생각"이 확립되어 있다.

보르헤스의 상상은 언젠가 현실이 될지도 모른다. 엄격한 저작권 주장에 반대하는 카피레프트의 이념 그리고 인공지능 글쓰기의 발달이 그런 전망에 개연성을 더한다. 온갖 정보와 문헌이 인터넷의 바다를 자유롭게 떠도는 상황에서 표절과 표절 아닌 것의 경계는 갈수록 모호해지고 있다. 시인이자 문학 평론가인 이승하는 《욕망의 이데아-창조와 표절의 경계에서》라는 책에서 표절의 다양한 양상을 고발하고 비판한 바 있다. 그가 2021년 여름 어느 문예지에 〈영향 관계와 표절은 전혀 다른 것이다〉라는 글을 발표했다. 이 글에서 그는 이산하의 시집 《악의 평범성》(2021)에 수록된 작품 〈가장 위험한 동물〉이 구상 시집 《인류의 맹점에서》(1998)에 실린 〈가장 사나운 짐승〉을 표절했다고 주장했다. 두 시는 외국 동물원의 어느 우리에 갔더니 동물은 없이 커다란 거울 하나만 놓여 있어서 관람객이 자신의 모습을 비춰 볼 수 있도록 했는데 그 우리에는 각각 "세상에서 가장 위험한 동물" "가장 사나운 짐승"이라는 설명이 붙어 있더라는 경험담을 소개한다. 이산하는 그 동물원이 유럽에 있는 것이라고 했고 구상이 다녀온 동물원의 소재는 하와이 호놀룰루로 명시되어 있다. 선배 시인 구상이 이미 다룬 소재를 이산하가 다시 시로 쓴 것은 유감이지만, 이산하가 구상의 해당 작품을 모르는 상태에서 유럽의 동물원 경험을 하고 그것을 시로 썼을 가능성은 충분해 보인다. 어느 쪽이 먼저인지는 알 수 없지만, 유럽과 하와이의 동물원이 똑같은 '거울 우리'를 설치해놓았고 두 시인이 각자 그 우리를 체험했을 수 있는 것이다. 구글에서 검색을 해보면 1963년 미국 뉴욕시 브롱크스의 동물원에서 "세상에서 가장 위험한 동물The Most Dangerous Animal in the World"이라는 설명이 달린 우리 안에 거울 하나만 놓인 '전시'가 처음 열렸고, 같은 전시가 시카고를 비롯한 미국 전역에서 재연되었다. 잠비아 수도 루사카의 동물원에도 같은 시설이 있고, 얀 마텔의 소설 《파이 이야기》에도 비슷한 시설에 관한 언급이 나온다. 이승하는 이렇다 할 근거도 없이 이산하 시인이 구상의 해당 시를 알고 있다는 것을 기정사실로 삼아 표절이라 비판하는데, 표절과 같은 심각한 잘못을 지적하는 경우에는 한결 신중하고 꼼꼼한 검증이 필요하다 하겠다.

내가 다른 책에서 다룬 바 있지만, 안정효 소설 〈낭만파 남편의 편지〉와 밀란 쿤데라 소설 《정체성》은 표절과 관련해서 해명하기 힘든 딜레마를 제시한다. 두 작품은 거의 똑같은 이야기 구조를 지녔는데, 안정효의 중편이 쿤데라의 소설보다 먼저 발표되었다. 통상의 표절 논의에서라면 쿤데라가 안정효를 표절했다고 주장해야 할 텐데, 쿤데라의 소설이 쓰이기 전에 안정효의 해당 작품이 프랑스어나 체코어는 물론 영어를 비롯한 어떤 외국어로도 번역되지 않았기 때문에 그럴 가능성은 전무하다고 보아야 한다. 그렇다면 남은 가능성은 한국과 프랑스의 두 작가가 거의 동일한 이야기를 각각 소설로 만들어 내놓았다는 설명뿐이다.

이런 여러 정황을 감안한다면, 남진우의 글들은 표절에 관한 진지하고 깊이 있는 논의의 출발점이 될 수 있었다. '관련 당사자'로서 그의 글은 물론 오해를 받을 여지가 없지 않다. 신경숙 사태 당시 표절 개념 자체에 대한 재검토를 주장했던 윤지관의 글들이 순수하게 받아들여지지 않은 것도 같은 맥락이다. 그럼에도 신경숙 표절 사태가 표절에 관한 진지한 논의를 해볼 역설적 기회가 될 수도 있었는데 그러지 못한 점은 아쉬운 일이다. 이제는 그 사건으로부터 시간도 어느 정도 지났으니 지금이라도 표절에 관한 차분하고 객관적인 토론이 이어졌으면 하는 바람이다.

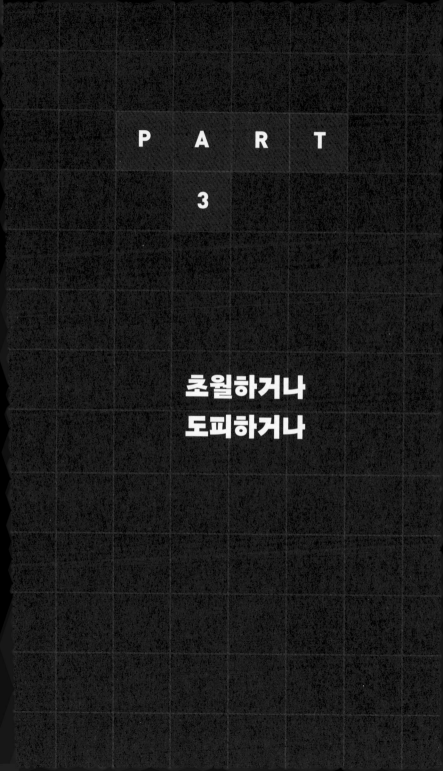

PART

3

초월하거나
도피하거나

별 하나가 이 어깨에
기대어 잠든 것이라고

시작은 첫사랑이었다. 활자 매체가 귀하던 시절 교과서에서 접한 황순원의 〈소나기〉며 알퐁스 도데의 〈별〉, 피천득의 〈인연〉 같은 작품들이 내게는 독서의 출발이자 문학적 감수성의 바탕을 이루었다. 제임스 조이스의 〈애러비〉와 이반 투르게네프의 〈첫사랑〉, 앙드레 지드의 《좁은 문》 같은 소설들이 그 뒤를 이었다. 풋풋하고 순수한 첫사랑을 다룬 이 이야기들은 일종의 각인처럼 가슴 깊이 새겨져 이후의 문학 독서를 이끌었다. 첫사랑의 문학은 문학을 향한 첫사랑이기도 했다.

"소년이 등을 돌려댔다. 소녀가 순순히 업혔다. 걷어 올린 소년의 잠방이까지 물이 올라왔다. 소녀는 어머나, 소리를 지르며 소년의 목을 그러안았다."

단둘이서 산으로 소풍을 떠났던 소년과 소녀는 돌아오는 길에 소나기를 만나고, 그 비는 많은 것을 바꾸어놓는다. 소녀의 스웨터 앞자락에 남은 흙빛 얼룩은 두 어린 주인공에게 찍힌 사랑의 낙인을 상징한다. 소나기는 소년과 소녀를 이어주는 동시에 소녀를 죽음으로 이끎으로써 영원한 이별을 가져오기도 한다. 그런 점에서 소나기는 이 소설의 제목일 뿐만 아니라 핵심적인 등장인물이기도 하다.

"우리 주위에는 별들이 커다란 양 떼처럼 유순하게, 소리 없는 운행을 계속하고 있었습니다. 그렇게 앉은 채로 이따금 난 그려보곤 했어요. 저 별들 중에 가장 여릿여릿하고 가장 반짝이는 별 하나가 가던 길을 잃고 내게 내려와서는 이 어깨에 기대어 잠든 것이라고요."

〈별〉은 〈소나기〉와 마찬가지로 남자 주인공의 시점을 취한다. 주인공인 양치기 청년은 스무 살로 〈소나기〉의 소년보다 나이가 많지만, 순수하고 때 묻지 않았다는 점에서는 소년과 비슷하다. 이 소설에서 양치기 청년과 주인집 아가씨의 위계적 관계는 〈소나기〉의 시골 소년과 서울 소녀의 관계를 닮았다. 소나기로 불어난 물 때문에 소년이 소녀를 업게 된 것처럼, 여기에서도 비로 인해 강물이 범람하자 아가씨가 산을 내려가지 못하고 양치기의 거처에서 밤을 보내게 된다(비는 많은 일을 한다!). 그렇게 해서 아가씨는 양치기의 어깨에 머리를 기대고 잠들지만, 그것은 상호적 애정이라기보다는 순수한 신뢰의 표현이라 해야 옳다. 〈소나기〉에서와 달리 여기에서 보이는 것은 일방적인 추앙과 숭배 그러니까 짝사랑이다. 그렇기 때문에 이 만남에는 아이러니와 환멸, 아픔을 통한 성장의 가능성도 차단돼 있다.

"그녀의 이미지는 연애에 가장 적대적인 장소에까지도 나를 따라다녔다. (……) 나는 내가 적의 무리 사이로 나의 성배를 안전히 모셔가고 있다고 상상했다. 그녀의 이름이 순간순간 나 자신도 이해 못 할 낯선 기도와 예찬이 되어 내 입술로 솟아났다."

종교적 숭배와도 같은 (짝)사랑의 대상 맹건 누나가 지나치듯 언급한 애러비 바자회가 '나'에게는 목숨을 걸고서라도 다녀와야 할 순례지가 된다. 그러나 바자회에 가야 한다는 나의 말을 흘려듣고 만 아저씨의 늦은 귀가, 파장을 앞둔 바자회의 가게 여점원과 신사들의 실없는 농담에서 보듯 세상은 나의 사랑에 아무런 관심도 없다! 소년은 사랑이라는 놀라운 감정의 세계에 처음 눈을 떴지만, 그 앞에 펼쳐진 길은 어둡고 불길할 뿐이다. 심지어는 그로 하여금 바자회에 가게 만든 맹건 누나조차도 정작 그에 관해서는 까맣게 잊었을 수도 있다는 갑작스러운 깨달음이 소년을 엄습한다.

"그 어둠 속을 응시하면서 나는 허영심에 내몰리고 조롱당한 짐승 같은 내 모습을 보았다. 그리고 나의 눈은 고뇌와 분노로 이글거렸다."

사랑의 흥분과 고양감이 급격하게 가라앉으면서 싸늘하게 식어가는, 환멸을 통한 깨달음과 성장의 이 결말은 '에피파니'라는 개념으로 문학사에 등재되었다. 〈소나기〉와 〈별〉이 자연을 배경으로 삼고 비라는 기상 현상을 모티프로 삼아 전개되는 데 반해, 〈애러비〉에서는 도시와 시장이 배경을 이루며 그것이 순수한 사랑 대 쓰라린 각성이라는 차이를 가져온다는 분석도 가능해 보인다.

프랑스 작가 베르나르댕 드 생피에르의 18세기 말 소설 《폴과 비르지니》는 첫사랑을 둘러싼 자연 대 문명의 대립 구도를 흥미롭게 형상화한 작품이다. 지금의 인도양 섬나라 모리셔스가 프랑스의 지배 아래 있던 시기를 배경으로 삼은 이 소설은 각각 프랑스 본국 출신 싱글맘에게서 태어난 소년 폴과 소녀 비르지니의 사랑을 그린다. 같은 요람에서 뒹굴고 어머니들의 젖도 공유하며 남매처럼 자란 두 아이는 자연스레 서로를 운명의 짝으로 여기게 된다. 소나기를 만난 두 아이가 비르지니의 속치마를 함께 둘러쓰고 비를 피하는가 하면 폴이 비르지니를 등에 업고 강을 건너는 장면은 〈소나기〉를 떠오르게도 한다.

"인생의 아침을 맞이한 두 사람의 삶은 싱그러움으로 가득했어. 마치 에덴동산에 나타난 우리 인류 최초의 조상과 같았네. (……) 비르지니가 온화하고 겸손하며 이브처럼 자신감이 넘쳤다면, 폴은 아담을 닮아 남자다운 체격에 아이 같은 순박함을 함께 지니고 있었네."

인도양 섬나라의 자연 속에서 아담과 이브를 닮아 순수하고 무구했던 이들에게 프랑스 본국으로부터 문명의 손길이 뻗쳐오고, 이브를 유혹한 뱀의 혓바닥처럼 그것은 낙원의 붕괴와 두 주인공의 파멸을 초래한다. 감당하기 어려운 슬픔과 고통 속에서 그나마 한 가닥 위안을 찾을 수 있다면, 무덤도 하나밖에 없을 것이라고 다짐했던 두 주인공의 순정을 마지막 순간까지도 확인할 수 있었다는 점일 것이다.

19세기 영국 시인 앨프리드 테니슨의 서사시 〈이넉 아든〉은 두 소년과 한 소녀의 평생에 걸친 사랑을 그린다. 바닷가 마을에서 자란 이넉과 필립, 애니는 어려서부터 삼각관계였는데, 결국 이넉과 애니가 결혼해서 가정을 꾸리고 필립은 혼자 사는 삶을 택한다. 그러나 돈을 벌겠다며 중국행 상선에 오른 이넉이 십 년이 되도록 소식이 없자 애니는 그동안 자신과 아이들을 돌봐주었던 필립과 다시 결혼해서 아이까지 낳는다. 뒤늦게 돌아온 이넉이 애니와 아이들의 평화를 위해 자신을 드러내지 않고 살다가 쓸쓸하게 죽음을 맞는 결말은 독자의 눈물샘을 자극한다. 주인공의 죽음이라는 비극으로 이야기가 마무리되지만, 세 인물 모두가 유년기의 순수한 사랑을 각자의 방식으로 끝까지 지킨다는 점에서 인간에 대한 신뢰를 새삼 확인시켜준다. 《폴과 비르지니》에서 비르지니가 프랑스행 배에 오른 일이 파국의 시작이었던 것처럼, 이 작품에서도 배를 타기로 한 이넉의 선택이 모든 사태를 초래한 계기가 된다. 가브리엘 가르시아 마르케스의 소설 《콜레라 시대의 사랑》은 〈이넉 아든〉과 마찬가지로 첫사랑을 둘러싼 삼각관계를 그리는데, 오랜 기다림 끝에 첫사랑이 마침내 결실을 맺는다는 점에서는 〈이넉 아든〉과 상반되는 결말을 지닌 셈이다.

"서글프고 진지하며 아름다운 그녀의 얼굴 위에는 헌신과 슬픔과 사랑과 어떤 절망의 흔적이 배어 있었다. (……) 아버지는 프록코트 앞깃의 먼지를 털어내던 채찍을 느닷없이 휘둘렀다. 그리고 팔꿈치까지 드러난 그녀의 팔이 채찍을 맞는 날카로운 소리가 들려왔다."

투르게네프의 중편소설 〈첫사랑〉은 일종의 오이디푸스적 관계를 그린다. 열여섯 살 소년 블라디미르는 이웃집으로 이사 온 스물한 살 여성 지나이다를 연모하는데, 지나이다가 사랑의 상대로 택한 것이 자신의 아버지라는 사실을 확인하고 낙담과 충격에 사로잡힌다. 게다가 사랑의 관계란 게 평등하거나 상호적이지 않고 지배와 복종의 권력관계를 닮았다는 사실 역시 이 사랑의 초심자에게는 두려운 깨달음의 대상이 된다. 그런가 하면 앞서 인용한 대목의 폭력 묘사는 박남철의 시 〈첫사랑〉을 떠오르게도 한다.

"모든 정열과 고통을 담은 내 사랑이란 것이, 이제 겨우 알아차리게 된 어떤 미지의 것 앞에서는 너무도 작고 어린애처럼 초라한 것으로 여겨졌다. 그 미지의 것이란 아름답지만 무서운 얼굴을 하고 어둠 속에서 분간하려고 애써도 아무런 소용이 없이 나를 깜짝 놀라게 하는 무엇이었다." (투르게네프, 〈첫사랑〉)

성석제의 단편 〈첫사랑〉에서 중학생 화자인 '나'는 덩치가 크고 우락부락하게 생긴 동급생 '너'의 일방적인 애정 공세에 시달린다. "넌 꼭 계집애같이 생겼구나." 동성인 '나'에게 온갖 호의를 베풀며 접근하는 '너'에게 화자는 화를 내거나 울거나 때로 모욕을 주며 저항하지만, 시간이 제법 흐른 뒤의 결말은 나름 해피엔딩이다. "한번 안아보자"는 '너'의 부탁을 처음으로 받아주고, "사랑한다"는 고백(?)에 "나도"라 응답하며 "나는 비로소 내가 사내가 되었다는 것을 깨달았다." 두 소년의 초보적 동성애는 박상영의 《일차원이 되고 싶어》나 김세희의 《항구의 사랑》 같은 소설들에서 좀 더 본격적인 형태를 얻는다.

대상이 이성이든 동성이든, 첫사랑은 결코 쉽지 않다. 사랑의 주체들이 서투른 데다 주위 환경도 대체로 그 사랑에 호의적이지 않기 때문이다. 첫사랑을 다룬 많은 문학작품들이 어떤 식으로든 파국이나 비극으로 마무리되는 데는 그럴 만한 까닭이 있다고 보아야 한다. 지드의 《좁은 문》은 어긋난 첫사랑의 안타까움을 담은 고전이다. 주인공인 제롬은 어려서부터 외사촌 누이들인 알리사와 쥘리에트 자매와 가깝게 어울리며 특히 손위인 알리사에게 각별한 감정을 품게 된다. 알리사 역시 제롬을 사랑하지만, 그 사랑은 순탄하지 않고 까다로우며 때로 상식에 반하는 듯 보이기조차 한다. 알리사는 자신이 제롬보다 나이가 많다는 사실 때문에 주저하는 한편, 동생인 쥘리에트 역시 제롬을 사랑한다는 사실을 알고서는 동생에게 제롬을 양보하려 한다. 게다가 알리사와 쥘리에트 어머니의 불륜으로 인한 충격은 알리사로 하여금 세속적 사랑에 거부감을 지니고 신앙을 바탕으로 한 구원이라는 '천상의 기쁨'을 좇게 만든다. 가히 자학적이라 할 알리사의 태도는 '좁은 문'이라는 소설 제목에 집약되어 있다 하겠다.

"그리워하는데도 한 번 만나고는 못 만나게 되기도 하고, 일생을 못 잊으면서도 아니 만나고 살기도 한다. 아사코와 나는 세 번 만났다. 세 번째는 아니 만났어야 좋았을 것이다."

피천득의 수필 〈인연〉은 세파에 손상된 첫사랑의 씁쓸한 뒷맛을 일깨운다. 첫사랑은 사랑의 처음이자 원형이지만, 우리는 언제까지나 그 세계에 머물러 있을 수는 없다. 세월은 흐르고 인정과 세태 역시 변화를 겪는다. 아름다운 기억은 시간이라는 시험을 거치며 빛이 바래고 일그러지게 마련이다. 우리가 첫사랑의 시절을 지나온 것과 마찬가지로, 이제 문학에서도 첫사랑의 서사는 유효하지 않아 보인다. 첫사랑에 관한 한 새로운 이야기를 하기 어렵기 때문이리라. 시절이 복잡하고 험해지면서 사랑도 그만큼 낡고 찌들었기 때문인지도 모르겠다. 그럼에도 우리는 초심으로 돌아가듯 때때로 첫사랑 이야기로 다시 영혼을 적시고는 한다. 에드거 앨런 포의 시에서 보다시피, 어리고 서툰 사랑이 오히려 성숙하고 지혜로운 사랑보다 강하고 오래가기 때문일 것이다.

"하지만 우리의 사랑은 더 강했어요, / 우리보다 나이 많은 이들의 사랑보다도 / 우리보다 훨씬 지혜로운 이들의 사랑보다도. / 하늘 위 천사들도 / 바다 아래 악마들도 / 내 영혼을 결코 떼어놓을 수는 없어요, / 저 아름다운 애너벨 리의 영혼으로부터는요." (에드거 앨런 포, 〈애너벨 리〉 부분)

모험

나였던 그 아이는
어디 있을까

요즘은 사정이 어떤지 모르겠지만, 지난 시절 어린 독자들에게 미지의 장소를 찾아 떠나는 모험 이야기는 퍽 인기가 높았다. 소년기라는 게 무한히 열려 있는 가능성의 시기이기 때문일까, 아니면 인생의 본질이 곧 모험이기 때문일까. 《보물섬》이나 《15소년 표류기》처럼 표류와 뜻밖의 발견을 소재로 삼은 소설들에 어린이들은 매료되었다. 소설 주인공들을 흉내내어 크고 작은 모험에 저를 맡기는 아이들도 없지 않았다. 여행조차 사치스러웠던 그 무렵, 비현실적이어서 오히려 매력적이었던 모험담에 어린 독자들은 얼마나 설렜던가.

주로 남자아이들이 등장해 낯선 장소에서 모험을 펼치는 이런 이야기를 '소년모험소설'이라 부르기로 하자. 영국 작가 로버트 루이스 스티븐슨의 《보물섬》과 프랑스 작가 쥘 베른의 《15소년 표류기》를 이 장르의 대표작으로 볼 수 있을 것이다. 《보물섬》보다 덜 알려지긴 했지만, 영국 작가 로버트 밸런타인의 《산호섬》 역시 같은 계열에 속한다. 노벨문학상을 받은 윌리엄 골딩의 대표작 《파리대왕》에 이 작품의 영향이 짙게 보인다. 이 네 작품은 모두 소년이 낯선 섬에 표착해 위험과 위기에 맞서며 그 땅을 문명인이 살기에 적합한 곳으로 만들고자 고투하는 과정을 그린다. 영화 〈마션〉의 주인공이 온갖 어려움을 뚫고 화성을 인간이 거주할 수 있는 곳으로 만드는 '테라포밍'에 그 과정을 견줄 수도 있겠다. 짐작하겠지만 이런 구도는 알렉산더 셀커크라는 실존 인물의 체험을 모델로 삼아 쓴 대니얼 디포의 소설 《로빈슨 크루소》에 기원을 두고 있다. 미국 작가 제이 파리니의 책 《보르헤스와 나》에 따르면 보르헤스는 파리니와 함께 셀커크의 고향인 스코틀랜드의 바닷가 도시 로어 라고를 지나면서, 셀커크가 자신의 어린 시절 영웅이었노라고 고백한다.

"그 사람은 내 어린 시절의 영웅이었지. 크루소의 실제 모델이라니! 나도 그 사람처럼 외딴섬에 고립되고 싶었어."

보르헤스와 같은 대문호에게도 어린 시절은 있었고, 어린 보르헤스는 다른 소년들처럼 외딴섬에 갇혀 생존을 위한 모험을 펼치는 꿈에 사로잡히고는 했다! 소년모험소설의 보편적 호소력을 새삼 알게 하는 사례라 하겠다.

같은 외딴섬 표착기라고는 해도 이 작품들 사이에는 공통점 못지않게 차이점도 적지 않다. 《산호섬》은 로빈슨 크루소의 경험을 십 대 중후반 소년 셋이 나누어 겪은 듯한 작품이다. 폭풍우를 만나 남태평양의 외딴섬에 도착한 소년들이 불과 식수 및 식량을 확보하고 식인종의 위협에 맞서며 원주민들에게 기독교를 전파하려 하는 것이 대강의 줄거리다. '진취적 기상'으로 미화되는 제국주의의 팽창 욕구를 노골적으로 드러냈다는 점에서 《산호섬》은 《로빈슨 크루소》에 곧바로 이어진다.

《로빈슨 크루소》에서 하나였던 표류자가 《산호섬》에서는 셋이 되더니, 《15소년 표류기》에서는 15명으로 크게 늘었고 연령대는 더 낮아진다. 뉴질랜드에서 출발한 범선에 탄 소년들의 나이는 여덟 살에서 열네 살 사이. 이들이 낯선 섬을 '식민지'라 부르며 자신들이 개척한 섬의 곳곳에 자기들 나름으로 이름을 붙이는 모습은 영락없이 식민 개척자들인 제 조상들을 닮았다. 자신들에 이어 섬에 표착한 미국인 가정부를 '프라이데이 아줌마'로 부르기로 하는 데에서는 아이들이 《로빈슨 크루소》의 강력한 영향 아래에 있음을 알게 된다. 한편 이 작품에서는 소년들이 투표를 통해 한 소년을 지도자로 선출하고 선거에서 진 소년이 그에 반기를 드는 등, 나중에《파리대왕》에서 본격화할 정치적 알레고리의 초기 형태가 보이기도 한다.

《15소년 표류기》에서 소년들이 자신들에 앞서 섬에 머물렀던 인물이 남긴 섬의 지도를 발견하고 활용한다면,《보물섬》은 해적 출신 인물이 지니고 있던 지도를 내비게이션 삼아 보물이 묻힌 섬을 찾아가는 이들의 이야기를 그린다. 배와 선원들을 확보하고 항해를 주도하는 것은 어른들이지만, 아이로는 유일하게 항해에 동행한 짐 호킨스라는 소년이 겪는 모험이 소설의 중심을 이룬다. 모험심이 강한 소년을 자부하는 짐은 어른들에게도 쉽지 않은 위험과 위기를 지혜와 용기로 헤쳐나가며 보물 발견이라는 목표를 향해 가는 과정에서 그 어떤 어른에게도 뒤지지 않을 활약을 펼친다. 이 작품에서 짐의 적수로 나오는 외다리 선원 롱 존 실버(일명 '바비큐')와 선원들의 이야기 속에 등장하는 해적 플린트 선장 같은 인물이《피터팬》에서도 언급된다는 사실이 흥미롭다. 동료 선원들이 목숨을 잃고 일부는 섬에 버려지는 모험 끝에 가까스로 살아 돌아온 짐은 "황소들이 짐마차 끈으로 끌어당긴다고 해도 나는 그 저주받은 섬에는 절대로 다시 가고 싶지 않다"고 말하는데, 이 말은 오히려 '보물섬'과 같은 미지의 땅과 그 땅이 약속하는 모험에 대한 매혹을 반어적으로 강조하는 것처럼 들린다.

《파리대왕》도입부에서 핵전쟁 뒤 비행기로 후송되다가 무인도에 불시착한 소년들은 자신들이 놓인 상황을 두고 "《보물섬》같아"라거나 "《산호섬》같아"라며 중구난방으로 떠든다. 이들이 《산호섬》과 《보물섬》같은 작품들에 익숙하다는 뜻이자, 《파리대왕》이 이 선행 작품들에 대한 일종의 오마주이기도 하다는 사실을 알게도 한다. 이 소설의 두 핵심 인물 랠프와 잭은 《산호섬》의 세 소년 중 둘의 이름이기도 하다. 그런가 하면 선거에서 대장으로 뽑힌 랠프에게 낙선한 잭이 반기를 드는 설정은 《15소년 표류기》에 빚지고 있는 셈인데, 《15소년 표류기》가 결국 두 소년의 화해라는 해피엔딩으로 마무리되는 것과 달리 《파리대왕》에서 둘의 갈등은 점점 더 증폭되고 마침내 최악의 결과로 이어진다. 또 《15소년 표류기》에서 아이들이 문명 세계의 도구들과 윤리 규범 덕분에 원시의 섬에서 살아남을 수 있었다면, 《파리대왕》에서는 문명의 족쇄에서 벗어난 아이들이 야만적 폭력과 짐승 같은 본성으로 치닫는 과정이 섬뜩하게 그려진다. 일행 중 상대적으로 지혜로운 인물로 나오는 사이먼과 '돼지'가 "짐승은 아마 우리 자신에 지나지 않을지도 모른다"거나 "어차피 우린 곧 동물이 돼버리고 말 거야"라는 말을 하는 장면은 그런 결말을 예고한다 하겠다.

"아이는 모두 자라 어른이 된다. 한 아이만 빼고."

제임스 매튜 베리의 《피터 팬》의 첫 문장은 소설의 핵심을 단단하게 움켜쥐고 있다. "나는 절대로 어른이 되고 싶지 않아. 나는 영원히 어린아이로 남아 재미있게 살고 싶어"라는 말에서 보다시피 피터는 자신의 의지와 선택으로 어른 되기를 마다하고 언제까지나 아이로 남아 있고자 한다. 그가 어른을 거부하고 어린아이의 상태를 고집하는 까닭으로 '재미'를 든다는 데에 주목해보자. 그가 생각하기에 어른이 된다는 것은 재미와 담쌓고 따분한 의무와 격식에 얽매이는 것을 뜻한다. 그래서 집에서 도망친 피터가 친구들과 함께 매일같이 재미있는 모험을 즐기는 곳이 '네버랜드'라는 가상의 공간이다. (이곳은 그러니까 《이상한 나라의 앨리스》의 무대인 '이상한 나라' 원더랜드의 다른 이름인 셈이고, 네버랜드나 원더랜드란 현실원칙의 지배에서 벗어나 쾌락원칙이 허용되는 곳이라는 점에서 이야기 또는 문학과 예술을 가리킨다는 해석이 가능하다.)

네버랜드에서 피터의 적수는 쇠갈고리 손을 지닌 후크 선장인데, 그는 《보물섬》에서 언급되었던 외다리 선원 롱 존 실버와 플린트 선장과 관련이 있는 인물로 그려진다. 죽는 게 짜릿한 모험이 될 거라고 말할 정도로 모험에 빠져 있는 피터는 후크 선장과 목숨을 건 대결을 펼치며 하루하루를 신나는 모험으로 채우지만, 그와 네버랜드의 모험을 함께했던 웬디와 존 남매는 이윽고 네버랜드를 떠나고, 어른이 된다. 여전히 어린 소년인 피터가 이제 어른이 된 웬디를 다시 만나서는 바닥에 앉아 흐느껴 우는 장면은, 특히 구제할 수 없는 어른이 되어이 책을 다시 읽는 독자의 마음을 찢어놓는 듯하다.

《피터 팬》이 어른 세계와 아이들 세계 사이의 화해 불가능한 대립 위에 서 있는 반면, 이탈리아 작가 카를로 콜로디의 소설 《피노키오의 모험》은 아이들 세계의 무책임과 미성숙이 초래하는 위험을 경고하며 어른 세계의 규범에 순종하는 '착한 아이'가 되어야 한다는 교훈을 담고 있다. 아침부터 저녁까지 신나게 놀기만 하는 '장난감 나라'란 네버랜드나 원더랜드와는 달리 치기 어린 혼란과 무질서가 지배하는 함정과도 같은 공간이다.

미국 작가 마크 트웨인의 연작 《톰 소여의 모험》과 《허클베리 핀의 모험》은 미시시피강 연안에 사는 두 소년 톰과 허클베리(허크)의 일상 속 모험을 그린다. 두 소년이 해적이 되고 보물을 발견하는 꿈을 꾸며 악당들과 목숨을 건 싸움을 펼치는 모습은 《보물섬》과 《15소년 표류기》를 떠오르게도 한다.

"정상적인 아이라면 누구나 한 번쯤은 어디엔지 모를 곳에 숨어 있는 보물을 파내고 싶은 강렬한 욕망에 사로잡히는 때가 있게 마련이다."

《톰 소여의 모험》의 이런 대목은 보르헤스의 일화와 마찬가지로 소년모험담이 지니는 보편적 매력을 알게 한다. 두 연

148

작에서 허크는 처음부터 학교 교육의 혜택을 받지 못하고 떠돌이 생활을 하는 반면, 톰은 친척 아줌마 집에서 자라며 학교에 다니지만 "허클베리와 같은 화려한 떠돌이 생활"을 늘 부러워한다. 《톰 소여의 모험》에서 톰과 허크는 미시시피강 한복판 섬을 무대로 모험을 펼치고 보물 상자를 발견하는 등 소기의 성과를 거두기도 한다. 《허클베리 핀의 모험》은 허크가 도망친 흑인 노예 짐과 함께 뗏목을 타고 강을 따라 내려가며 겪는 일들을 피카레스크 방식으로 엮은 작품이다. 뗏목에 실려가는 도중 발견한 난파선을 수색할 때 허크는 "톰은 이걸 모험이라고 부를 거야"라며 톰 소여와 모험을 함께 떠올리는데, 여기에서도 알 수 있는 것은 모험을 향한 톰의 지독한 집착이다. 《허클베리 핀의 모험》에서 핵심적인 사건은 도망쳤다가 붙잡힌 짐을 자유의 몸이 되도록 하는 일인데, 당사자인 짐은 물론 허크조차도 짐의 탈출이라는 목표를 우선시하는 것과 달리 톰은 짐의 탈출극이라는 모험을 가능한 한 복잡하고 짜릿하게 만드는 데 주력한다. "그건 너무 간단해서 전혀 재미가 없어, 그것처럼 간단한 계획이 무슨 쓸모가 있겠어?"라는 톰의 말은 수단과 목적을 뒤바꾸는 본말전도식 사고를 보여준다. 자신이 꾸민 모험의 과정에서 장딴지에 총을 맞는 위급한 상황을 겪은 톰이 그 위험도 때문에 오히려 더 즐거워하는 모습은 죽음조차도 짜릿한 모험이라며 기대하는 '모험주의자' 피터 팬을 떠오르게도 한다.

"난 커서 해적이 될 거야. 너희는?"

스웨덴 작가 아스트리드 린드그렌의 소설 《내 이름은 삐삐 롱스타킹》의 마지막 문장이다. 20세기 중반 북유럽의 소녀조차도 해적을 꿈꾼다는 사실이 새삼스럽다(삐삐의 집에는 아빠가 선물해준, 금화가 가득 든 커다란 여행 가방도 있다!). 이 작품의 주인공인 씩씩한 소녀 삐삐는 어려서 어머니를 여의고 선장이었던 아버지도 항해 중 사고로 숨진 뒤 혼자서 살고 있지만, 그 자신만은 어디까지나 아버지가 침몰한 배에서 헤엄을 쳐서는 "식인종 섬에 도착해서 식인종의 왕이 되어 황금 왕관을 쓰고 하루 종일 어슬렁거릴 거라고" 믿는다. 학교에 다니거나 시설의 보호를 받기를 거부하고 자유롭고 독립적인 삶을 추구하며 일상 속 소소한 모험을 즐기는 삐삐의 모습은 특히 소녀 독자들의 열광적인 지지와 응원을 끌어냈다.

어디 이 작품들뿐이랴. 몽상적인 소녀 앨리스의 모험을 그린 《이상한 나라의 앨리스》와 《거울 나라의 앨리스》, 늑대 소년 모글리의 성장을 담은 《정글북》, 소년과 벵골호랑이의 태평양 표류를 그린 《파이 이야기》, 그리고 '오즈의 마법사' 시리즈와 '해리 포터' 시리즈 같은 판타지물까지, 소년과 소녀의 호기심과 모험심을 자극하는 이야기들은 차고 넘친다. 그 이야기들을 읽으며 아이들은 자라서, 피터 팬과 달리, 어른이 된다. 그리고 다시는 돌아오지 못할 어린 시절을 그리워하고 이 따금 마음속으로 흐느껴 운다.

"나였던 그 아이는 어디 있을까, / 아직 내 속에 있을까 아니면 사라졌을까?"

파블로 네루다 시집 《질문의 책》에 실린 44번 시의 첫 대목이다. 이 구절을 읽자니 생텍쥐페리가 《어린 왕자》를 어른 친구인 레옹 베르트에게 바치면서 어린이 독자들의 용서를 구하고자 쓴 문장이 생각난다. "어른들도 처음엔 다 어린아이였다(그러나 그걸 기억하는 어른은 별로 없다). 그래서 나는 헌사를 이렇게 고친다: 어린 소년이었을 때의 레옹 베르트에게." 그런가 하면 루이스 캐럴은 《거울 나라의 앨리스》의 서시에서 이렇게 쓰기도 했다. "우리는 단지 임종의 시간이 가까운 것을 알고 초조해하는 / 좀 더 나이 든 어린아이들일 뿐. / (……) / 하지만 고통의 한숨도 / 우리 이야기의 즐거움을 시들게 하지는 못하리라."

"창조적인 어른이란 곧 살아남은 아이다." 어슐러 K. 르 귄의 말로 알려진 매력적인 금언이다. 르 귄 자신은 2015년 블로그에 올린 글에서 그 사실을 부정한 바 있다. 자신이 오래전에 그와 비슷한 말을 한 적은 있지만 정확히 그런 말은 아니라는 것. "어른이란 죽은 아이가 아니라 살아남은 아이"라는 게 르 귄이 한 말이고 거기에 '창조적인'이라는 말이 곁들여진 것

은 1999년 어느 교수에 의해서였다고 르 귄은 설명한다. 그게
정확히 르 귄의 말은 아니라 해도 그 말 자체는 매우 매력적이
어서 곱씹을 만한 가치가 있다. 따분한 훈육과 교육, 세상의 종
용에도 불구하고 '성장'을 거부하고 언제까지나 아이로 남아
있는 이들이 창조적인 어른, 곧 예술가가 된다는 뜻이겠다. 어
린이날을 앞두고 어린 시절의 독서 목록을 다시 꺼내 보면서
네루다의 시와 르 귄의 말이 내내 머릿속을 맴돌았다.

똥

인간은 먹은 만큼
배설해야 한다

　이번 꼭지 주제를 보고 당황하는 독자도 있을지 모르겠다. 도대체 똥이 문학과 무슨 연관이 있관데 등장하는 것인지 의아해할 수도 있겠다. 책에서 웬 지저분한 이야기냐며 눈살을 찌푸리는 이도 없지 않을 것이다.

　그렇지만 똥은 중요하다. 인간은 먹어야 사는 것과 마찬가지로 똥과 오줌을 배설해야 살 수 있다. 인풋과 아웃풋이 두루 순조로워야 인간이라는 생명-기계는 활동을 이어갈 수 있다. 밥이 필요한 만큼 똥도 불가피하다. 소설가 김훈이 산문집《연필로 쓰기》에 실린 〈밥과 똥〉이라는 글로 강조하려던 것이 바로 그것이었다.

"똥의 모양새는 남루한데 냄새는 맹렬하다. 사나운 냄새가 길길이 날뛰면서 사람을 찌르고 무서운 확산력으로 퍼져나간다. 간밤 술자리에서 줄곧 피워댔던 담배 냄새까지도 똥 냄새에 배어 있다. 간밤에 마구 지껄였던 그 공허한 말들의 파편도 덜 썩은 채로 똥 속에 섞여서 나온다. 똥 속에 말의 쓰레기들이 구더기처럼 끓고 있다."

인용한 것은 한창 사회생활에 바쁘던 젊은 시절 술을 험하게 마신 다음 날 아침의 화장실 정황을 묘사한 대목이다. 똥이 밥과 마찬가지로 긴요할 뿐만 아니라 밥을 정직하게 반영한다는 사실을 알게 한다. 아니, 밥뿐만 아니라 밥을 먹고 똥을 누는 사람의 생활 역시 투명하게 보여주는 게 바로 똥이다.

김훈은 산문에서뿐만 아니라 소설에서도 유난하다 싶을 정도로 똥을 자주 묘사했다. 장편 《내 젊은 날의 숲》에서 주인공인 수목원 소속 세밀화가 조연주의 어머니는 딸과 통화하면서 따로 지내는 아버지의 병증을 이렇게 전한다.

"너네 아버지, 변비가 왔어. 똥이 차돌멩이처럼 굳어져서 간병인이 꼬챙이로 파냈어. 팠더니 쪼가리로 떨어지더래. 새카맣고 딱딱했는데, 거기 밥알이 박혀 있었대. 똥에 물기가 전혀 없는데도 냄새는 칼로 찌르는 것 같대."

이상문학상 수상작인 단편 〈화장〉에서는 죽을병으로 입원한 주인공 오 상무의 아내가 괄약근에 대한 통제력을 잃은 채 똥을 힘없이 몸 밖으로 내보내는 장면이 잔인하게 묘사된다.

"항문 괄약근이 열려서, 아내의 똥은 오랫동안 비실비실 흘러나왔다."

비록 밥에 비할 바는 아니겠으되, 한국문학에서 똥에 관한 묘사는 제법 꾸준히 이어져왔다. 연암 박지원은 중국 견문기 《열하일기》에 실린 〈일신수필〉에서 "정말 장관은 깨진 기와 조각에 있었고 정말 장관은 냄새나는 똥거름에 있었다"며, 중국에 관한 개성적인 관찰을 내놓는다. "똥오줌이란 세상에서 가장 더러운 물건이다. 그러나 이것이 밭에 거름으로 쓰일 때는 금싸라기처럼 아끼게 된다. 길에는 버린 재가 없고, 말똥을 줍는 자는 오쟁이를 둘러메고 말꼬리를 따라다닌다. 이렇게 모은 똥을 거름창고에다 쌓아두는데 혹은 네모반듯하게 혹은 여덟 혹은 여섯 모가 나게 혹은 누각 모양으로 만든다. 똥거름을 쌓아 올린 맵시를 보아 천하의 문물제도는 벌써 여기에 있음을 볼 수 있다." 연암이 한문소설집 《방경각외전》에 실린 단편 〈예덕선생전〉에서 똥 푸는 인물 엄행수를 예덕 선생이라 일컬으며 "자신의 덕을 더러움으로 감추고 세속에 숨어 사는 대은大隱"으로 추켜세우는 것이 중국에 관한 이런 관찰과 통한다 하겠다.

김동인이 1929년 잡지 《신소설》에 발표한 단편 〈K박사의 연구〉는 한국 SF문학의 효시로 일컬어지기도 한다. 이 작품의 주인공인 K박사는 인구 증가에 따른 식량 부족 문제를 해결하고자 연구에 몰두하는데, 똥을 식량으로 재활용하는 방안이 그것이다. "대변 가운데 그냥 남아 있는 자양분은 아무도 돌아보는 사람이 없이 헛되이 썩어버리는데 그것을 어떤 방식으로 추출할 수만 있다 하면은 그야말로 식료품 문제에 위협받는 인류의 큰 복음이" 되리라는 것이 박사의 믿음이다. 사람의 똥을 먹는 개나 돼지의 사례에서 보듯 똥 속에 모종의 영양분이 남아 있다는 것은 아닌 게 아니라 과학적 사실이라 하겠다. 채소를 키울 때 똥을 거름으로 삼는 것도 같은 이치라 할 것이다. 박사는 똥에서 추출한 양분으로 음식을 만드는 데 성공하고 시식회까지 열지만, 재료가 똥이라는 사실을 알게 된 사람들이 먹은 음식을 토해내는 등 소동을 벌이면서 연구는 결국 무위로 돌아가고 만다. 영화 〈설국열차〉에 나왔던 바퀴벌레 원료 단백질 양갱을 떠오르게 하는 발상인데, 원료에 대한 사람들의 거부감이라는 점에서는 바퀴벌레를 크게 능가하는 셈이다.

하근찬이 1961년 《현대문학》에 발표한 단편소설 〈분糞〉은 6·25 전쟁기를 배경으로 삼았다. 주인공인 덕이네는 징용으로 끌려간 남편이 해방 뒤에도 소식이 없는 가운데 외아들 호덕을 스물한 살 나이까지 착실히 키웠는데 어느 날 징집 영장이 나온다. 남편에 이어 외아들마저 잃을까 상심이 큰데, 마침 그가 부엌데기로 일하는 주인집 화산댁이 역시 영장을 받은 제 아들 동철을 징집에서 빼내고자 면장과 지서 주임을 불러 융숭하게 대접하고 큰돈까지 건네는 모습을 목격한다. 덕이네도 적은 돈이나마 면장에게 바치며 호덕 역시 명단에서 빼줄 것을 요청하지만, 결국 동철은 징집을 면한 반면 호덕은 군에 끌려가게 되자 앙심을 품고 모종의 행동에 돌입한다. 면장실 앞 현관에 똥을 한 무더기 걸판지게 누어놓는 것이다.

"히히히…… 문둥이 자식, 내일 출근하다가 저걸 물컹 밟아야 될 낀데……."

현실에서는 도무지 어찌해볼 수 없는지라 그나마 제가 할 수 있는 최대한의 복수로서 생리 현상을 이용하는 덕이네의 몸부림이 안쓰럽다. 소설 제목이 똥의 한자어임에도 막상 소설 안에서는 '똥'이라는 말을 등장시키지 않으면서 배변 장면을 묘사하는 작가의 절제도 눈에 띈다.

복수를 위해 똥을 누는 행위는 〈분〉보다 무려 육십 년 뒤인 2021년에 출간된 최진영의 소설 《내가 되는 꿈》에서도 비슷하게 등장한다. 주인공인 맹랑한 소녀 태희는 학생들을 차별하고 괴롭히는 나쁜 담임 선생님의 자동차 보닛 위에 똥을 누는 것으로 초등학교 졸업 의식을 대신한다. "내 똥이나 처먹으라고 외치고 싶었다"는 태희의 심사는 〈분〉 마지막 장면에서

덕이네가 품는 안쓰러운 소망과 이어진다.

남정현이 1965년에 발표해 작가를 필화 사건에 휘말리게 만든 단편 〈분지糞地〉에는 제목과는 달리 실제로 똥이 등장하지는 않는다. 작품 제목인 분지란 강대국 미국의 폭력과 모욕에 시달리는 이 땅의 욕된 처지를 상징하는 비유적 표현이라 하겠다. 방영웅이 1967년 《창작과비평》에 발표한 장편 《분례기糞禮》의 주인공 분례糞禮는 어머니가 뒷간 똥 위에 낳았다고 해서 '똥례'라는 이름을 얻었는데, 잡초처럼 시달리고 짓밟히는 그의 삶 역시 이름을 닮았다. 아울러 이 소설은 똥례가 자신처럼 겁탈을 당한 뒤 목매어 죽은 친구의 무덤 위에 올라 똥을 누는 '의식'을 치른 뒤 고향 마을을 떠나는 장면으로 마무리된다.

《분례기》의 주인공이 똥처럼 비천한 사람이라면, 권정생이 1969년에 발표한 단편 동화 〈강아지똥〉은 이름 그대로 강아지가 눈 똥을 주인공으로 삼은 작품이다. 참새며 흙덩이 같은 미물에게조차 괄시받는 강아지똥은 하느님을 원망하며 자신의 존재 의미를 부정하지만, 저를 거름 삼아 싹을 틔우고 꽃을 피우는 민들레를 만나며 생각을 바꾸게 된다. "내가 거름이 되어 별처럼 고운 꽃이 피어난다면, 온몸을 녹여 네 살이 될게." 민들레에게 이렇게 말하는 강아지똥에게서는 인류의 구원을 위해 제 몸을 바친 예수의 면모가 엿보인다.

김지하가 1973년에 발표한 담시 〈똥바다〉의 원제는 '분씨

물어糞氏物語'다. 일본이 자랑하는 고전 소설 《겐지 이야기源氏物語》에 빗댄 제목에서부터 풍자적 의도가 선명하다. 이 이야기의 주인공인 분삼촌대糞三寸待는 조상 대대로 조선과 똥으로 인해 횡사한 내력 때문에, 평생 똥을 참았다가 한국의 수도 서울 한복판에 가서 왕창 누는 것으로 설욕하겠다는 분심(憤心, 또는 糞心?)을 품는다. 분삼촌대는 "한일친선, 기생포식, 처녀시식, 오물배설, 불만해소, 자존과시, 선인(鮮人, 조선 사람)능멸, 자원약탈, 보물도굴, 폐품처리, 공해수출, 시장확보, 일확천금, 과거설욕, 노력수탈 민간방한단"의 일원으로 한국에 와서 광화문 이순신 장군 동상 위에 올라 그동안 참았던 온갖 똥을 모조리 싸지르는데, 그 똥의 종류와 형용을 묘사하는 부분은 가히 이 작품의 눈대목이라 할 만하다.

"홍똥, 청똥, 검은똥, 흰똥 / 단똥, 쓴똥, 신똥, 떫은똥, 짠똥, 싱거운똥 / 다된똥, 덜된똥, 반된똥, 반의반된똥, 너무 된똥 / 너무 안된똥, / 물똥, 술똥, 묽은똥, 성긴똥, 구린똥 / 고린똥, / 설사똥, 변비똥, 피똥, 똥 같지 않은 똥, 똥 같지 않지만 똥임이 분명한 똥 / 지렁이 섞인 똥, 회충 촌충 십이지장충 섞인 똥, 똑똑 끊어지는 똥, 줄줄 이어지는 똥, 꼬불꼬불 말리는 똥, 확확 퍼져 나가는 똥, / 미시마 유키오 대가리같이 똥글똥글하게 생긴 똥, / 미쓰비시 마크처럼 세 갈래 난 똥, / 후지산같이 꼭대기는 뻥 뚫리고 허어연 똥, / 게다짝같이 두 다리 달린 똥, (……)"

그렇게 광화문에서부터 한반도 전역을 똥으로 뒤덮어버리겠다는 포부로 배변에 매진하던 분삼촌대가 지나가던 참새가 내갈긴 똥을 밟고 미끄러져 제가 생산한 똥바다에 빠져 죽는 것이 이 이야기의 결말이다. 제2차 세계대전 패전 이후에도 청산하지 못한 일본의 제국주의 침략 야욕을 신랄하게 풍자한 이 작품의 결말은 이러하다.

"옛이야기들을 들으면 이렇게 망한 자 부지기수, 어찌 분삼촌대 한 놈뿐일까마는 저 죽을 줄 뻔히 알면서도 똥에 미쳐 똥을 모으고 똥을 기르는 자 요사이도 끊임없으니 / 모를 일이다! / 아마도 멸망이 또한 매혹인 곳에 풀 수 없는 또 하나 똥의 비밀이 있음에 틀림없으렷다."

양귀자의 1987년 연작소설집《원미동 사람들》에 실린 단편〈지하 생활자〉에는 화장실이 없는 연립주택 지하방에 사는 인물이 나온다. 계약할 때 1층에 사는 주인 여자는 언제든 제 집 화장실을 사용하라고 했지만 막상 용변을 위해 1층으로 올라가면 문을 열어주지 않고, 주인공은 골목에 주차된 차 뒤에서 볼일을 보고는 한다. "똥 쌀 데가 없으면 처먹질 말아야지!"라는 이웃 주민의 일갈은 밥과 똥의 끊을 수 없는 관계를 날카롭게 포착한다.

지금은 영화감독으로 더 유명한 이창동의 소설집《녹천에는 똥이 많다》표제작인 중편소설은 서울 상계동 아파트촌 건설 당시를 배경으로 삼는다. 주인공인 교사 준식은 가까스로 추첨에 당첨되어 상계동 단지 한구석 소형 아파트에 입주한다. 그런 그의 앞에 오랫동안 소식이 없던 이복동생 민우가 나타난다. 명문 대학 출신인 그는 학생운동과 노동운동의 배후로 지목돼 수배 중인데, 그가 나타나면서 준식의 소시민적 행복에 균열이 인다. 위기감을 느낀 그가 술김에 정보과 형사에게 민우의 소재를 알리고, 민우를 체포하러 온 형사들을 피해 어둠 속에 도망가던 준식은 아파트 공사장의 똥구덩이에 넘어져 어린애처럼 소리 내어 운다. 소설 마지막 문단은 고층 아파트로 상징되는 꿈과 희망이 사실은 똥구덩이와도 같은 더러운 욕망과 악몽 위에 구축된 것임을 극적으로 보여준다.

"이 거대한 오욕의 세상, 이미 모든 순결함과 품위를 잃어버린 이곳에서 나 또한 살아야 하는 것이다. 가자, 하고 그는 어둠 속을 바라보며 자신에게 설득했다. 이 어마어마한 쓰레기의 퇴적층 위, 온갖 오물과 증오와 버려진 꿈들을 발 아래에 두고 저 까마득한 허공에 아슬아슬하게 매달린 23평짜리의 내 보금자리를 향해."

장정일은 김훈 못지않게 똥에 관심이 많다. 다만 관심의 방향은 달라서, 그에게 똥은 인간의 위선과 허위를 까발리는 수단으로 구실한다. 경장편 《아담이 눈뜰 때》의 주인공은 자신이 개처럼 똥을 주워 먹는다는 독백으로 자기 모멸을 시전한다. 작가에게 필화와 투옥을 초래한 문제작 《내게 거짓말을 해봐》에 등장하는 인물 제이는 파트너인 와이의 똥을 먹는다. 와이의 똥을 먹으며 제이는 자신이 어떻게 이렇게 똥을 잘 먹을 수 있는가 자문하는데, 여기서의 답은 《아담이 눈뜰 때》 주인공의 독백과 다른 듯 같다. 자신이 (개가 아니라) 똥이기 때문이라는 것. 이 두 소설에서 개처럼 똥을 먹고 스스로가 똥이 되는 자멸의 포즈는 사실은 세계를 향한 야유와 고발의 몸부림이라 해야 할 것이다.

시로 출발했지만 소설로 방향을 틀었던 장정일이 오랜만에 내놓은 시집 《눈 속의 구조대》에도 마르키 드 사드를 닮은 분변糞便의 상상력은 이어진다. 시인 자신의 이름을 등장시킨 〈양계장 힙합〉이라는 작품은 《내게 거짓말을 해봐》로 인한 필화를 겨냥한 듯 읽힌다.

"예, 예, 꼴리는 대로 부르셔요. 나는 김수영 장정일입니다. 포르노 작가라고 비웃지 않는 것만 해도 감지덕지올시다. 나는 세상의 항문을 빨겠습니다. 당신 혀가 닿지 않는, 당신이 빨지 못하는 항문을 빨아드리겠습니다." (〈양계장 힙합〉 부분)

또 그의 〈구더기〉라는 시는 오줌과 똥을 탐하는 분변학이 세상의 허위와 위선에 대한 폭로이자 정화제이기도 함을 보여준다.

"캄캄한 항문을 보여줘 / 당신이 가장 감추고 싶은 것 / 당신이 줄 수 없는 것 / 당신에게는 없는 것 / 당신이 아닌 것을 줘 / 침과 오줌과 똥 // (……) // 내가 맡은 냄새를 당신에게 옮기고 싶어 / 침과 오줌과 똥 / 우리는 창조해야 돼 / 입맞춤이 거부당한 곳에서 생겨나는 / 꼬물거리는 구더기 / 구더기를"
〈〈구더기〉 부분)

독자의 인내력을 시험하는 듯한 엽기와 도착, 그로테스크를 특징으로 삼는 김언희의 시에도 인간 존재 자체를 똥과 같은 것으로 파악한 작품이 있다. 그의 두 번째 시집《말라죽은 앵두나무 아래 잠자는 저 여자》에 실린 시 〈홍도야〉가 대표적이다.

"똥처럼 오연하다 홍도야 똥처럼 의미심, 심장하다 똥처럼 난해하다 홍도야 위험한 또옹, 나는 방약무인한 구린내로 나의 있음을 진동시킨다 홍도야 고장난 변기 속의 똥무더기 같은 나의 있음을 홍도야 내 입으로 핥아 치울 수밖에 없는 요망한 요망한 요오망한 있음을 홍도야 똥 묻은 입으로 물고 빨고 핥고 분다 홍도야" (〈홍도야〉 전문)

흡사 유행가 가락처럼 흥겹게 넘어가는 이 자멸의 시에서 "요망한 있음"이 "요오망한 있음"으로 늘어지는 순간, 독자는 그것이 '요 망한 있음' 그러니까 '이 망한 삶 또는 존재'라는 중의적 의미를 지니게 됨을 눈치챌 수 있을 것이다.

요절한 작가 김소진의 사후에 나온 소설집《눈사람 속의 검은 항아리》에는 똥을 등장시킨 단편이 둘 들어 있다. 그가 죽던 해인 1997년 봄에 발표한 표제작과 그가 마지막까지 손에 붙들고 있었던 미완성 유작 〈내 마음의 세렝게티〉가 그것들이다. 〈눈사람 속의 검은 항아리〉에서 작가 자신의 가탁이라 할 주인공 민홍은 재개발을 위해 철거 중인 옛 동네를 찾아갔다가 갑자기 변의가 오는 바람에 반쯤 부서진 집에 남아 있던 깨진 항아리 안으로 엉덩이를 비집고 들어가 앉아 똥을 눈다. 연작소설집 《장석조네 사람들》을 비롯해 자신의 여러 소설 무대이기도 한 동네가 철거되어 없어지는데도 무력하기만 한 그는 어릴 적 추억을 상기시키는 항아리 안에서 똥을 누는 행위로써 이별 의식을 대신할 뿐이다.

"이 동네가 포크레인의 날카로운 삽질에 깎여가면 내 허약한 기억도 송두리째 퍼내어질 것이다. 그런데 나는 기껏 똥을 눌 뿐인데…… 그것밖에 할 일이 없는데……."

〈내 마음의 세렝게티〉는 증권사 직원들의 연수원 생활을 그린 작품이다. 연수가 인원 정리를 위한 사전 포석이라는 흉흉한 소문이 도는 가운데 연수 프로그램의 하나로 유서 쓰기가 진행되는데, 한 인물의 유서가 특히 심금을 울린다. 미구에 닥칠 죽음을 작가 자신이 무의식 차원에서라도 인지하고 있었던 것이 아닐까 싶을 만큼 이 유서는 절절하고 감동적이다. 자신이 죽어서 똥으로 돌아갈 것인바, 그 똥은 더럽고 냄새나는 것이지만 동시에 푸른 생명의 근원이기도 하다는 인식은 얼마나 깊고 성숙한가. 이 소설 속 유서는 말하자면 권정생의 〈강아지똥〉과 장정일, 김언희의 시를 종합한 듯한 울림을 준다.

"이제 나는 세상의 똥으로 돌아갑니다. 더럽고 냄새나고 아무짝에도 쓸모없이 버려지는 똥 말입니다. (……) 똥이 다시 부드러운 흙과 투명한 바람과 서로 몸을 섞고 맑은 공기를 따라 푸성귀도 되고 짐승의 살이 되듯 일평생 똥이 가득 머물다 간 집이었던 내 몸뚱어리는 스스로가 똥이 되려 합니다. 거름이 되려 합니다. 끝내 다시 태어나려는 기억도 잊으려 합니다……."

복수

복수는 문학의 힘

"파트로클로스여! 내 이제 그대를 따라 지하로 갈 것이오. / 하나 기상이 늠름한 그대를 죽인 헥토르의 무구들과 머리를 / 이리 가져오기 전에는 내 그대의 장례를 치르지 않을 것이오. / 그리고 그대를 화장할 장작더미 앞에서 트로이아인들의 빼어난 자제 / 열두 명의 목을 벨 것이오. 그대의 죽음이 나를 노엽게 한 때문이오."

서양 문학사의 조종祖宗이라 일컬어지는 호메로스 서사시 《일리아스》의 한복판에서는 주인공 아킬레우스의 격렬한 분노와 복수의 외침이 울려 퍼진다. 그리스 연합군을 이끌던 아가멤논과의 갈등으로 자신이 전쟁에서 빠져 있는 사이 그를 대신해 전장에 뛰어든 사랑하는 벗 파트로클로스가 적장 헥토르에게 죽임을 당하자 그에 대한 복수를 다짐하는 대목이다. 사실 이 작품의 배경인 트로이 전쟁부터가 트로이 왕자 파리스가 아가멤논의 동생인 스파르타 왕 메넬라오스의 부인 헬레네를 유혹해 도망친 데 대한 복수로서 시작된 것이었다. 게다가 영웅 아킬레우스가 전쟁에서 몸을 뺀 까닭 역시 자신의 소유였던 미녀 포로 브리세이스를 아가멤논이 가로챈 데 대한 일종의 복수로서였으니,《일리아스》의 서사를 추동하는 핵심 동력을 복수로 보아도 크게 무리가 없어 보인다.

호메로스의 서사시에서 발원한 고대 그리스의 비극들에서도 복수는 주요한 모티프로 구실한다. 특히《일리아스》의 주역 중 한 사람인 아가멤논과 그의 부인 클뤼타이메스트라, 그들의 자식인 엘렉트라와 오레스테스로 이어지는 가족 내 살인과 복수의 연쇄는 고대 그리스 비극의 가장 중요한 소재로 동원되며 거듭 변주되었다. 이 시기 3대 비극 작가로 꼽히는 아이스퀼로스와 소포클레스, 에우리피데스가 이 불행한 가족의 이야기를 저마다의 드라마로 각색했다. 아이스퀼로스는 '오레스테이아 삼부작'으로 일컬어지는《아가멤논》《제주를 바치는 여인들》《자비로운 여신들》에 가족 비극의 전모를 담았고, 소포클레스와 에우리피데스는 각각《엘렉트라》라는 작품으로 선배인 아이스퀼로스의 작품을 변주했다. 딸을 죽인 데 대한 복수로 아내가 남편을 살해하고 그에 대한 복수로 다시 자식들이 제 어머니를 살해하는 이 살인과 복수의 연쇄는 어떻게 시작되었던가.

《일리아스》의 배경이 된 트로이 전쟁의 총사령관인 아가멤논은 여신 아르테미스의 노여움을 달래고 역풍을 잠재우고자 자신의 딸 이피게네이아를 제물로 바치고 전쟁에 나선다. 이 때문에 남편에게 원한을 품게 된 아내 클뤼타이메스트라는 전쟁이 끝나고 십 년 만에 집으로 돌아온 아가멤논을 자신의 정부情夫 아이기스토스와 힘을 합해 살해한다. 아이스퀼로스의 《아가멤논》에서 아가멤논이 다스리던 아르고스 시의 노인들로 구성된 코로스는 "오오 여인이여, / (……) / 대체 무슨 독약을 먹고 자랐기에 그대는 / 이토록 백성들의 원성과 저주를 짊어지는 것이오?"라며 클뤼타이메스트라의 남편 살해를 꾸짖는데, 그에 대한 클뤼타이메스트라의 대답은 자신의 행동이 복수를 통한 정의 회복이었음을 강조한다.

"하지만 그대는 여기 이 사람이 트라케의 바람을 / 잠재우기 위해 내 산고産苦의 소중한 결실인 / 그 자신의 딸을 제물로 바쳤을 때는 잠자코 있었소. / (……) / 부정不淨한 짓을 한 대가로 이 나라에서 추방했어야 할 사람은 / 바로 이 사람이 아니겠소? / (……) / 내 자식의 원수를 갚아주신 정의의 여신과 아테와 / 복수의 여신들에게 나는 이 사람을 제물로 바쳤거늘.”

한편 클뤼타이메스트라의 정부 아이기스토스에게도 나름 복수의 동기가 있었으니, 그의 부친 튀에스테스는 다름 아니라 아가멤논의 부친인 아트레우스의 친동생으로, 왕권에 위협을 느낀 아트레우스에 의해 추방되었다가 가까스로 고향에 돌아왔으나 아트레우스가 환영 잔치를 베푼다며 그 아우의 자식들 살점을 접시에 담아 먹게 한 사실을 뒤늦게 알게 되었던 것. 아이기스토스가 아가멤논의 주검을 보며 “통쾌한지고, 여기 이자가 제 아비의 죗값을 치르고 / 복수의 여신들이 짠 옷을 휘감고 누운 걸 보니”라 부르짖은 데는 그런 배경이 있었다.

그러나 복수는 또 다른 복수를 낳는 법.《아가멤논》의 극중 코로스가 “제우스께서 왕좌에 계시는 동안에는 / 행한 자는 당하게 마련”이라며 “이 가문에는 재앙이 아교처럼 단단히 붙어 있나니”라고 노래한 대로, 클뤼타이메스트라와 아이기스토스의 복수는 또 다른 복수를 낳게 된다. 아가멤논과 클뤼타이메스트라의 남은 자식들인 딸 엘렉트라와 그 남동생 오레스테스가 제 어머니를 상대로 복수를 펼치는 것. 3대 비극 작가가 이 가족 드라마를 각자의 방식으로 각색하고 변주했다는 사실은 이 연쇄 복수극이 창작자에게 지니는 매력을 알게 한다.

아내의 남편 살해, 자식들의 어미 살해만으로도 부족하다는 듯, 에우리피데스의 비극《메데이아》에서는 한발 더 나아

169

간다. 주인공 메데이아는 아버지를 배반하고 동생을 죽이면서까지 남편 이아손을 도왔는데, 이아손이 자신을 배신하고 코린토스의 왕 크레온의 딸과 결혼하자 무서운 복수극을 펼친다. 공주와 그 아버지 크레온을 살해할 뿐만 아니라 자신과 이아손 사이에서 나온 두 아들 역시 죽이는 것이다. 그것이 남편을 가장 고통스럽게 하리라는 판단에서다.

"여유 부리다가, 아이들을 다른 적의 / 손에 넘겨주어 죽게 해서는 안 돼. / 아이들이 반드시 죽어야만 한다면 / 아이들을 낳은, 바로 내가 죽일 것이다. / 자, 무장하라, 담대한 마음이여. 왜 주저하느냐? / 무시무시한 불행이지만 반드시 감행해야 한다."

메데이아의 복수는 그리스 신화에서부터 전승되어온 이야기지만, 메데이아가 자신의 자식들을 죽여서 남편에게 복수한다는 설정은 에우리피데스의 비극에서 처음 도입되었다. 막장이라는 말만으로는 감당하기 어려운, 복수의 끝장을 여기에서 만날 수 있다.

"오오, 복수로다! / 도대체 나는 얼마나 못난 놈이냐! 참으로 장하구나. / 사랑하는 아버지의 참극을 당하고 / 하늘과 지옥이 복수를 재촉하는데도 / 창녀처럼 속내를 말로만 풀어놓고 / 그야말로 헤픈 여자처럼 저주만 하고 있으니."

셰익스피어의 희곡《햄릿》역시 숙부에게 독살당한 아버지

의 죽음에 대한 주인공 햄릿의 복수를 주제로 삼는다. 셰익스피어의 또 다른 작품《베니스의 상인》에서는 자신을 모욕한 안토니오에 대한 유대인 상인 샤일록의 복수심, 그리고 그가 꾸민 함정과 음모에 대한 안토니오와 연인 포셔의 복수가 물고 물리며 이야기를 끌고 간다. 복수는 우리 고전《춘향전》에서도 핵심 모티프로 구실한다. 거지 행색 이몽룡이 변학도의 생일잔치에서 쓴 시 "금 술동이 속 향기로운 술은 일천 사람의 피요 / 옥 쟁반의 맛난 음식은 일만 백성의 기름"은 탐관오리를 향한 응징의 경고이자 자신의 여인을 탐했던 자에 대한 복수의 선언이기도 하다.

복수를 다룬 문학작품의 목록을 작성하는 일이 가능할까. 복수의 문학사란 그 자체가 세계 문학사라 해도 과언이 아닐 것이다. 박경리 대하소설《토지》의 방대한 이야기는 주인공 서희가 조준구에게 빼앗겼던 땅을 되찾고 그간 당한 수모에 복수하는 기둥 줄거리를 둘러싸고 뻗어나간다. 김주영 대하소설《객주》역시 조성준이라는 쇠살쭈(우시장에서 흥정을 붙이는 사람)의 원한을 풀려는 복수의 마음이 주인공 천봉삼을 비롯해 여러 작중인물의 행로를 결정한다. 정유정 소설《7년의 밤》역시 우발적 살인과 복수의 연쇄를 소재로 삼았다.

알렉상드르 뒤마의 대작《몬테크리스토 백작》은 자신을 모함하고 곤경에 빠뜨린 자들을 상대로 오랜 시간이 지난 뒤 치밀한 복수극을 펼치는 주인공의 활약을 그린 소설이다. 허먼 멜빌의 소설《모비딕》이 흰고래 모비딕을 향한 에이허브 선장의 복수심을 동력 삼아 전개된다면, 독일 작가 하인리히 뵐의 소설《카타리나 블룸의 잃어버린 명예》는 황색 언론의 무책임한 보도로 명예를 훼손당한 여성이 복수를 위해 기자를 살해하는 사건을 다루었고, 일본 작가 미나토 가나에의 소설《고백》은 자신의 중학생 제자들에게 살해당한 어린 딸의 죽음에 대한 교사의 냉정하고도 잔혹한 복수담을 그렸다. 에도 시대에 주군을 잃은 사무라이 47명이 치밀하게 준비해 벌였던 복수극《주신구라》는 교과서에도 실리고 가부키 공연과 영화 및 텔레비전 드라마 등으로 줄기차게 소환되는, 일본 정신의 정화精華라 할 만하다. 콩쥐팥쥐, 장화홍련 같은 한국 고전 설화들에서도 복수는 빼놓을 수 없는 주제로 등장하며, 무협 소설에서는 부모나 스승의 원수를 갚고자 주인공이 무술을 연마하는 과정이 일종의 장르 문법으로 통한다.

복수는 분노의 감정과 밀접하게 이어져 있다. 누군가가 나 또는 나와 가까운 이를 괴롭히거나 모욕할 때 그에 대한 분노는 복수를 향한 열망에 불을 지핀다. 아리스토텔레스는《수사학》에서 분노와 복수의 이런 관계에 주목하면서, 분노의 감정에는 복수하고자 하는 염원이 주는 어두운 기쁨이 수반한다고 설명한다. 분노와 복수심은 아마도 사랑보다 강력한 유일한 정념이 아닐까. 세계 문학의 거장들이 다투어 분노와 복수를 다룬 까닭은 그 때문일 것이다. 알바니아 출신 작가 이스마일 카다레의 소설《부서진 사월》은 알바니아 북부 고원지대에 남아 있는 관습법 '카눈'을 다룬 작품이다. 피는 피로써 갚는다는 카눈의 가르침에 따라, 한 가문의 구성원이 상대 가문의 누군가에게 살해당하면 이쪽 가문의 다른 누군가가 살인자인 상대 가문 구성원을 죽여야 하고, 그는 다시 상대 가문의 다른 누군가의 살해 대상이 되는 악무한의 반복. 복수를 도리와 법의 차원으로까지 끌어올린 카눈은 인간 삶의 근본적 부조리와 불가해성을 상징하는 듯하다. 마크 트웨인의 소설《허클베리 핀의 모험》에는 카눈 관습을 닮은 두 가문의 연쇄 복수극에 로미오와 줄리엣 이야기를 결합한 듯한 에피소드가 등장하기도 한다. 그런가 하면 스웨덴 작가 요나스 요나손의 소설《달콤한 복수 주식회사》는 이렇듯 유구하고 본원적인 인간 욕망의 사업화 가능성에 주목한 이들의 이야기를 경쾌하게 그린다.

복수는 사업이 되기도 하지만 글쓰기의 출발점이자 동력이 되기도 한다. 독일 작가 마르틴 발저가 2002년에 발표한 소설《어느 비평가의 죽음》은 복수로서의 글쓰기의 한 사례로 적잖은 논란을 낳았다. 이 작품은 텔레비전의 문학 프로그램을 진행하며 문단권력으로 군림하는 비평가를 소설가가 살해하는 사건을 그렸는데, 이런 설정이 실제 독일 문학계의 '황제'로 일컬어지던 마르셀 라이히라니츠키에 대한 작가 자신의 문학적 복수로 받아들여지면서 문단 안팎에서 거센 찬반 의견이 터져 나왔다.

하일지의 소설《경마장 가는 길》의 주인공인 유부남 R은 프랑스 파리 유학 시절 동거했던 미혼 여성 J에게 섹스를 조르거나 금전적 보상을 요구하다가 그 어느 것도 받아들여지지 않자 마지막 협박을 들이민다. 둘의 관계를 글로 써서 까발리겠다는 것이다. 그렇게 해서 R이 쓰기 시작한 글이 바로 소설《경마장 가는 길》이고 그 결과 그는 금전적 이득을 얻게 되리라는 사실을 예고한 것이지만, 여기에는 생략되어 있는 또 다른 측면이 있으니 복수로서의 글쓰기가 바로 그것이다. 자신과 J 사이에 있었던 지난 일들(두 사람의 동거는 물론, J의 학위 논문과 문학평론 등단작을 자신이 대신 써주었다는 사실까지)을 폭로하기 위한 R의 글쓰기란 문학으로 위장한 일종의 리벤지 포르노라 해야 하지 않을까.

《경마장 가는 길》은 물론《어느 비평가의 죽음》역시 흔쾌하게 동의하기는 어렵지만, 복수로서의 글쓰기가 반드시 나쁜 것만은 아니다. 박완서의 자전적 소설《그 많던 싱아는 누가 다 먹었을까》의 말미에서 주인공은 오빠를 죽음으로 몰아넣는 등 자신의 가족을 괴롭히고 파괴한 전쟁 체험을 두고 이렇게 다짐한다.

"우리만 여기 남기까지 얼마나 많은 고약한 우연이 엎치고 덮쳤던가. 그래, 나 홀로 보았다면 반드시 그걸 증언할 책무가 있을 것이다. 그거야말로 고약한 우연에 대한 정당한 복수다. 증언할 게 어찌 이 거대한 공허뿐이랴. 벌레의 시간도 증언해야지. 그래야 난 벌레를 벗어날 수가 있다."

이런 다짐에 이어 주인공은 "앞으로 언젠가 글을 쓸 것 같은 예감"을 곱씹는데, 전쟁 시기를 다룬 소설 《나목》으로 1970년에 등단해 2011년 작고할 때까지 사십여 년간 줄기차게 이어진 박완서 문학의 발원지가 바로 이 장면이라고 보아도 크게 무리는 없을 것이다. 이 다짐과 예감의 장면에서 글쓰기를 통한 복수는 공동체에 대한 의무이자 개인적 구원으로서의 의미를 아울러 지니게 된다.

"현실의 질서에는 자신이 굴복하고 실패할 수밖에 없으므로 이번에는 그 세계가 거꾸로 자신에게 굴하여 좇을 수밖에 없도록, 그 세계 자체를 아예 자기 식으로 뒤바꿔놓을 수 있을 어떤 새로운 질서를 꿈꾸기 시작한단 말입니다. 좀 더 문학적인 표현을 빌려 말한다면, 자기 삶의 근거를 마련하려는 일종의 복수심이지요."

이청준의 연작 단편 〈지배와 해방-언어사회학서설 3〉에서 작가 자신의 가탁이라 할 소설가 이정훈은 글쓰기의 동기를 이렇게 설명한다. 현실에서 패배한 자가 그에 대한 간접적 복수로서 글쓰기를 택한다는 설명이다. 문학이 승자보다는 패자에게 공감하며, 현실의 질서가 아닌 다른 질서를 꿈꾼다는 사실을 새삼 확인할 수 있다.

이청준의 후배 작가 주인석도 소설 쓰기에 관한 선배 작가의 통찰에 동조한다. 그의 연작소설집 《검은 상처의 블루스》에는 '소설가 구보씨의 하루'라는 부제를 단 연작 다섯 편과 〈마지막 소설가, 구보씨의 10년 후〉라는 단편이 다른 두 단편과 함께 실려 있는데, 이 책의 곳곳에서 주인석은 패배자의 복수로서의 글쓰기에 대한 생각을 거듭 밝힌다. "소설은 좌절한 의식의 소산이다" "소설이란 진정하고도 완벽한 복수와 같다" "소설가는 반성시키는 반성가다. 그러기 위해 소설가는 실패해야 한다. 가난해져야 한다" 등등. 이 연작의 마지막 작품은 제목에서부터 복수를 내세운 〈지옥의 복수가 내 마음을 불타게 한다〉이다. 모차르트 오페라 〈마술피리〉의 저 유명한 소프라노 아리아에서 제목을 가져온 이 작품은 12월 12일 쿠데타의 공소시효가 마감되는 1994년 12월 12일 밤을 배경으로 삼는데, 여기에서 주인공인 소설가 구보씨가 쿠데타 주역들에 대해 꿈꾸는 지옥의 복수는 오직 소설의 형태로만 가능할 뿐이다. 이 책 말미에는 작가의 동갑내기 평론가인 이광호의 해설이 실렸다. 〈그대 아직 복수를 꿈꾸는가-우리 세대의 구보를 위하여〉라는 제목을 단 이 글은 문학적 복수의 (불)가능성과 복수로서의 문학의 영속성에 대한 요령 있는 설명을 담고 있다.

 "그것(=글쓰기)은 좌절한 자의 좌절의 한 형식으로서의 복수이다. 그 복수는 어쩌면 현실적으로는 불가능하거나 소용되지 않는다. 그러한 글쓰기를 통해 그는 그가 복수하려는 권력과 체제와 제도를 탄핵할 수 없다. (……) 그래서 엄밀하게 말하면 소설 쓰기로서의 복수는 복수 그 자체가 아니라 복수의 꿈이며, 복수의 꿈은 그를 끊임없이 소설 쓰기에 매달리게 만든다."

술

초월 혹은 도피

시인이자 영문학자인 수주 변영로(1898~1961)가 1953년에 낸 회고록《명정 40년》에서 제목에 쓰인 '명정酩酊'은 몸을 가눌 수 없도록 크게 취한 상태를 가리킨다. 제목처럼 무려 대여섯 살 무렵에(!) 시작해 평생을 이어온 음주 역사와 그에 얽힌 일화를 재미나게 엮어놓아 큰 인기를 끌었다. 김병익이《한국 문단사》에서 소개한 '백주 나체 승우乘牛' 사건이 대표적이다. 공초 오상순과 횡보 염상섭, 성재 이관구(언론인)와 수주까지 네 사람이 어느 날 대낮에 서울 명륜동 산자락에서 펼쳐진 술자리에서 대취해서는 입고 있던 옷을 다 찢어버려 알몸인 채로 소 등에 올라타고 비탈길을 내려와 큰길까지 진출했던 일이다. 지금 같았으면 풍속사범으로 처벌받았겠지만, 김병익은 그런 호쾌한 명정이야말로 시대의 절망에 맞설 유일한 방법이었을 것이라며 옹호했다.

《명정 40년》뿐만이 아니다. 국문학자 양주동의 회고록《문주반생기》는 제목 그대로 문학과 술로 점철된 지난 시절을 역시 흥미롭게 풀어내《명정 40년》과 짝패를 이룰 만하다. 부산 피난 시절을 다룬 김동리의 단편소설〈밀다원 시대〉, 시인 고은의 산문《1950년대》, '명동 백작' 이봉구의 문단 회고록, 소설가 이문구의 문인 스케치 등 문인과 문단을 다룬 책과 글들은 약속이나 한 듯 누룩 냄새를 진하게 풍긴다. 이문구 연작소설집《관촌수필》수록작인 단편〈공산토월〉에서, 후배 작가 이문구가 보고 싶어 새벽 첫차로 대전에서 상경한 박용래가 아침부터 고량주를 마시며 '술주정'을 하는 장면은 읽는 이마저 취기에 사로잡히게 만드는 듯하다. 창밖으로 쏟아지는 함박눈을 보던 박용래는 "이까짓 눈두 눈인 중 아네?"라며 그가 일제 말기 조선은행(한국은행)에 근무할 때 현금 수송차 경원선 기차를 타고 가며 보았던 북방의 눈에 대해 한껏 자랑(?)을 늘어놓다가는 결국 '눈물의 시인'답게 이야기를 마무리한다. "나는 울었다. 그냥 울었다. 두만강 눈송이를 바라보며 한없이 한없이 그냥 울었단 말여……."

어디 한국만이랴. 세계의 어느 구석이든 문학 활동이 이루어지는 곳에는 단짝처럼 또는 그림자처럼 술이 따라붙는다. 문인들은 대체로 글을 쓰는 것 못지않게 부지런히 술을 마시고, 술기운을 빌려서 또는 취기와 싸우면서 글을 쓰고는 한다. 동서고금을 막론하고 명성이 자자한 문인들 가운데 호가 난 술꾼이 워낙 많은 까닭에 글을 잘 쓰자면 술 역시 잘 마셔야 하는 게 아닌가 하는 착각이 들 정도다. 그러나 미리 당겨 말하자면 모든 문인이 술꾼인 것은 아니고, 술을 적게 마시거나 아예 마시지 않는 문인 역시 얼마든지 있다.

세계 문학사상 가장 유명한 술꾼 문인이라면 아무래도 중국 당나라 시대 시인 이백을 들어야 할 것이다. 두보와 함께 성당盛唐 시기 시 르네상스를 이끈 쌍두마차라 할 이백은 생애 자체가 술과 결부되어 있다 해도 무방할 정도다. 〈장진주〉 〈월하독작〉 〈산중대작〉 등 술을 노래한 그의 많은 시편은 오늘날까지 애송되고 있다. 그 가운데 달 아래에서 홀로 술을 마신다는 뜻을 지닌 〈월하독작〉 제2수를 읽어본다(다만 이 시는 이백의 작품이 아니라는 설도 있다).

"하늘이 술을 사랑하지 않았다면 / 주성酒星이 하늘엔 없었을 테고 // 땅이 술을 사랑하지 않았다면 / 땅엔 응당 주천酒泉이 없었을 터 // 하늘과 땅이 이미 술을 사랑했으니 / 술 즐김이 하늘에 부끄럽지 않도다 // 들으니 청주는 성인聖人에 견주고 / 탁주는 현인과 같다고 했도다 // 현인과 성인을 다 마신 터에 / 굳이 신선을 찾을 필요 있으랴 // 석 잔 술로 대도大道에 통하고 / 한 말 술이면 자연과 합하노니 // 취중의 흥취 얻으면 그만이지 / 술 깬 자들에겐 말하지 말지라" (《월하독작》 제2수 전문)

술꾼의 자부와 긍지가 가히 도저하다. 술이란 하늘과 땅이 베푼 것이고, 술을 마시는 일은 성인과 현인은 물론 신선의 경지조차 넘볼 첩경이라는 배포가 짱짱하다. 이백 당대의 고관대작이자 시인인 하지장은 그의 시재詩材에 감탄하며 그를 가리켜 '하늘에서 귀양 온 신선謫仙'이라 했는데, 이 시에 따르면 신선이 되는 비결은 곧 술에 있다 하겠다.

술에 관한 한 페르시아 시인 오마르 하이얌 역시 이백에 뒤지지 않는다. 4행시들을 모은 그의 시집 《루바이야트》는 불확실하고 불안한 현세적 삶의 대안으로 종교나 진리 같은 초월적 가치 대신 술을 마시고 즐기라는 쾌락주의적 지침을 제시한다. 그 가운데 한 편은 이러하다.

"술을 들라, 이야말로 영원한 생명 / 청춘의 유일한 보람이니 / 꽃과 술, 사랑하는 벗들과 함께 / 이 순간을 즐겨라, 그것만이 참다운 삶"

술을 예찬한 시를 열거하자면 끝이 없을 테다. 그렇다면 시인들은 왜 그토록 술에 매료되는 것일까. 정현종의 초기 시

〈술 노래 1〉에서 그 답을 찾아보자.

"물로 되어 있는 바다 / 물로 되어 있는 구름 / 물로 되어 있는 사랑 / 건너가는 젖은 목소리 / 건너오는 젖은 목소리 // (……) // 눈에 불을 달고 떠돌게 하는 / 물의 향기 / 불을 달고 흐르는 / 원수인 물의 향기여"(〈술 노래 1〉 부분)

정현종의 3연짜리 시에서 술은 "목소리"를 건네주는 매개가 된다. 술이 언어와 관계가 있다는 것이다. 실제로 술자리란 말의 성찬이 차려지는 장이기도 하다. 술에 취한 사람은 평소보다 말이 많아진다. 대화를 나누고자 술을 마신다고 해도 좋을 것이다. 술이 언어를 활성화시킨다는 관찰은 프랑스 미학자 가스통 바슐라르의 책《불의 정신분석》에도 나온다. 이 책의 제6장은 〈알코올: 타는 물〉이라는 꼭지로 시작하는데, 이 글에서 바슐라르는 이렇게 썼다. "분명 알코올은 언어를 만드는 한 요소다. 알코올은 어휘를 풍부하게 하고 구문을 해방시킨다." 작고한 평론가 김현이 〈불꽃의 말〉이라는 산문에서 "술은 말의 예비자이며, 말의 부피를 불리는 희한한 공기"라고 쓴 데에서는 그가 애정했던 바슐라르의 그림자가 어른거린다. 술자리의 입말과 문학 창작의 글말은 물론 엄연히 성질이 다르지만, 같은 말로서 상통하는 바 역시 적지 않다. 알코올의존증에 시달렸던 미국 작가 존 치버는 술이 주는 흥분과 상상이 주는 흥분에는 매우 흡사한 측면이 있다며, 글쓰기와 자신의 음주벽이 서로 엮여 있다는 의혹이 든다고 일기에 쓴 적이 있다.

미국에 거주하는 한국인 정신과 전문의 정유석은 2005년에 낸 책《작가와 알코올중독》에서 미국 작가 22명의 알코올의존증 사례를 다룬 바 있다. 영국의 논픽션 작가 올리비아 랭 역시 2017년에 번역 출간된 책《작가와 술》에서 스콧 피츠제럴드, 어니스트 헤밍웨이, 테네시 윌리엄스, 존 베리먼, 치버, 레이먼드 카버 등 미국 작가 여섯 사람의 알코올의존증과 그들의 문학의 관계를 파고들었다. 그 자신 알코올의존증에 시달렸던 미국 작가 레슬리 제이미슨도 '회복'이라는 뜻을 제목 삼은 책《리커버링》에서 자신의 경험과 선배 작가들의 사례를 들어가며 알코올의존증의 세계를 보여준다.

이런 책들이 연이어 나올 정도로 미국 작가들의 알코올의존증은 유별나고 자심하다. 미국인으로 처음 노벨문학상을 받은 것은 1930년 수상자인 싱클레어 루이스였는데 그를 포함해 이후의 미국인 수상자들인 유진 오닐(1936년)과 윌리엄 포크너(1949년), 헤밍웨이(1954년), 존 스타인벡(1962년) 등이 하나같이 알코올의존증이 있었다. 1938년 수상자인 펄 벅 그리고 1976년 수상자 솔 벨로 이후의 수상자들은 다르지만, 루이스에서 스타인벡까지 미국의 노벨문학상 수상 작가 여섯 명 가운데 다섯은 심각한 알코올의존증에 시달렸다는 뜻이다. 노벨상을 받진 못했지만 수상자들 못지않게 유명한 에드거 앨런 포, 잭 런던, 피츠제럴드, 윌리엄스, 찰스 부코스키, 스티븐 킹 등도 마찬가지.

그 자신 또한 알코올의존증 가정에서 자란 랭은 여섯 작가의 흔적을 좇아 미국을 종횡하며 무엇이 그들로 하여금 술을 마시게 했는지, 술은 그들의 문학에 어떤 영향을 끼쳤는지를 추적한다. 그렇게 알코올과 문학의 관계를 궁구한 랭의 결론은 무엇일까. 그에 따르면 알코올은 두 개의 얼굴을 지닌다. 처음에는 글쓰기에 도움을 주는 것 같다. 술의 영향력 아래 놓인 작가는 어쩐지 상상력이 풍부해지고 글이 잘 써진다는 느낌을 받는다. 그러나 그렇게 해서 일단 술에 의존하게 되면 술기운을 떠나서는 글을 쓰기가 점점 더 어렵게 되고 결국 채 발현되지 못한 창작의 불꽃을 꺼뜨리는 결과로 이어진다. 그러니까 알코올이 제공하는 것은 영감의 불꽃이나 언어의 폭죽이 아니라 오히려 작가 생활의 종언이라는 것. 랭은 술에 관한 낭만주의적 신화화에 반대하며, 알코올중독에 걸린 작가라면 술을 끊고 자신을 회복해야 한다고 강조한다. 랭의 책에서 치유의 사례로 소개한 치버와 카버처럼 레슬리 제이미슨 역시 AA라는 약칭으로 불리는 '익명의 알코올중독자들Alcoholics Anonymous'이라는 모임에 나가면서 중독에서 벗어날 수 있었다는 사실이 흥미롭다.

스티븐 킹의 자전적 작법서 《유혹하는 글쓰기》에는 그 자신의 작가 생활 초기에 술과 코카인에 중독되었던 경험에 관한 이야기가 들어 있다. 나란히 영화로도 만들어져 인기를 끈 그의 소설 《샤이닝》과 《미저리》가 자신의 그런 중독을 다룬 작품이라는 고백이 특히 흥미롭다. 그에 따르면 《샤이닝》의 광기 어린 소설가 주인공은 바로 킹 자신이었으며, 《미저리》의 미친 간호사 애니는 코카인이자 술이었다는 것. 이 소설에서 애니를 상대로 한 작가 폴 셸던의 싸움은 코카인과 술을 상대로 한 킹 자신의 싸움을 상징한 것이라는 설명이다. 이런 설명에 이어 킹은 술(또는 마약)과 문학 창작 사이의 관계에 대한 자신의 지론을 내놓는다. "창의적인 활동과 정신을 좀먹는 물질 사이에 밀접한 관계가 있다는 생각은 우리 시대가 낳은 터무니없는 통념 가운데 하나일 뿐이다."

미국 작가들의 알코올의존증이 대체로 개인적 배경을 지니는 것과는 달리, 신산한 역사적 배경을 지닌 한국 작가 중에는 사회적·정치적 상황이 원인이 되어 중독에 빠져든 경우들도 적지 않다. 일찍이 일제강점기에 나온 현진건의 단편 제목처럼 '술 권하는 사회'가 중독을 초래한 것이다. 시인 천상병은 박정희 정권 시절 이른바 동백림 간첩단 사건에 애꿎게 연루되어 혹독한 고문을 당하고 나온 뒤 술을 마시며 방황하다가 쓰러져 행려병자 신세로 정신병원에 수용되었고, 오랫동안 그의 행방을 확인하지 못한 친구들은 그가 숨진 것으로 생각하고 유고 시집《새》를 출간하기도 했다.

전두환 시절 '한수산 필화 사건' 때에는 한수산의 문단 동료인 시인 박정만이 국군보안사령부에 잡혀가 심한 고문을 당하고 풀려났지만, 그 후유증으로 술에 빠져든 박정만은 1988년 마흔셋 생때같은 나이에 결국 간경화로 죽음을 맞았다. 숨지기 일 년여 전 석 달 동안 그는 500병 정도의 술을 마셨고, 불과 이십 일 어간에 300편 가까운 시를 새로 썼다고 말했다. 병으로 말라 죽어가는 소나무에 주렁주렁 솔방울이 매달리는 이치, 또는 죽음 직전의 수컷 연어가 온 힘을 다해 정액을 짜내는 행위와 같달까. 죽음을 예감한 시인의 내부에서 고여 있던 시심이 대폭발을 일으킨 셈이다.

《작가와 알코올중독》에 따르면 미국에서 술로 인해 사망하는 비율에서 작가가 술집 바텐더에 이어 2위로 나타났다고 한다. '회복'된 소수를 제하면 앞에서 거명한 미국 작가들 대부분이 술이 직간접 원인이 되어 때 이른 죽음을 맞았다. 이백의 호방함과 하이얌의 쾌락주의, 정현종의 예찬이 매력적이기는 하지만, 술의 역할은 어디까지나 삶에 윤기를 더하고 글쓰기를 촉진하는 수준에 머물러야 할 것이다.

팬데믹

"그대가
그대의 재앙이지요"

"헤아릴 수 없는 죽음으로 도시는 죽어가고, / 이 도시의 자식들은 동정도 문상도 받지 못한 채 / 땅바닥에 누워 죽음을 퍼뜨리고 있구나. / 거기에 맞춰 아내들과 백발의 노모들은 / 여기저기서 제단으로 몰려가 통곡하며 / 쓰라린 고통에서 구해주기를 애원하고 있구나."

그리스 비극을 대표하는 소포클레스의 《오이디푸스왕》 앞부분에서 역병이 번진 도시국가 테베의 참상을 노래하는 코로스의 한 대목이다. 스핑크스의 수수께끼를 풀고 테베의 왕좌에 오른 오이디푸스는 역병의 원인과 해법을 찾고자 델포이의 신탁을 청해 들은바, 선왕 라이오스의 살해범을 벌하지 않는 한 역병은 사라지지 않을 것이라는 예언을 듣는다. 신탁을 좇은 결과 오이디푸스가 자신이 선왕이자 친부의 살해범임을 알고 제 두 눈을 찌른 뒤 테베 바깥으로 스스로 추방당하는 결말은 비극이라는 문학 장르의 원형을 이루었다.

그리스 비극의 가장 유력한 적자嫡子라 할 셰익스피어의 작품에 그의 시대를 괴롭힌 역병인 흑사병(페스트)에 관한 언급이 나오고, 그의 작품 창작 역시 흑사병 창궐과 밀접하게 관련된다는 사실은 비교적 덜 알려져 있다. 그의 가장 유명한 작품일 《로미오와 줄리엣》에서 줄리엣의 가짜 죽음을 로미오에게 알리고자 파견되었던 존 신부는 흑사병에 걸린 이들의 집을 방문했다는 이유로 방역 당국에 의해 감금되는 바람에 임무를 수행하지 못하고, 이 일은 로미오와 줄리엣의 진짜 죽음으로 귀결된다. 셰익스피어의 또 다른 비극 《리어왕》에서는 리어가 맏딸 고너릴을 향해 "너는 내 오염된 피가 만든 / 부스럼이나 페스트 발진, / 부풀어 오른 화농이로구나"라며 저주를 퍼붓는다. 통계에 따르면 셰익스피어의 작품 전체에 '역병plague'이라는 단어가 모두 107번 나온다는데, 대부분은 주로 비유적 의미로 쓰였다. 셰익스피어가 태어나던 해인 1564년에는 그의 고향 마을 읍민의 5분의 1이 흑사병으로 목숨을 잃었으며, 1603년에서 1613년까지 런던을 휩쓴 흑사병 유행 때에는 그가 소속된 글로브 극장이 무려 78개월 동안 휴관하는 바람에 공연을 하지 못했고, 그런 휴지기에 셰익스피어는 《리어왕》과 《맥베스》《오셀로》《태풍》 같은 걸작들을 집필했던 것으로 추정된다. 그러니까 흑사병은 배우이자 극장 경영자 셰익스피어에게는 치명적이었지만 극작가 셰익스피어에게는 하늘이 내린 기회이기도 했던 셈이다.

다시 《오이디푸스왕》 이야기로 돌아가보자면, 이 작품의 모티프가 된 역병이 어떤 종류인지는 확실하지 않지만, 앞서 인용한 코로스의 노래는 2024년 현재 사 년이 넘도록 인류를 괴롭히고 있는 코로나19를 떠오르게 한다. 역병에 대한 과학적 이해가 부족했던 고대 그리스인들에게 가장 손쉽고 개연성 있는 서사는 그것을 신이 내린 벌로 받아들이는 것이었다. 고대인들은 전대미문의 역병을 자신들이 저지른 모종의 잘못에 대한 신의 응징이라 생각하고 그 잘못을 바로잡음으로써 신의 분노를 잠재울 수 있을 것이라 믿었다.

기원전 5세기 사람 소포클레스의 작품에서 보이는 이런 태도는 이성과 과학의 시대라 할 현대에도 면면히 이어진다. 알베르 카뮈의 소설 《페스트》는 1940년대에 북아프리카 알제리의 항구 도시 오랑을 무대로 삼아 페스트의 확산과 그에 대한 사람들의 대응을 그린다. 이 소설에서 슬픔과 불안에 시달리며 성당을 찾은 시민들에게 파늘루 신부는 "여러분은 불행을 겪어 마땅하다"고 매몰차게 선언한다. "반성할 때가 왔기 때문"이라는 것이다. "우주라는 거대한 곳간 속에서 가차 없는 재앙은 짚과 낟알을 가리기 위해서 인류라는 밀을 타작할 것"이라고 신부가 설명할 때 그는 흑사병이라는 재앙을 인류를 심판하고 벌하려는 신의 섭리로 이해하는 것이다.

파늘루 신부의 이런 생각은 오르한 파묵의 소설 《페스트의 밤》에서도 비슷하게 반복된다. 20세기 초를 배경으로 한 이 작품에서는 이슬람 성직자 셰이크 함둘라흐가 신도들을 향해 이렇게 말한다. "견딜 수 있는 유일한 방법은 신에게 의지하는 것입니다. 모든 것은 '그'의 뜻에 따라 이루어지기 때문에 믿는 사람들은 신에게 의지하는 것밖에 다른 위안이 없습니다." 흑사병을 신의 섭리라 설파하며 당국과 의료진의 방역 정책에 어깃장을 놓던 함둘라흐는 결국 자신도 그 병에 전염되어 숨을 거두고 만다. 《페스트》의 파늘루 신부 역시 죽음을 맞는데, 그의 사인은 공식적으로는 '병명 미상'으로 되어 있지만 그것이 흑사병과 관련되었을 가능성을 배제하기 어렵다.

《로빈슨 크루소》의 영국 작가 대니얼 디포는 1665년 런던을 강타한 흑사병을 논픽션 형식으로 다룬 소설을 남겼다. 《페스트, 1665년 런던을 휩쓸다》라는 제목으로 번역 출간된 이 작품은 매우 객관적이고 사실적인 필치로 흑사병의 파괴력과 그에 대한 대응을 그렸다. 병이 번질 무렵 디포 자신은 다섯 살

190

어린 나이였기 때문에 당시 누군가가 남긴 기록을 바탕으로 나중에 작품을 쓴 것으로 추정하는데, 대규모 전염병이 특히 가난한 사람들을 위협하는 사회 구조를 날카롭게 포착하고 지적한 사실이 놀랍다.

"전염병이 주로 가난한 사람들 사이에 퍼지고 있었음에도 불구하고, 전염병 앞에서 겁 없이 무모하게 움직이며 맡은 일을 일종의 야만적인 용기로 해낸 사람들이 가난한 사람이었다는 점도 인정해야 한다. (……) 그들은 신중하게 처신할 형편이 되지 못했으며, 일거리가 생기면 어떤 것이든, 아주 위험한 일일지라도 맡았다. 병든 사람을 돌보거나, 봉쇄된 집을 감시하거나, 병에 걸린 사람들을 격리 병원으로 이송하는 일이 가난한 사람들이 주로 한 일이었으며, 이보다 더 위험한 일로는 시신을 무덤으로 옮기는 작업이 있었다."

흑사병이 더 거세게 창궐해서 도시 전체가 활동을 멈추다시피 하면 가난한 사람들은 한층 커다란 타격을 받는다.

"모든 거래가 중단되었고, 고용이 끊어졌다. 가난한 사람들의 노동이 중단되었으며, 따라서 그들의 빵도 사라졌다. (……) 그 사람들은 전염병 때문에 죽은 것이 아니라 전염병의 영향 때문에 죽었다고 할 수 있다."

코로나19의 파장과 피해가 계층별로 다르게 나타나는 지금의 상황을 떠오르게 하는 서술이다. 디포가 참조한 일차 자료의 미덕인지 아니면 디포 자신의 엄정한 사실주의 정신 때문인지 이 책은 지금 기준으로 보아도 흠잡을 데 없을 정도로 냉철하고 합리적이며 동시에 넘치는 휴머니즘을 보여준다. 그럼에도 디포 역시 시대적 한계에서 자유롭지 않다는 사실을 이런 대목에서 알게 된다.

"사람들이 절망에 빠져 낙담하고 있을 때, 그러니까 런던이 너무나 비참한 상황에 처해 있던 바로 그때, 신이 은총을 베풀었다. 말하자면, 신이 손을 뻗어 그 무시무시한 적을 무장해제시켰다는 뜻이다."

전염병의 확산과 그에 대한 대응, 사회·경제적 파장 등에 대해 그토록 신중하고 설득력 있는 서술을 이어가던 디포가 책 말미에서 갑작스러울 정도로 종교적 태도를 보이는 게 뜻밖이다 싶다. 디포는 나아가 《오이디푸스왕》을 연상시키는 일종의 신앙 고백으로 기록을 마무리한다.

"그것(흑사병의 종식)은 틀림없이 처음에 우리에게 일종의 심판으로 질병을 보냈던 신의 눈에 보이지 않는 은밀한 손에 의한 것이었다."

이렇듯 역병을 신의 심판으로 파악하는 유구한 전통을 고려해보면 조반니 보카치오의 《데카메론》은 오히려 이례적으로 다가온다. 흑사병을 다룬 가장 초기의 문학작품이라 할 이 소설집에서 신에 대한 두려움 대신 인간의 육체적 쾌락에 대한 예찬을 만나는 것은 확실히 놀랍기 그지없다. 1384년 흑사병이 피렌체를 휩쓸어 수많은 희생자를 낳았던 시기를 배경으로 삼은 이 작품은 일곱 여성과 청년 셋을 포함해 열 사람이 피렌체를 벗어나 시골 별장에 머무르면서 한 사람이 하루에 한 가지씩, 열흘 동안 모두 100가지 이야기를 주고받는 구성으로 되어 있다.

"많은 사람은 선악의 구분도 없이 충동적이고 밤낮으로 쾌락에 젖어 있으며 심지어 수도사들마저도 계율을 어기고 육체를 탐하는 음탕한 생활에 젖어 있질 않습니까? 우리도 이 재앙으로부터 예외일 수 없고 게다가 홀로 있는 여인들이니 이 도시를 떠나 죽음을 피하고 목숨을 구하는 동시에, 무절제하고 난잡한 이 도시를 벗어난 시골의 농장에서 깨끗하고 조용한 생활을 하는 것이 어떨까 한다는 말에 여인들도 모두 찬성했습니다."

첫째 날 이야기 자리를 주재하게 된 귀부인 팜피네아의 말이다. 그들이 시골 별장으로 피신하게 된 동기를 알게 한다. 그런데 흑사병의 위협을 피하고자 한다는 사실까지는 이해가 되는데, 도시의 무절제와 난잡을 피해 "깨끗하고 조용한 생활을" 하려는 것이라는 대목에는 적잖이 어폐가 있어 보인다. 《데카메론》에 소개된 100가지 이야기야말로 무절제와 난잡의 백화점과도 같은 내용들이고, 그에 관한 한 수도사들과 수녀들도 예외가 아니게 그려지기 때문이다. 암흑기라 일컬어지는 중세의 한복판인 1353년에 탈고한 이 작품은 단테의 《신곡》에 견주어 '인곡人曲'이라 불리기도 하는데, 단테의 작품이 신의 섭리와 종교적 구원의 과정을 다루는 반면 《데카메론》은 인간들의 지극히 인간적인 면모를 그리는 데서 그런 별칭이 비롯되었다. 그런데 문제는 보카치오가 생각한 인간적 면모의 핵심이 성욕의 자유분방한 추구와 충족에 있다는 사실이다. 《데카메론》은 한마디로 음담패설이라 할 정도로 분방하고 음탕한 성애의 묘사로 질펀한데, 보카치오 자신도 그에 대한 독자들의 시선을 의식한 듯 '맺는말'에서 이렇게 쓰고 있다.

"여러분 가운데는 나의 이야기 속에서 지나치게 방종한 것을 적었다, 즉 때로는 마치 여성이 그러한 일을 정말 말하는 것처럼 쓰기도 하고 정숙한 여성의 입으로 또 그런 여성으로부터 듣기에는 부적당한 말이 종종 나온다고 하는 사람들의 말을 들으셨을 것입니다. (……) 그러나 나는 그것을 부정합니다. (……) 두세 개의 이야기 가운데 다소 방종한 말이 있다면, 그것은 이 이야기의 성격이 그것을 필요로 했기 때문입니다."

소설에 묘사된 인물의 말과 행동은 어디까지나 문학작품으로서의 필요성 때문에 불가피하게 선택된 것일 뿐 작가 자신의 고약한(?) 취향과는 무관하다는 해명이다. 작가와 작품은 당연히 구분되어야 하는 만큼 보카치오의 이런 주장은 원칙적

194

으로는 정당하다 하겠다. 그러나 그가 용감했더라면 좀 더 솔직하게 작품의 의도를 설명하지 않았을까. 엄격한 종교적 규율과 불확실한 내세관에 지친 사람들에게 현세의 육체적 쾌락의 중요성을 강력하게 환기시키는 것, 그럼으로써 중세의 억압에서 벗어나 근대적 인간의 발견을 도모하자는 것이 《데카메론》의 작가 보카치오의 의도였을 것이니 말이다. 그러나 사실 그것은 작가 개인의 용기 여부가 아니라 시대의 한계를 탓해야 할 사안이라 하겠다.

그런데 하필 흑사병의 습격으로 죽음이 만연한 때에 성욕의 과감한 분출을 예찬한 소설이 쓰이고 읽힌 까닭은 무엇일까. 프로이트가 말하는 에로스와 타나토스의 관계에서 그에 대한 하나의 답을 찾을 수 있지 않을까. 쾌락 충동과 죽음 충동이 통한다는 그의 통찰은 《데카메론》의 배경과 작품 주제의 관계를 이해하는 실마리를 제공해준다. 눈앞에 드리운 죽음의 그림자가 억눌려왔던 쾌락 충동을 자극했다는 해석이 가능해 보인다.

그런 점에서라면 가브리엘 가르시아 마르케스의 소설 《콜레라 시대의 사랑》을 《데카메론》의 후예라 할 수 있지 않을까. 이 작품은 사실 제목과는 달리 콜레라가 만연한 무렵을 배경으로 하고 있지는 않다. 소설 속 주요 인물인 후베날 우르비노 박사가 유럽에서 공부하고 돌아와서는 "그 지방을 휩쓸고 있던 최후의 콜레라 전염병을 제때에 퇴치했"다는 대목에서 보듯 여기서 콜레라는 한때 왕성하게 번져서는, 우르비노 박사의 아버지이자 그 자신 콜레라와 싸우는 의사였던 마르코 아우렐리노 우르비노 박사를 비롯해 많은 인명을 앗아간 뒤 "풍토병으로 남긴 했지만, 다시는 전염병으로 확산되지 않았"다. 그러니까 '콜레라 이후'의 시기를 무대로 이야기가 펼쳐지는데, 그럼에도 콜레라는 여전히 흔적과 그림자로 남아 소설에서 중요한 역할을 한다. 후베날 우르비노 박사가 여주인공 페르미나 다사를 처음 만나고 결국 그와 결혼까지 하게 된 계기가 "콜레라의 예비 증상"을 보이는 환자를 진료해달라는 동료의사의 부탁이었다. 페르미나의 첫사랑이었던 남주인공 플로렌티노 아리사는 실연의 상처를 안고 무려 반세기 남짓을 기다린 끝에, 우르비노 박사가 사고로 숨진 뒤에야, 페르미나와 재결합하게 되며 그 과정에서도 콜레라는 사랑의 중개자 역할을 톡톡히 한다. 소설 말미에서 두 사람은 콜레라 환자 발생 사실을 알리는 노란 깃발을(가짜로!) 단 배에 단둘이 탄 채 언제까지나 끝나지 않을 것만 같은 사랑의 뱃놀이를 계속한다.

"두 사람은 경험 많은 노인들답게 조용하고 건전한 사랑을 나누었다. (……) 사랑은 시간과 장소를 막론하고 사랑이지만, 죽음이 가까워올수록 그 사랑의 농도는 진해진다는 것을 충분히 깨달을 수 있을 정도로 함께 충분한 시간을 보냈기 때문이다."

196

스물 안팎 꽃 같은 나이에 처음 만났지만 사정상 오래 헤어졌다가 여든을 앞둔 노인이 되어서야 비로소 유예된 사랑을 이룬 남녀에게 죽음이 임박한 노년이란 콜레라 비슷하게 치명적인 전염병과도 같은 것이 아니었을까. 그렇다면 제목 '콜레라 시대의 사랑'은 매우 적절하다 해야 하겠다. 소설 마지막 장면에서 두 노인의 사랑을 지켜보던 선장은 "한계가 없는 것은 죽음이 아니라 삶일지도 모른다는" 깨달음에 이른다. 삶과 사랑이 죽음과 콜레라를 이기는 섭리를 여기서 만나게 된다.

흑사병이나 콜레라 같은 전염병이 사랑의 매개이자 접착제일 뿐만 아니라 사회적 맥락을 지니는 사건이기도 하다는 사실을 디포의 논픽션 소설에서 익히 보았다. 김탁환의 소설《살아야겠다》는 2015년 한국에서 번진 변종 코로나바이러스 감염병 메르스 사태를 비판적으로 다룬 작품이다. 작가는 특히 환자의 생명보다는 정권의 안위와 병원의 수익을 앞세우는 본말전도식 사고에 날을 세운다. 메르스는 세월호 참사 일 년여 뒤에 한국 사회를 덮쳤고, 정권의 무능과 무책임은 세월호 때나 메르스 때나 다르지 않았다.

"진상 규명과 책임자 처벌을 제대로 하지 않으면 고통이 반복될 겁니다."

"이 정부는 메르스 사태의 컨트롤타워 역시 청와대가 아니라고 공식적으로 밝혔습니다."

소설 속에서, 세월호 다큐멘터리 영화를 만드는 제갈승 감독과 메르스에 걸렸다가 회복된 방송 기자 이첫꽃송이가 주고받는 대화의 일부다. 그런가 하면 첫꽃송이의 선배인 의학전문기자 선우병호는 첫꽃송이에게 이렇게 말한다. "세월호란 배에 타지 않아 다행이라고 말하는, 우리의 안일하고 허약한 자기합리화가 그를 죽음으로 내모는 중이지. 그렇게 비겁한 다행에 안주하면 결국 언젠가 우리도 외롭게 불행을 만나게 돼." 여기서 병호가 말하는 '그'란 '마지막 메르스 환자'로 찍힌 뒤 병원 격리실에 갇힌 채 제대로 된 치료도 못 받고 결국 숨지고 만 주인공 김석주를 가리킨다. "저는 바이러스 덩어리가 아닙니다. 저는 인간입니다"라고 호소하며 "달의 뒤편, 그 어둠에 혼자 있는 것 같은 외로움"을 토로하던 그의 어처구니없는 죽음은 작은 규모의 또 다른 세월호라 해도 과언이 아닐 테다.

병호는 첫꽃송이에게 1665년 런던을 휩쓴 페스트를 다룬 디포의 책을 권하며 그 책처럼 2015년 한국 사회의 메르스 사태를 기록으로 남기자고 제안한다. 추상적인 숫자나 통계가 아니라 피해자들의 생생한 경험과 느낌을 담은 '피해자들의 서사'를 남겨야 가까운 미래에 되풀이될 수도 있는 잘못을 막을 수 있다는 것이다. 문학의 의미가 바로 거기에 있겠거니와, 소설 《살아야겠다》가 바로 그런 피해자들의 서사라 할 수 있을 것이다. 카뮈의 《페스트》의 서술자이기도 한 의사 리외가 자신의 기록을 두고 "역사가로서의 과업"을 언급하고, 파묵의 《페스트의 밤》이 "이 책은 역사소설인 동시에 소설 형태로 쓴 역사다"라는 문장으로 시작하는 데서도 역병의 시대를 기록으로 남기는 일의 중요성을 알게 된다. 2019년 말에 발생해 벌써 햇수로 육 년째 인류와 동행하고 있는 코로나19는 앞으로 어떤 문학작품으로 기록되게 될까.

"그대가 그대의 재앙이지요."

《오이디푸스왕》에서 눈먼 예언자 테이레시아스는 신의 분노의 표현인 역병을 물리치고자 라이오스의 살해범을 추궁하는 오이디푸스에게 이렇게 말한다. 재앙의 근원이 바깥에 있다고 철석같이 믿는 오이디푸스는 이런 테이레시아스의 말을 무시한 채 사건 조사를 이어가고 그 결과 스스로 파멸의 길을 걷게 된다. 불이익과 위험을 무릅쓰고 진실을 향해 나아가는 오이디푸스의 용기는 가상하다 하겠지만, 우리가 여기에서 얻어야 할 교훈은 따로 있다. 코로나19 사태의 원인이 다른 데 있는 것이 아니라 우리 인간에게 있다는 교훈 말이다. 지구를 착취하고 생태계를 파괴한 결과 인간이 인간 자신의 재앙이 된 현실을 코로나19 팬데믹은 준엄하게 경고하고 있는 것이 아니겠는가.

천국과 지옥 사이

도스토옙스키의 말년 단편 〈우스운 인간의 꿈〉의 주인공인 화자는 어느 날 꿈속에서 지구를 벗어나 외계 행성으로 여행을 한다. 지구를 빼닮은 그 행성에서 사람들은 의식주 문제 해결을 위해 필요한 최소한도의 노동만 했고 다른 욕망으로부터는 자유로웠기 때문에 다툼이나 질시가 없었다. 제도로서의 종교가 없었음에도 우주 및 절대자와 조화로운 관계를 유지했고, 학문이 없었음에도 올바른 삶의 방법을 잘 알고 있었다. 인류가 죄를 짓기 전에 살았던, 잃어버린 낙원의 모습을 지닌 이 행성은 '병균'과도 같은 주인공의 도착과 함께 서서히 타락해서 결국은 지구와 다르지 않은 죄악과 고통의 땅으로 바뀌고 만다.

수천 년에 걸친 꿈에서 깨어난 주인공은 꿈에서 자신이 보고 깨달은 진리를 사람들에게 전도하는 일에 일생을 바치기로 한다. 그가 깨달은 진리는 무엇인가. '삶에 대한 인식이 삶 자체보다 우위에 있고 행복의 법칙에 대한 지식이 행복 자체보다 우위에 있다'는 사상에 맞서 싸워야 한다는 것. 학문과 사상이 아니라 연민과 사랑이 먼저라는 이런 생각은 공상적 사회주의로부터 기독교적 사랑으로 나아간 도스토옙스키 자신의 세계관의 궤적과 맞닿아 있는 것으로, 그의 마지막 대작인《카라마조프가의 형제들》의 주제로도 이어진다.

작가 자신은 이 작품을 '환상적인 이야기'로 분류했고, 외계 행성을 다룬다는 점에서는 초보적인 SF로 볼 수도 있겠다. 그와 함께, 낙원의 상실과 회복을 담은 유토피아 서사의 일종으로 이 소설을 읽는 독법이 가능하다.

유토피아 문학의 기원은 물론 토머스 모어의《유토피아》다. 영국의 법률가이자 정치가인 모어가 1516년에 낸 이 책은 모어 자신이 라파엘 히슬로다에우스라는 인물을 만나 그가 경험한 이상 국가 유토피아에 관한 이야기를 듣는 형식으로 된 '소설'이다. 라파엘은 포르투갈 출신 선원으로 아메리고 베스푸치를 따라 신세계를 여행하고 온 인물인데, 그의 성 '히슬로

다에우스'는 그리스어로 "허튼소리를 퍼뜨리는 사람"으로 풀이된다. 그 점은 유토피아라는 말이 '어디에도 없는 곳'을 뜻한다는 사실과 함께 이 책 《유토피아》의 내용이 한갓 공상일 뿐이라는 점을 강조하는 듯하다. 그렇다는 것은 저자인 모어가 라파엘의 주장에 비판적 거리를 두고 있다는 뜻으로 이해되며 그 점은 책에 등장하는 모어 자신의 발언에서도 확인할 수 있다. 그러나 소설 속 등장인물 모어의 발언과 생각이 곧 저자인 모어 자신의 것이냐에 대해서는 얼마든지 이견이 있을 수 있다. 모어가 라파엘의 '불온한' 주장에 자신은 동조하지 않는다는 것을 보여주기 위한 일종의 가면일 수도 있기 때문이다.

라파엘이 소개하는 이상국 유토피아의 핵심은 화폐와 사유재산의 폐지다.

"내 생각을 솔직하게 이야기하면 사유재산이 존재하는 한, 그리고 돈이 모든 것의 척도로 남아 있는 한, 어떤 나라든 정의롭게 또 행복하게 통치할 수는 없습니다. (……) 재산이 소수의 사람들에게 한정되어 있는 한 누구도 행복할 수 없습니다. 왜냐하면 그 소수는 불안해하고 다수는 완전히 비참하게 살기 때문입니다."

이런 라파엘의 주장에 소설 속 인물 모어는 "하지만 저는 의견이 다릅니다"라며 맞선다.

"내 생각에는 모든 것을 공유하는 곳에서는 사람들이 잘살 수 없습니다. 모든 사람이 일을 안 하려고 할 텐데 어떻게 물자가 풍부하겠습니까? 이익을 얻을 희망이 없으면 자극을 받지 못합니다. 그래서 모두 다른 사람들에게 의지하려 하고 게을러질 것입니다."

라파엘과 모어의 논쟁은 사유재산을 둘러싼 공산주의와 자본주의 사이의 기본적인 견해 차이를 대변한다. 마르크스와 엥겔스가 19세기에 사유재산의 폐지와 공산주의를 주창하기 훨씬 전에, 아니 그 이전에 사유재산제에 기반한 자본주의가 본격적으로 발흥하기도 전에 이런 논쟁이 펼쳐졌다는 사실이 새삼스럽다. 어쨌건 라파엘이 들려주는 유토피아 이야기를 들은 모어는 "그가 설명한 유토피아의 관습과 법 가운데 적지 않은 것들이 아주 부조리하게 보였다"며 특히 "화폐가 없다는 이 한 가지만으로도 일반적으로 국가의 진정한 영광으로 여기는 귀족성, 장엄함, 화려함 및 장대함이 사라질 것"이라며 의구심을 표한다. 그러나 "유토피아 공화국에는 실제로 실현될 가능성은 거의 없지만 어쨌든 우리나라에도 도입되었으면 좋겠다고 염원할 만한 요소들이 많다고 본다"는 책의 마지막 문장은 유토피아에 관한 모어의 진의를 놓고 지금까지도 논란이 이어지게 하는 근거를 제공한다.

《유토피아》에서 출발한 유토피아 문학은 토마소 캄파넬라의 《태양의 도시》, 프란시스 베이컨의 《새로운 아틀란티스》,

조너선 스위프트의 《걸리버 여행기》, 볼테르의 《캉디드》, 에드워드 벨러미의 《뒤를 돌아보며》, 윌리엄 모리스의 《에코토피아 뉴스》 등으로 꾸준히 이어졌다. 작가와 작품마다 강조점이 다르고 책에 묘사된 유토피아의 모습도 제각각이지만, 과학기술 발전이 약속하는 이상 사회의 전망과 그에 배치되는 현실의 괴리가 유토피아 문학의 동력이 되었음은 분명하다.

그러나 사유재산제 폐지라는 《유토피아》의 핵심이 1917년 러시아 혁명으로 현실이 된 뒤, 유토피아 문학에는 커다란 전기가 찾아온다. 경제적 평등과 정치적 집단주의를 표방한 공산주의 체제가 자본주의와는 또 다른 문제와 모순을 드러내면서 작가들의 관심도 그쪽으로 쏠린 것이다. 유토피아의 어두운 면을 부각시킨 디스토피아 문학이 일대 유행을 이루게 된다. 조지 오웰의 《1984》가 가장 잘 알려져 있지만, 그에 앞서 오웰의 이튼 칼리지 스승이었던 올더스 헉슬리의 《멋진 신세계》가 있었고, 다시 그 이전에 혁명의 본고장 소련에서 나온 예브게니 자먀찐의 《우리들》이 있었다. 《우리들》은 《멋진 신세계》와 《1984》에 영향과 자극을 준 디스토피아 소설의 모델과도 같은 작품이다.

《우리들》은 29세기의 단일 제국에서 우주선 제작에 관여하는 기사 'D-503'이 작성하는 40개의 기록 형식으로 된 작품이다. '은혜로운 분'이 통치하는 이 제국에서 사람들은 이름이 아니라 번호로 불리며, 똑같은 청회색 제복을 입은 채 생활하고, 사는 집은 투명한 벽으로 되어 있어 모두에게 모두의 일상이 속속들이 공개된다. "모든 번호에게는 다른 어떤 번호라도 성적 산물로 이용할 권리가 있"으며, 국가가 허락해준 "섹스 날"에만 커튼을 치고 성행위를 한다. 과학과 합리성이 지배하는 이 사회에서 자유와 영혼은 불순하고 미개한 것으로 치부되며, 아무런 욕망도 없는 심리적 엔트로피 상태(이 상태는 불교에서 말하는 득도의 경지인 열반을 연상시킨다)가 곧 행복으로 간주된다.

오웰의 《1984》를 읽은 독자라면 퍽 익숙할 과정이 《우리들》에서도 전개된다. 처음에 거대 제국의 일부로서 전체와 개인 사이 아무런 괴리도 느끼지 못하던 D-503은 'I-330'이라는 여성을 육체적, 정신적으로 사랑하게 되면서 체제에서 이탈하고 그 여성과 함께 반체제 조직 활동을 벌이지만, 결국 I-330을 밀고하고 제국에 투항함은 물론 뇌 수술을 거쳐 단일 제국의 행복한 일원이었던 원래의 자리로 돌아간다. 소설 마지막에서 그가 "나는 우리가 승리하길 희망한다. (……) 이성은 반드시 승리하기 때문이다"라고 쓸 때 《1984》의 결말부를 떠올리지 않기란 어려운 노릇이다. "투쟁은 끝났다. 그는 자신과의 싸움에서 승리했다. 그는 빅브라더를 사랑했다."

《우리들》의 '은혜로운 분'이 《1984》의 '빅브라더'이고, 같은 작품의 투명한 벽은 《1984》에서는 텔레스크린이라는 시청각 감시 시스템으로 변형된다. 《1984》의 주인공 윈스턴 스미스는 빅브라더와 텔레스크린의 감시를 피해 비밀 노트를 작성하고 성욕을 '사상죄'로 다스리는 당의 방침에 맞서 줄리아라는 여성과 비밀 연애를 하지만, 끝내 발각되어서는 고문과 세뇌에 굴복해 결국 줄리아를 배신하고 빅브라더의 품에 기꺼이 안긴다.

"두 사람의 포옹은 전투였고, 절정은 승리였다. 그것은 당을 향해 일격을 날리는 정치적 행위였다."

《1984》에서는 '전쟁은 평화, 자유는 예속, 무지는 힘'과 같은 역설적 구호가 난무하고, 역사와 기록을 체계적으로 조작하며, 소수 지배층과 다수 피지배 계급(프롤)의 삶이 완전히 분리되어 있다. '인류는 자유와 행복 사이에서 선택해야 하고, 절대다수는 행복이 더 낫다고 본다'는 《1984》의 세계관은 자유와 행복을 대립하는 관계로 설정했던 《우리들》의 그것을 고스란히 되풀이한다.

《1984》에서 윈스턴을 심문했던 오브라이언은 "우리는 성행위의 오르가슴을 없애버릴 것"이라고 장담한다. 성행위에 대한 이런 관점은 헉슬리 소설 《멋진 신세계》와는 매우 다르다. "사람은 누구나 다른 모든 사람을 공유한다"는 점에서 《멋진 신세계》의 성 관념은 《우리들》과 통한다. 그러나 《1984》와 《우리들》에서 성과 욕망이 터부시되는 것과 달리 《멋진 신세계》는 쾌락의 무한 충족을 장려한다. 일부일처제라는 배타적 성관계를 기반으로 한 가족이 존재하지 않는 이 세계에서는 '오늘 누려도 되는 즐거움을 내일로 미루지 말라'는 쾌락주의가 만연하며, 아주 어린 아이들조차 "초보적 성교 놀이"를 즐긴다. 시각적 자극뿐만 아니라 촉각이 수반되는 '촉감 영화'가 보급되고, 환각 물질 '소마'가 합법적으로 제공되며, 인간들은 인공수정을 통해 계급과 지능, 체격 등이 정해진 채 태어난다.

《우리들》과《1984》와 마찬가지로《멋진 신세계》에도 겉보기에 완벽하고 안정적인 체제 바깥에 이질적 요소가 존재하고 그것이 어떤 식으로든 체제에 균열을 초래한다. 그 균열이 한결같이 사랑에서 비롯된다는 사실이 흥미롭다. 욕망과 쾌락을 금기시하든 장려하든 그것들과는 구분되는 감정으로서 사랑은 최첨단 과학기술과 고도의 정치적 통제로도 어찌하기 어려운 것이라는 생각이 작가들에게 있었던 것으로 이해된다.

어원상 '어디에도 없는 곳'을 뜻하는 유토피아는 현실의 질곡과 모순이 사라진 이상향을 가리킨다. 그러나 앞서 소개한 유토피아 소설들이 알려주는 것은 이상향을 표방한 체제가, 표방과는 달리, 천국이 아닌 지옥으로 귀결되기 십상이라는 사실이다. 그렇게 구성원들을 고통과 불행에 몰아넣는 체제를 일러 디스토피아라 하거니와, 이는 유토피아의 반대말이다. 그러니까 유토피아가 곧 디스토피아가 되는 셈이다. '디스토피아가 된 유토피아'는 SF소설과 영화의 핵심 모티프 중 하나를 이룬다. 캐나다 작가 마거릿 애트우드는 유토피아와 디스토피아의 이런 친연성(?)에 주목해 '유스토피아ustopia'라는 신조어를 만들기도 했다. 유토피아와 디스토피아를 합친 말인데, 유토피아적 전망 안에 디스토피아라는 악몽이 내재해 있으며 거꾸로 디스토피아에 관한 예측 안에도 유토피아적 전망이 들어 있어야 한다는 취지로 이해된다. 예컨대 최근 인류와 지구 생태계를 위협하는 기후위기를 소설화할 때에도 위기의 심각성을 고발하고 경고하는 데서 그칠 것이 아니라 위기에서 벗어날 방향과 실천 방안 역시 제시하는 방식이 유스토피아의 정신에 부합하는 태도라 하겠다.

헉슬리나 오웰과 같은 영국 작가인 제임스 힐턴이 1933년에 발표한 소설 《잃어버린 지평선》도 유토피아 문학에 해당하지만 앞에서 살펴본 디스토피아 소설들과는 다른 결을 지닌 작품이다. 이 소설에서 주인공 콘웨이를 비롯한 일행은 비행기 불시착으로 티베트 산악 지대의 라마교 사원 공동체 샹그릴라에 도착한다. 지도에도 나오지 않는 그곳은 일종의 신정神政에 기반한 곳으로, 물자와 식량이 풍부하며 구성원들은 바깥 세상과는 비교할 수도 없게 긴 수명을 누린다. 동양적 중용과 무위를 핵심적 가치로 삼는 이 세계는 중국 시인 도연명이 시로써 노래한 무릉도원을 떠오르게도 한다.

"서로 알려서 농사 힘쓰고 / 해 지면 쉴 곳을 찾아가네 / 뽕나무 대나무 넉넉한 그늘 드리우고 / 콩과 기장은 때맞춰 심는다네 / 봄 누에 쳐서 비단 실 거두고 / 가을에 벼 익어도 세금이 없네 / (……) / 비록 달력 같은 기록 없지만 / 사철 절로 한해 이루나니 / 기쁨과 즐거움 넘치는데 / 어찌 수고로이 꾀를 쓰겠는가"(도연명, 〈도화원시〉 부분)

한국 소설로 유토피아 문학을 대표하는 작품을 꼽으라면 이청준의 장편《당신들의 천국》을 들어야 할 것이다. 한센병 환자 집단 거주지인 소록도를 무대로 삼은 이 소설은 소록도 병원장으로 취임한 조백헌 대령이 나름의 선의로써 그곳에 건설하고자 하는 '천국'의 본질을 따져 묻는다. '당신들의 천국'이라는 제목에 소설의 문제의식이 집약되어 있는데, 천국의 거주민인 한센병 환자들 자신의 자유와 사랑이 배제된, 바깥으로부터의 인위적 천국이란 말의 바른 의미에서 천국이라 할 수 없다는 것이다. 1976년에 출간된 이 작품은 박정희식 근대화에 대한 알레고리적 비판임과 동시에 지배와 피지배, 유토피아와 디스토피아의 관계 같은 정치철학적 질문을 담고 있기도 하다.

이 작품을 분석한 평론 〈자유와 사랑의 실천적 화해〉를 비롯해 이청준에 관한 글 세 편이 실린 김현의 평론집《문학과 유토피아: 공감의 비평》은 5·18 광주학살 직전인 1980년 5월에 출간되었다. 여기에는 '유토피아'를 제목으로 삼은 별도의 평론문이 들어 있지 않은데, 책에 실린 글들 모두가 넓은 의미에서 문학과 유토피아의 관계를 다룬다는 뜻으로 이해할 수도 있겠다. 어쨌든, 초판 출간 사십여 년 뒤에 책을 다시 들춰보자니 서문의 마지막 문장이 새삼 사무친다.

"어두운 시절을 보내고, 새 시대를 바라다보고 있어도 글쓰기는 더욱더 어렵기만 하다, 아아."

PART

4

우리는 모두
절대자의 피조물 혹은
연극 무대의
배우가 아닌가

작중인물

피조물의 독립선언

〈스트레인저 댄 픽션〉이라는 영화를 흥미롭게 보았다. '소설보다 낯선'이라는 뜻의 이 제목에서는 짐 자무시 영화〈천국보다 낯선〉에 대한 오마주 느낌도 나는데, 두 영화의 분위기는 전혀 다르다. 주인공 해럴드 크릭은 국세청 공무원. 숫자에 민감한 직업 탓인지 기상 시각에서 칫솔질 횟수, 출근 버스 탑승 시각, 취침 시각 등 정해진 일과에서 한 치도 어긋나지 않는 삶을 산다. 그러던 그의 삶에 이상한(낯선!) 일이 벌어진다. 머릿속에서 누군가 그의 일거수일투족을 중계하듯 서술하는 목소리가 들리더니 어느 날은 그가 머지않아 죽을 것이라고 '예고'

하는 게 아닌가. 그 목소리의 정체를 찾고 예고된 죽음을 막고자 백방으로 뛰어다닌 끝에 크릭은 마침내 충격적인 사실을 확인하게 된다. 자신이 누군가(바로 그 목소리의 주인!)가 쓰는 소설의 주인공이며, 그 작가는 아닌 게 아니라 소설의 결말을 장식하게 될 그의 죽음의 방식을 놓고 궁리 중이라는 것.

죽이려는 소설가와 죽지 않으려는 등장인물이 맞서는 이 상황은 어떻게 전개되고 또 마무리될 것인가. 나머지 이야기는 영화에서 직접 확인하는 게 좋겠지만, 여기까지의 줄거리만으로도 어떤 유명한 소설의 개요를 떠올리는 독자가 있을 것이다. 아르헨티나 작가 보르헤스의 단편 〈원형의 폐허들〉이 그 작품. 보르헤스 소설집 《픽션들》에는 〈피에르 메나르, 《돈키호테》의 저자〉〈바벨의 도서관〉〈끝없이 두 갈래로 갈라지는 길들이 있는 정원〉 등 상상력을 자극하고 지적인 충격을 주는 작품들이 여럿 들어 있는데, 〈원형의 폐허들〉도 그중 하나다. 이 소설의 주인공은 자신의 꿈속에서 한 인간('아들')을 탄생시키고 훈련을 거쳐 세상에 내보내려 하는 인물인데, 길지 않은 소설의 결말 장면에서 그는 놀라운 깨달음에 이른다. 소설의 마지막 문장이다. "안도감과 함께, 치욕감과 함께, 두려움과 함께 그는 자신 또한 자신의 아들처럼 다른 사람에 의해 꿈꾸어진 하나의 환영이라는 것을 깨달았다."

꿈속의 꿈, 속의 꿈, 속의 꿈……. 현실과 가상의 경계를 허무는 이런 상상은 장자의 나비 꿈(호접몽) 이야기의 영향을 받은 것으로 알려졌다. 〈매트릭스〉와 〈인셉션〉 같은 영화나 최근 각광을 받는 온라인 공간 메타버스의 원리가 호접몽과 다르지 않다 하겠다.

〈스트레인저 댄 픽션〉이 흥미로웠던 것은 이 영화가 소설가와 그가 쓰는 소설 속 인물의 관계를 다루고 있어서다. 작가와 작중인물의 관계란 흔히 조물주와 피조물의 관계에 견주어지고는 한다. 작가는 작중인물의 생사여탈에 관한 전권을 쥔 신과 같은 존재고, 작중인물은 작가의 손끝에 자신의 운명을 하릴없이 맡겨야 하는 수동적인 처지일 따름이라는 것. 그런데 이 영화에서 작중인물인 크릭은 자신을 죽이려는 작가의 뜻에 맞서 제 목숨을 보전하고자 분투한다. 독립이요 항명인 셈이다.

폴 오스터의 소설 《어둠 속의 남자》에서는 여기서 한발 더 나아가, 아예 이야기 속 등장인물이 그 이야기를 꾸며 낸 이를 죽이고자 한다. 은퇴한 도서비평가 오거스트 브릴이 불면증으로 침대에 누워 뒤척이며 꾸며 낸 이야기 속 주인공 오언 브릭이 자신의 '창조주'인 브릴을 암살하려는 것. 브릴의 이야기 속에서 미국은 앨 고어와 조지 부시가 맞붙은 2000년 대통령선거 결과를 둘러싸고 내전 상태에 돌입해 있고, 브릭은 암살자로 전쟁에 징집되었다. 일종의 대체역사인 셈이다. 브릭은 이

전쟁이 오직 브릴의 상상력에 의해 전개되고 있으니 그를 죽여서 내전을 끝내라는 지령을 받는다. 문제는 브릴을 죽이면 그의 상상의 산물인 브릭 자신도 덩달아 존재가 소멸하게 된다는 것. 브릭은 그야말로 절체절명의 딜레마 앞에 놓이게 된다. "누군가가 내 머릿속에 들어앉아 있어요. 나의 꿈조차도 나의 것이 아니에요. 내 인생이 몽땅 도둑을 맞았어요"라는 브릭의 절규는 보르헤스 소설 〈원형의 폐허들〉의 결말을 떠오르게 한다.

작중인물이 작가의 의지를 벗어나 제멋대로 행동하는 사례는 뜻밖에도 드물지 않다. 문학이 강자보다는 약자에게 더 공감하는 예술 장르인 까닭일까. 작가들은 종종 강자인 작가 자신보다는 약자라 할 작중인물을 역성드는 작품을 내놓고는 한다. 이탈리아 작가 루이지 피란델로의 희곡 《작가를 찾는 6인의 등장인물》이 대표적이다. 이 작품에서는 연극 작품을 무대에 올리고자 연습 중인 연출가와 배우들을 '등장인물' 여섯 사람이 찾아온다. 이들은 어느 극작가가 자신들을 탄생시키고서도 제대로 돌보지 않는다며, 연출가와 배우들이 자신들의 이야기로 연극을 만들어달라고 요구하며 그들 앞에서 자신들이 생각하는 연극을 '공연'하기까지 한다. 이들 가운데 한 사람인 '아버지'가 연출가에게 하는 말은 등장인물의 독립선언이라 할 법하다.

"등장인물은 일단 태어나면 곧장 자신의 작가로부터 벗어나 독립성을 얻게 됩니다. 그래서 작가가 그를 놓아두려고 생각지도 못한 무수한 다른 상황들 속에서 모든 사람에 의해 상상이 될 수도 있고, 때로는 작가가 그에게 부여하려고 꿈도 안 꾼 어떤 의미를 얻게 되는 겁니다."

이 말은 일차적으로는 희곡과 연출 및 연기의 관계에 관한 설명이라 하겠지만, 문학 일반으로 범위를 넓혀보자면 독서에 관한 통찰로 이해할 수도 있겠다. 같은 소설과 같은 인물의 이야기라 해도 읽는 이에 따라 다채롭고 때로는 상반되기까지 한 독해가 가능한 것이 문학의 세계다. 작가가 어떤 등장인물에 관해 소설 속에 묘사해놓은 바가 모든 독자에게 온전히 전달되고 받아들여지리라고 기대할 수는 없는 것이다.

본론에서 벗어난 이야기가 될지 모르겠는데, 이 작품 속 연출가와 배우들이 애초에 준비하고 있던 작품이 피란델로의 《역할놀이》라는 사실이 흥미롭다. 그와 관련해 연출가가 이렇게 푸념하는 게 특히 재미있다. "낸들 어쩌란 말야? 프랑스에서 우리한테 좀 더 좋은 희극이 안 들어오니까 부득이하게 피란델로 극을 무대에 올리게 된걸. 이 사람 작품을 이해하면 정말 똑똑한 거야, 배우도 비평가도 관객도 아무도 만족 못 하게 작품을 일부러 이렇게 썼어!"

이 대목에서는 세르반테스 소설 《돈키호테》의 앞부분이 떠

217

오르기도 한다. 여기에서 돈키호테의 광기와 출분出奔을 부추 겼다며 마을 이발사와 함께 그가 읽은 '나쁜' 책들을 골라내 불 태우던 신부가 세르반테스의 소설《라 갈라테아》를 그중 하나 로 꼽으며 덧붙이는 설명이 이러하다. "세르반테스도 내 오랜 친구지. 내가 알기로, 그 친구는 시 쓰는 일보다 세상 고생에 더 이력이 나 있는 사람이라네. 그 책은 무언가 기발한 구석이 있지만, 제시만 할 뿐 결론은 아무것도 없단 말이야." 피란델 로의 희곡과 세르반테스의 소설에 등장하는 인물이 자신의 창 조주인 작가에 관해 험담 섞인 품평을 한다는 점에서 이 역시 작가와 작중인물에 관한 고정관념을 깨뜨리는 유쾌한 설정이 라 하겠다.

《보물섬》의 작가 로버트 루이스 스티븐슨의 작품 가운데 〈이야기 속의 등장인물들〉이라는 짧은 우화가 있다. 다름 아 니라《보물섬》의 등장인물인 스몰렛 선장과 해적 롱 존 실버 가 나오는 이야기다.《보물섬》은 전체가 34장으로 이루어졌 는데, 이 우화는 32장이 끝나고 33장이 시작되기 전, 그러니 까 소설이 거의 막바지에 이른 시점에서 두 인물(원작에서는 '꼭 두각시puppets라고 표현)이 소설 바깥으로 걸어 나와 담배를 피우 며 주고받는 대화로 이루어져 있다(당연히《보물섬》에는 이 우화가 삽입되어 있지 않다).

"저는 해양소설 속 등장인물일 뿐입니다. 실제로는 존재하

218

지 않아요. (……) 이 이야기 속 악당으로서 제가 알고 싶은 건 제 운명이 어떻게 되겠느냐는 겁니다."

롱 존 실버의 이런 질문에 기독교도이자 교양인인 스몰렛 선장은 "자넨 교리문답도 배우지 못했나? 저자(원문에는 대문자를 써서 'Author'로 표기되어 있는데, 소설의 작가를 창조주 하느님과 동일시한다는 것을 알 수 있다)라는 게 있단 말이야"라고 대답한다. 이어서 두 사람은 다소 유치한 설전을 벌이는데, 만일 저자가 있다면 그는 자신들 두 사람 중에서 누구를 더 좋아하겠느냐는 것이다. 롱 존 실버는 저자가 자신을 좋아하기 때문에 자신이 갑판에 나가 행동하도록 하는 반면 선장은 선창에 처박혀 있는 모습으로 그린다고 주장한다. 이에 선장은 저자는 선善의 편이기 때문에 악당인 롱 존 실버보다는 선한 사람인 자신을 좋아한다며, "소설에 도덕적인 인물이 없다면 이야기가 어디로 가겠는가?" 하고 질문한다. 이에 대한 롱 존 실버의 답변은 일종의 소설론으로 읽을 만하다. 그만큼 유용하고 심오하다. "악당이 없다면 애초에 이야기가 어떻게 시작되겠습니까?" 두 사람의 설전은 작가인 로버트 루이스 스티븐슨이 《보물섬》 33장을 쓰기 위해 잉크병 뚜껑을 여는 소리를 들은 두 사람이 원래 위치로 돌아가는 것으로 서둘러 마무리된다.

생각해보면 이상한 노릇이다. 남원에는 춘향의 묘가 있고, 런던에는 셜록 홈스의 집무실이 있다. 춘향도 홈스도 실존 인물이 아닌 문학작품 속 등장인물인데 말이다. 춘향이야 설화와 판소리계 소설이어서 작자를 알기 어렵다지만, 셜록 홈스는 엄연히 영국 작가 아서 코난 도일이 창조한 작중인물임에도 작가보다 더 유명세를 치르고 있다. 독자들의 항의로 미수에 그치기는 했지만 도일이 홈스를 작품 속에서 죽게 만들려 했던 시도가 혹시 자신의 창조물에 대한 작가 쪽의 시기와 질투 때문은 아니었을까. 어쨌든, 작가의 살해 시도를 뚫고 되살아난 홈스는 작가와 무관하게 독자적인 생명력을 과시하며, 정작 자신을 탄생시킨 작가가 죽은 뒤에도 그 자신은 죽지 않고 여전히 생생하게 살아서 움직이고 있다. '괴도 뤼팽'의 프랑스 작가 모리스 르블랑은 도일이 살아 있던 당시에 《뤼팽과 홈스의 대결》이라는 소설에서 홈스를 뤼팽에 비해 떨어지는 인물로 묘사해 도일과 영국 독자들의 분노를 자아낸 바 있다.

최제훈의 소설집 《퀴르발 남작의 성》에 실린 단편 〈셜록 홈스의 숨겨진 사건〉은 아예 아서 코난 도일이 밀폐된 방 안에서 주검으로 발견된 사건을 다름 아닌 셜록 홈스가 해결한다는 설정을 담았다. 이 작품에서는 도일과 홈스가 치열한 지략 대결을 펼치는데, 사건의 배경에는 홈스에 대한 도일의 질투가 자리하고 있다. "피조물이 점점 현실의 신화가 되어갈수록 창조주는 모든 가능성을 거세당한 채 신전 한구석의 석상으로 굳어간다" "작가가 자신이 창조한 인물에 대한 열등감으로 그를 죽이고, 다시 부활한 그가 복수를 하듯 작가를 실제 죽음으로 내몬다"는 등의 대목은 작가와 등장인물 사이의 뒤바뀐 권력관계를 말해준다.

'한 소설가의 자서전'이라는 부제를 단 미국 작가 필립 로스의 《사실들》은 자전적 에세이와 소설의 경계에 있는 작품이다. 로스가 일인칭으로 자신의 지난 이야기를 풀어놓는 형식인데, 책 앞과 뒤에 각각 '주커먼에게'와 '로스에게'라는 제목을 단 글이 덧붙여 있다. 네이선 주커먼은 로스의 소설 여러 편에 로스 자신의 분신으로 등장하는 인물. 그러니까 이 글들은 작가가 작중인물에게 그리고 작중인물이 작가에게 쓰는 편지인 셈으로, 《사실들》 본문의 풍부하고 복합적인 해석 가능성을 열어놓는다. 로스의 삶과 그의 소설 작품들 사이의 관계에 대해서도 시사하는 바가 적지 않지만, 우리의 논의와 관련해서 주목할 대목은 '로스에게' 꼭지 말미에 나온다. "자기 존재의 필수적인 드라마로 보이는 것과 끝없는 분투를 벌이는 등장인물이 사실 저자 측의 신경증적 의식儀式 수행에 의해 쓸데없이, 잔혹하게 희생당하고 있지는 않은지 의심해보아야 하지." 로스 특유의 멋 부리는 말투로 조금 꼬여 있긴 하지만, 핵심은 저자의 전횡에 맞서 등장인물 나름의 권리를 주장하겠다는 것. 피란델로 희곡의 등장인물들 생각과 크게 다르지 않다.

사실 창작자와 그의 피조물의 관계란, 특히 예술 작품에서는, 생각처럼 단순하지는 않았다. 멀게는 그리스 신화 속 피그말리온 이야기에서부터 메리 셸리의 《프랑켄슈타인》이나 오스카 와일드의 《도리언 그레이의 초상》 같은 소설에 이르기까지 창조자의 손끝에서 빚어진 작품으로서의 피조물이 독자적인 생명력을 지니는 사례가 적지 않다. 그나마 피그말리온 신화에서는 해피엔딩이라 할 결말로 마무리되었다 하겠지만, 《프랑켄슈타인》과 《도리언 그레이의 초상》은 창조자를 포함하는 주요 인물들의 불행한 죽음이 수반되는 비극으로 귀결되고 만다.

이렇듯 착잡한 결말이 기다리고 있기 십상인데도 작가들이 등장인물의 실존적 조건에 관심을 지니고 끊임없이 그것을 묘사하는 까닭은 무엇일까. 우리 인간 자체가 절대자의 피조물이 아니라면 적어도 연극 무대의 배우라는 생각 때문이 아닐까. 셰익스피어 희곡 《맥베스》의 저 유명한 대사처럼 말이다.

"꺼져라, 꺼져라, 덧없는 촛불이여! / 인생은 걸어 다니는 그림자, 가련한 배우일 뿐, / 제가 맡은 시간에는 무대 위에서 우쭐대고 안달하지만 / 이내 사라져버려 더는 들을 수 없지. 삶이란 / 백치가 떠드는 이야기, 소음과 광란이 가득하지만 / 아무런 의미도 없다네." (《맥베스》 5막 5장 23~28행)

가까운 이의 재능은
왜 나를 고통스럽게 하는가

〈나의 위대한 친구, 세잔〉은 화가 폴 세잔과 소설가 에밀 졸라의 우정을 다룬 영화다. '세잔과 나'라는 담백한 원제와 달리 한국어 제목은 과장된 데다 왜곡의 혐의까지 있지만, 영화 자체는 졸라의 소설 《작품》을 중심으로 세잔과 졸라의 관계를 비교적 충실히 재현하고 있다. 프랑스 남부 엑상프로방스의 중학교 시절부터 단짝이었던 둘은 청년이 되어 파리로 올라와서도 서로를 격려하며 각자의 예술혼을 불태운다. 삼십 년 넘게 이어지던 둘의 우정은 그러나 졸라가 1886년에 발표한 《작품》으로 인해 돌이킬 수 없게 금이 간다. 이 자전적인 소설에는 화가 클로드 랑티에와 소설가 상도즈가 주인공으로 등장하는데, 이들은 각각 세잔과 졸라 자신을 모델로 삼았다. 문제는 소설에 묘사된 클로드가 결국 화단의 인정을 받지 못한 채 스스로 삶을 마감한다는 사실. 그와 달리 상도즈는 소설가로 승승장구하며 소설 마지막 장면에서는 클로드의 외로운 장례 행렬을 의리로써 지키는 모습으로 그려진다. 실제로 《작품》이 발표될 무렵 졸라는 《목로주점》을 비롯한 소설들로 작가로서 위치를 굳힌 상태였던 반면, 세잔은 여전히 실패와 모색을 반복하는 중이었다. 그렇다 하더라도 소설에서 자신을 괴팍하다 못해 광기 어린 실패자로 그린 졸라에게 세잔은 분개했고 결국 친구 관계를 청산하기에 이른다.

졸라가 친구의 약점과 불운을 자신의 소설 소재로 '착취'한 사실은 비난받아 마땅하다 하겠는데, 이런 상황에 적합한 영어 단어로 'frenemy'라는 신조어를 들 수 있겠다. 친구^{friend}와 적^{enemy}을 합한 이 말(한국어 번역으로는 '친적'을 제안한다)은 예술가 친구들 사이의 우정과 경쟁, 애증이 엇갈린 미묘한 관계를 설명하는 데 맞춤해 보인다.

영화는 클로드와 상도즈의 관계에 초점을 맞추지만, 실제로 소설 《작품》에는 두 사람만이 아니라 더 많은 예술가가 등장한다. 그보다 중요한 것은, 두 친구의 결별이 반드시 《작품》이라는 소설 때문만은 아니고 예술가들 사이의 우정에 내재한 필연적 귀결일 수 있다는 암시가 소설 곳곳에 들어 있다는 사실이다. "언젠가 그들이 서로 경쟁자가 된다는 사실" "오랫동안 젊은 날을 한 형제처럼 지낸 친구들이 갑자기 낯설고 적이 되는 놀라운 순간" 같은 구절은 흡사 'frenemy'에 대한 풀이처럼 다가온다. 게다가 소설 중반부에 나오는 아래 인용문은 아예 《작품》 출간 이후 세잔과 졸라의 관계 파탄을 예고하는 것 같지 않겠나.

"이제 싸움은 시작되었고, 그들은 저마다 굶주린 늑대같이 서로 물어뜯었다. 그들 사이에 작은 틈이 생겼고, 균열이 점점 커져서 오랜 영원을 맹세하던 우정에 금이 가기 시작했다. 언젠가 이 우정도 산산조각이 나고 말 것이다."

그렇다고 해서 예술가들 사이의 우정이 가능하지 않다는 뜻은 아니다. 문학사에는 작가들 사이의 애틋하고 끈끈한 우정을 보여주는 일화가 차고 넘친다. 청록파 동료로 〈완화삼〉과 〈나그네〉라는 명시를 주고받은 조지훈과 박목월, 곽재구의 시 〈사평역에서〉를 단편소설 〈사평역〉으로 변주한 동향의 동갑내기 소설가 임철우, 결핵균을 앞세워 시시각각 조여오는 사신死神에 맞서고자 친구 안회남에게 마지막 편지를 보내 번역 일거리 주선을 호소했던 김유정, 그리고 사반세기 전 아깝게 요절한 소설가 김소진의 기일을 꼬박꼬박 챙기며 해마다 그의 묘소를 찾는 동갑내기 평론가 정홍수……. 이런 사례들 앞에서 삼가 옷깃을 여미지 않기란 불가능하리라.

"이십여 년간 그와 사귀어오면서, 아니 그와 술을 마셔오면서 내가 언제나 그의 의견에 승복한 것은 아니다. 나는 그와 여러 번 다퉜고 그 다툼은 때로는 절교 상태로까지 우리의 관계를 몰고 갔다. 그때마다 그는 작품으로써 다시 그의 의견을 나에게 되물었다. 때로 그 작품들은 나를 감동시키기도 하였고 때로는 나를 더욱 실망시키기도 하였다. (……) 나는 그와 같은 작가를 친구로 갖고 있는 게 즐겁다. 그는 언제나 작품으로써 질문에 대답하는 그런 작가이다."

김현의 평론집《문학과 유토피아》에 실린 이청준론 중 한 대목이다. 이청준과 김현은 '68문학' 동인이었으며 이 동인이 창간호를 내고 해체된 뒤에는 계간지《문학과지성》과 출판사 문학과지성사를 매개로 삼아 문학의 길을 함께 걸어갔다. 두 사람은 대학 동기였고, 역시 동기인 김승옥, 김주연, 김치수 등이 이들과 행보를 같이했다. 이들처럼 비슷한 나이대에 문학적 지향도 통하는 문인들은 흔히 동인으로 뭉쳐 서로를 응원하고 격려하고는 한다. 반드시 동인을 꾸리지 않더라도 같은 세대끼리는 암암리에 인정과 평가를 주고받으며 협력 관계를 형성하게 마련이다. 출근하는 직장이 없는 전업 작가들에게는 문단이 곧 회사이고 동료 작가들이 직장 동료인 셈이니 그들이 서로 친하게 어울리는 것은 자연스러운 일이기도 하겠다.

그러나 문인들 사이의 관계가 반드시 아름답고 우호적인 것만은 아니다. 박인환과 동인을 같이 했으면서도 그의 사후에 막말을 퍼붓다시피 한 김수영의 경우를 보라. "나는 인환을 가장 경멸한 사람의 한 사람이었다. 그처럼 재주가 없고 그처럼 시인으로서의 소양이 없고 그처럼 경박하고 그처럼 값싼 유행의 숭배자가 없었기 때문이다." (김수영, 〈박인환〉, 《김수영 전집 2-산문》)

동료 및 선배 작가들에 대한 막말이라면 블라디미르 나보코프도 김수영에 뒤지지 않는다. 그는 1967년 《파리 리뷰》와의 인터뷰에서 "남들이 인정하는 많은 작가들이 내게는 아예 존재하지 않는 것과 마찬가지"라며 브레히트, 포크너, 카뮈, 로런스 등을 거명했다. 토마스 만, 파스테르나크, 도스토옙스키, 고골 역시 혹평을 면하지 못했다. 나보코프가 보기에 "엘리어트는 1급 시인이 아니었고, 에즈라 파운드는 단연 2급"이었으며, "종, 불알, 황소bells, balls and bulls 같은 것"을 다룬 헤밍웨이의 소설은 "아예 질색"이었다.

조지 기싱의 소설 《뉴 그럽 스트리트》를 참조해보면, 문인들 사이의 갈등과 대립은 사뭇 보편적이기까지 한 게 아닌가 싶다. 이 소설에서 낙백한 원로 비평가 앨프리드는 자신의 딸 메리언에게 이렇게 하소연한다. "내가 이런 대접을 받을 만한가? 성공한 자들, 나를 짓밟으려 하는 그들보다 내가 열등한가? 아니다! 그렇지 않다! 나는 그들보다 뛰어난 지성과 고귀한 영혼을 지녔다!" 메리언 역시 아버지를 좇아 문필업에 뛰어드는데, 그가 보기에 아버지는 "문단에서 생긴 원한의 혐오스러운 정신에 지배당하고 있었다." 그것이 아버지의 문제만도 아니어서, "다른 업종은 어떤지 모르겠지만, 우리 업종에서처럼 질투와 증오와 악의가 넘쳐흐르지는 않았으면 좋겠다"라고 메리언이 말할 정도다. "내가 듣고 읽는 것들 때문에 문학 자체가 싫어지곤 한다"는 데 이르면 문학의 감추어진 맨얼굴을 엿본 듯한 당혹감을 맛보게 된다.

'잃어버린 세대'를 대표하는 두 작가 어니스트 헤밍웨이와 스콧 피츠제럴드는 1925년 프랑스 파리에서 처음 만나 곧 친구가 되었다. 당시 피츠제럴드는 대표작 《위대한 개츠비》가 막 출간되어 각광을 받는 중이었고, 헤밍웨이는 아직 무명작가 처지였다. 피츠제럴드는 자신의 책을 담당한 저명한 편집자 맥스웰 퍼킨스에게 헤밍웨이를 소개해주고 경제적 도움과 문학적 조언을 아울러 베풀어주었다. 그러나 헤밍웨이가 첫 장편 《해는 또다시 떠오른다》를 낸 뒤 승승장구한 반면, 피츠제럴드는 문학적으로도 하향곡선을 긋고 개인사 역시 굴곡을 겪게 되면서 두 사람의 관계는 역전되고 헤밍웨이는 피츠제럴드에 대해 험담을 일삼기 시작했다. 피츠제럴드가 1940년 숨을 거두기 직전 헤밍웨이에게 편지를 보내 그의 소설 《누구를 위하여 좋은 울리나》를 순수하게 칭찬한 반면, 헤밍웨이는 피츠제럴드가 죽은 뒤 지인에게 보낸 편지에서 그와 관련해 이렇게 썼다. "나는 그에 대해 아무런 존중의 마음도 갖고 있지 않았다. 사랑스럽고 소중한 재능이 낭비되는 것이 안타까웠을 뿐이다." 어쩐지 박인환에 대한 김수영의 언급을 떠오르게 하는 대목이다.

문학 동료들 사이 애증의 드라마 중에서도 부부 또는 연인 사이의 그것은 유독 극적이고 파괴적이다. 시인 실비아 플라스와 테드 휴스 부부의 경우가 대표적이다. 실비아 플라스는 1963년 2월 11일 아침 영국 런던의 한 아파트에서 가스를 틀어놓은 부엌 오븐에 머리를 넣은 상태로 숨진 채 발견되었다. 당시 나이 서른이었고, 자살이었다. 남편 테드 휴스와는 별거 상태였고 둘 사이에는 세 살이 되어가는 딸과 한 살짜리 아들이 있었다. 플라스가 숨진 뒤 법적으로 여전히 남편인 휴스가 플라스의 유산에 대한 처분권을 행사했다. 그는 플라스가 남긴 원고들을 정리해서 시집 《에어리얼》을 1965년에 출간했고 플라스 생전에 나왔던 《거상》에 이은 이 두 번째 시집은 플라스의 문학적 명성을 한껏 올려놓았다. 그러나 이 시집은 플라스가 원래 정리해놓은 것과는 다른 모습이었다. 시 수록 순서에 변화가 생겼고, 애초 이 시집에 포함되지 않았던 작품들이 덧붙여졌으며, 휴스 자신의 표현에 따르자면 "사적으로 한결 더 공격적인 시들 얼마를 뺐다." 휴스의 편집을 거친 《에어리얼》이 시인의 의도를 정확하게 반영하지 않는다는 판단에 따라 플라스 자신이 처음 정리해놓은 순서를 되살리고 플라스의 딸이자 시인인 프리다 휴스가 서문을 쓴 《에어리얼: 복원본》이 2004년에 출간되었다. 진은영 시인이 번역한 한국어판도 2022년 9월에 나왔다.

《에어리얼》의 경우에는 변형되고 왜곡된 형태로나마 시인의 유고가 책으로 나왔다지만, 플라스가 남긴 또 다른 원고의 운명은 그보다 훨씬 불행했다. 휴스는 플라스가 마지막 몇 달간 쓴 일기를 불에 태워 없앴으며 그 까닭은 아이들이 읽지 않았으면 해서라고 설명했다. 플라스가 남긴 원고 중에는 '이중노출Double Exposure'이라는 제목으로 된 소설도 있었는데, 플라스는 어느 편지에서 이 소설이 "남편이 배신자이자 바람둥이라는 사실을 알게 된 여자에 대한 반자전적인" 작품이라고 설명한 바 있다(플라스가 죽기 몇 주 전 가명으로 낸 첫 번째 소설 《벨 자》역시 반자전적인 작품이었다). 실제로 휴스는 바람둥이 기질이 있었고 플라스가 숨질 당시에도 휴스의 불륜 때문에 부부는 몇 달 전부터 별거 상태였다. 휴스는 1977년에 플라스의 산문 선집을 펴내면서 쓴 서문에서 플라스가 남긴 소설 원고가 130장정도 있었는데 1970년 즈음에 어디에선가 '사라졌다'고 말했다. 일기는 분명 자신이 없앴다고 밝힌 휴스가 플라스의 소설 원고에 대해서는 '사라졌다disappeared'는 모호한 표현을 쓴 것은 오히려 그가 일기처럼 그 원고 역시 일부러 없앴을 것이라는 의혹을 부추겼다.

각각 알코올의존증과 정신질환에 시달린 스콧과 젤다 피츠제럴드 부부 사이에는 숱한 곡절이 있었지만, 젤다의 첫 장편인 《왈츠는 나와 함께》를 둘러싼 갈등은 문학적으로 특히 흥미롭다. 젤다는 정신병원에서 쓴 이 소설 원고를 남편의 편집자인 맥스웰 퍼킨스에게 보냈고, 퍼킨스를 통해 원고를 확인한 스콧은 이 작품이 자신의 첫 소설 《낙원의 이쪽》에 나오는 인물을 표절했으며 그 무렵 그가 쓰고 있던 또 다른 소설 《밤은 부드러워》와 소재 및 구성이 흡사하다며 반발했다. 부부의 두 소설은 모두 자전적인 내용을 담았기 때문에 둘 사이의 유사성은 어찌 보면 당연하다 하겠는데, 젤다는 젤다대로 남편이 자신의 말과 글을 그의 소설에 제멋대로 가져다 썼다고 폭로하기도 했다. 젤다를 그저 문제투성이 뮤즈 정도로 치부하던 남성 중심적 시각에서 벗어나 페미니즘 관점에서 이 부부의 관계를 새롭게 보는 설명이 이제는 일종의 상식이 되었다.

미국으로 범위를 한정하더라도 피츠제럴드 부부와 비슷한 사례는 더 있다. 열여덟 살 어린 나이에 당시 쉰세 살이던 《호밀밭의 파수꾼》의 작가 샐린저와 일 년간 동거하다가 버림받은 작가 조이스 메이너드는 그로부터 이십오 년 뒤 1998년에 낸 회고록《호밀밭 파수꾼을 떠나며》에서 은둔의 작가 샐린저와의 관계를 포함한 자신의 지난 삶을 솔직히 털어놓아 논란을 낳았다. 필립 로스와 결혼했다가 이혼한 영국 배우 클레어 블룸도 회고록《인형의 집을 떠나며》에서 로스와 꾸렸던 결혼생활의 치부를 드러냈고, 로스는《나는 공산주의자와 결혼했다》라는 소설에 블룸을 모델로 삼은 인물을 등장시키는 방식으로 '복수'를 했다. 미국의 여성 작가 이저벨 캐플런은 2022년 12월 영국 신문 〈가디언〉에 〈작가인 내 남자친구는 내가 작가라는 이유로 나와 헤어졌다〉라는 제목의 글을 기고했다. 이 글에 따르면 캐플런의 남자친구는 캐플런이 언젠가 자신들의 관계에 대해 글을 쓸 가능성에 대해 매우 걱정했고, 그 걱정이 결국 결별로 이어졌다. 앞서 보았던, 사랑했다가 헤어진 뒤 그 일을 글로 써서 상대방을 공격했던 커플들의 사례가 캐플런의 남자친구에게는 남의 일로 보이지 않았던 모양이다.

전미도서상을 받은《인생수정》을 비롯해《자유》《순수》《크로스로드》같은 소설이 한국에도 번역 소개된 작가 조너선 프랜즌. 그의 동료이자 연인이었던 캐스린 체트코비치가 2003년에 발표한 에세이 〈질투〉는 작가 커플 사이의 내밀한 관계와 심리를 진솔하게 묘사해 큰 파장을 일으켰다.

"이것은 두 작가에 관한 이야기다. 다시 말하자면, 질투에 관한 이야기. 나는 그 남자를 어떤 예술가촌에서 만났고, 그가 들려준 첫 이야기에서부터 그를 좋아하게 되었다."

이렇게 시작하는 이 글에서는 남성 작가의 이름이 드러나지 않지만, 그가 프랜즌이라는 사실은 문단 사정에 조금이라도 밝은 이라면 누구나 알 수 있었다.

체트코비치 자신이 표현하다시피 두 작가의 관계에서 핵심을 이루는 것이 질투라는 사실이 중요하다. 예술가촌에서 만나 연인이 된 두 사람은 똑같이 소설을 쓰는 작가였지만, 남자의 소설이 좋은 평판을 얻고 출판 시장에서도 잘 먹히는 반면, 여자는 그렇지 못했다. 남자의 글이 자신의 글보다 뛰어나다는 명백한 사실이 여자를 괴롭혔다. "여기 내가 쓰고 싶었으나 쓰지 못한 문장과 문단, 페이지 들이 있었다" "그는 삶이라는 커다란 경주에서 훨씬 앞서 나가고 있었다". 두 사람이 함께 살던 어느 날은 일을 마치고 밤에 들어온 남자가 고통스러운 얼굴로 자신이 애를 먹고 있는 원고를 읽어보라고 부탁한다. "나는 그 역시 좋은 글을 쓰지 못할 수도 있다는 생각에 크게 안도했다." 그러나 막상 읽어본 남자의 글은 생각과는 달랐다. "이해가 안 돼. 정말 좋은데." 여자의 이런 말을 듣고 남자는 비로소 안심하며 고마움을 표하지만, 여자는 내심 실망하고 다시 좌절한다. "사랑을 나누고자 했던 충동이 사라져버렸다." 세계무역센터 테러가 발생했을 때는 남자의 책이 나온 지 불과 일주일 정도 된 시점이었다. 테러 소식을 듣고서 여자에게 우선 든 생각은 "남자의 책이 지워질 거라는 거였고, 그러자 안심이 되었다." 질투가 자신을 어디까지 몰고 갔는지를 확인한 여자에게 남은 것은 이별뿐이었다. 이 글 속에서 체트코비치가 스스로에게 던지는 질문은 우정과 경쟁이 뒤섞인 작가들 사이의 관계와 관련해 생각할 바를 던져준다.

"우리 자신과 재능 있는 타인들 사이의 거리가 좁혀지면 질수록 왜 고통은 더 커지는가. 우리가 아는 이들, 우리와 같은 나이거나 젊은 사람들, 우리와 같은 나이이며 친구인 이들, 최악의 경우에는 우리와 삶을 함께하는 누군가의 재능은 왜 우리를 고통스럽게 하는가."

문학이라는 '부캐 놀이'

　2021년 10월 15일 스페인 바르셀로나에서 열린 플라네타 문학상 시상식에서 깜짝 놀랄 만한 일이 벌어졌다. 미출간 소설 원고를 대상으로 삼는 이 상의 상금은 100만 유로로 노벨상 상금을 살짝 상회하는 세계 최고 수준이다. 스페인 국왕 부부까지 참석하는 이 성대한 시상식의 주인공은 《짐승La bestia》이라는 역사 스릴러를 응모한 작가 카르멘 몰라Carmen Mola. 몰라는 정체를 숨기고 활동하는 작가의 필명인데, 마드리드에서 남편과 세 아이와 함께 사는 수학 전공 대학교수로 자신을 소개해왔다. 엘레나 블랑코라는 여성 형사를 주인공으로 삼은 그의 범죄 스릴러 삼부작은 40만 부 넘게 팔리는 베스트셀러가 되었다.

시상식에 참석한 이들을 놀라게 한 것은 그날 처음으로 공개된 몰라의 정체였다. 연단에 오른 수상자 몰라는 한 사람이 아니라 세 사람, 그것도 여성이 아닌 남성들이었다! 40대 중반에서 50대 말에 이르는 연령대인 이들은 소설과 텔레비전 드라마 각본을 쓰는 이들인데, 세 사람이 공동 작업을 하기로 하면서 별생각 없이 필명을 정했다고 밝혔다. 그러나 이들이 가짜 프로필을 만들고 그를 기반으로 매체와 인터뷰까지 한 것은 독자와 언론을 속인 행위라는 비판이 나왔다. 남성인 이들이 여성의 이름을 필명으로 삼은 것이 상업적 고려 때문이 아니냐는 질책도 이어졌다. 한국만이 아니라 세계적으로도 남성 작가보다는 여성 작가의 소설이 더 잘 팔리는 상황을 염두에 둔 지적이었다. 당사자들은 물론 그런 '혐의'를 부인했다.

카르멘 몰라는 역시 익명으로 활동하는 이탈리아 작가 엘레나 페란테에 곧잘 견주어지곤 했다(몰라의 소설 주인공 이름이 하필 '엘레나'이기도 하다). 흥미로운 것은 엘레나 페란테 역시 실제로는 남성 작가라는 추측이 있다는 사실이다. 《나의 눈부신 친구》를 비롯한 세계적 베스트셀러 '나폴리 4부작'의 작가가 사실은 번역가 아니타 라야라는 이탈리아 탐사 보도 기자의 '특종'(?)은 언론과 작가들의 뭇매를 맞았지만, 몇몇 학자들은 문체론적 검토를 거쳐 라야의 남편인 저명한 소설가 도메니코 스타르노네가 진짜 페란테라는 주장을 내놓기도 했다. (주장의 진위를 판단하자면 이탈리아어 지식이 필요하겠는데, 스타르노네의 장편 《끈》이 번역 출간되어 있으니 아쉬운 대로 참조는 되지 싶다. 다만, 페란테 소설의 번역자와 이 작품의 번역자가 동일인이라는 사실은 감안해야 하겠다.)

자신의 정체를 숨기고 제 이름이 아닌 다른 이름으로 활동하는 작가들의 사례는 드물지 않다. 국내에서라면 SF 작가이자 영화평론가인 듀나가 대표적이다. 로맹 가리가 에밀 아자르라는 이름으로 낸 소설 《자기 앞의 생》으로 유일하게 두 번째 공쿠르상을 수상한 일은 잘 알려져 있다. 포르투갈 시인 페르난두 페소아는 무려 70개가 넘는 필명을 사용해서 '도피의 예술가'라는 이름이 붙을 정도였다. 해리 포터 시리즈의 작가 조앤 롤링은 로버트 갤브레이스라는 남자 이름으로 몇 편의 소설을 출간한 바 있다. 스티븐 킹도 리처드 바크만이라는 다른 이름으로 소설들을 내놓았다. 《신들은 바다로 떠났다》(원제 'The Sea')로 부커상을 수상한 아일랜드 작가 존 밴빌은 벤저민 블랙이라는 이름으로 추리소설을 쓰기도 했다. 벨기에 출신 작가 조르주 심농은 초기에는 20여 개의 필명을 사용해 대중소설을 쓰다가 매그레 반장 캐릭터가 성공을 거두자 비로소 본명으로 활동하기 시작한다. 영화로도 제작된 소설 《리스본행 야간열차》의 스위스 작가 파스칼 메르시어는 철학자 페터

비에리의 필명인데, 철학 관련서에는 본명을 쓰고 소설은 필명으로 발표하는 식으로 두 정체성을 구분하고 있다. 한편 《삼총사》 《몬테크리스토 백작》의 작가 알렉상드르 뒤마는 무려 70명이 넘는 '대리 필자'를 고용해 그들이 쓴 원고를 자신의 이름으로 발표한 것으로 유명하다. 아르놀트 하우저의 《문학과 예술의 사회사》에서는 이를 가리켜 '문학 공장'이라 표현하기도 했다. 국내에서도 어떤 작가와 번역자는 '문학 공장'을 운영한다는 혐의를 받은 바 있다.

제 이름과 정체를 숨기고 다른 이름으로 활동하는 것을 요즘 유행하는 말로 '부캐 놀이'라 하면 어떨까. 《한라산》의 시인 이산하의 본명은 이상백인데, 그가 소설가 박상륭을 흠모하며 형이상학적인 시를 쓰던 젊은 시절에는 '이륭'을 필명으로 삼았다. 그 뒤 1980년대의 엄혹한 시기에 《한라산》과 같은 목소리 높은 시를 쓰면서 그는 민족주의의 냄새를 물씬 풍기는 새로운 필명 '이산하'를 내세웠는데, 그 이름은 그에게는 명예이자 업보이기도 했다. 2021년 초 시집 《악의 평범성》을 내고 인터뷰를 마친 뒤 헤어진 그가 한밤에 보내온 문자 메시지에서 "불쑥불쑥 '이륭' 시절로 돌아가고 싶은 생각도 든다"고 털어놓은 데서 그가 느낀 부담과 고통을 짐작할 수 있었다.

1983년에 나온 《전태일 평전》 초판은 '어느 청년 노동자의 삶과 죽음'을 제목으로 삼고 저자 자리에는 '전태일기념관건립

위원회 엮음'을 내세웠다. 작고한 조영래 변호사가 실제 저자
라는 사실은 시절이 좀 좋아진 나중에야 공개되었다. 김응교
숙명여대 교수는 민주화운동과 관련해 수배 중에 쓴 책《문답
으로 풀어본 문학 이야기》를 '백민'이라는 이름으로 출간했다.
그의 첫 책이었다. 1980년에 무크 형태로 나온《실천문학》창
간호에는 늦봄(문익환), 신경림, 조태일 등과 함께 '무단舞丹'이
라는 이의 시가 실렸다. 〈벽시〉라는 제목의 이 시의 저자 무단
이 고은 시인이라는 사실 역시 나중에 확인되었다. 1980년대
노동문학을 대표하는 박노해 시인과 백무산 시인은 필명에서
부터 노동 및 노동자를 선명하게 내세웠다.

1990년대 초에는 제1회 작가세계문학상을 받으며 화려하
게 등장한 이인화의 소설《내가 누구인지 말할 수 있는 자는
누구인가》가 표절 시비에 휘말려 시끄러웠다. 그러자 평론가
류철균은 이 작품이 표절이 아니라 혼성모방이라는 포스트
모더니즘의 기법을 사용한 것이라며 옹호하는 평론을 발표했
다. 류철균이 곧 이인화라는 사실, 그러니까 이인화는 류철균
의 필명이라는 사실이 밝혀지면서 학계와 문단에 파문이 일었
고 류철균의 학자적 양식을 질타하는 목소리가 연이어 터져
나왔다. '이인화'라는 필명은 염상섭의 소설《만세전》의 주인
공 이름이기도 하지만, 한자로는 '二人化' 또는 '異人化'로 새길
수도 있다. 류철균이 둘로 나뉘거나 다른 사람으로 바뀐다는

뜻이니, '부캐 놀이'의 취지에 부합하는 필명이라 하겠다.

앞서 카르멘 몰라와 엘레나 페란테 얘기를 하면서 남성 작가들이 여성 작가로 행세하는 현상에 대해 언급했지만, 그것은 비교적 최근의 일이고 과거에는 거꾸로 여성 작가가 남성의 이름을 필명으로 삼아 작품을 발표하는 일이 더 흔했다. 여성의 글쓰기에 대한 차별과 편견을 피하기 위해서였다. 브론테 자매가 대표적으로 샬럿, 에밀리, 앤 세 자매는 각각 커러, 엘리스, 액튼 벨이라는 남자 이름으로 자신들의 대표작 《제인 에어》《폭풍의 언덕》《애그니스 그레이》를 발표했다. 브론테 자매와 같은 시기에 활동한 《미들마치》의 작가 조지 엘리엇 역시 여성으로, 본명이 메리 앤 에번스지만 지극히 남성적인 필명을 택했고 끝까지 이 이름을 고수했다. 20세기 미국의 SF 작가인 제임스 팁트리 주니어도 본명이 앨리스 브래들리 셸던인 여성이지만, 브론테 자매나 조지 엘리엇과 같은 이유로 남성 필명을 사용했다. 1991년부터 시상하고 있는 제임스 팁트리 주니어상은 젠더 문제에 관한 시야를 넓힌 SF 및 판타지 작품을 대상으로 삼아 필명에 담긴 정신을 이어가고 있다(2019년에 상의 이름을 '다른 상Otherwise Award'으로 바꾸었다).

'유령 작가ghost writer'는 정치인이나 경제인, 연예인 등 유명 인사들의 자서전을 대신 써주는 대필 작가를 가리키는 말이다. 표지나 서지 정보에 이름이 드러나지 않고 숨어 있다고 해서 그런 이름이 붙여졌다. 김연수의 소설집에 《나는 유령작가입니다》라는 게 있지만, 이 책에 대필 작가가 등장하지는 않는다. 아마도 김연수는 남들의 이야기를 수집해서 개연성 있는 이야기로 재구성해 내놓는 자신의 작업이 대필 작가의 그것과 비슷하다는 뜻에서 이런 제목을 붙이지 않았을까. 그러고 보면 소설 또는 문학이란 본질적으로 유령 작가의 대필이라 하겠고, 그런 점에서 문학은 전형적인 '부캐 놀이'라 할 수 있지 않을까 싶다.

뮤지컬과 영화로도 만들어진 프랑스 작가 에드몽 로스탕의 희곡 《시라노》는 '부캐 놀이'라는 문학의 본질을 보여주는 흥미로운 사례로 소개할 만하다. 문무를 겸비한 귀족 시라노는 미모의 사촌 누이 록산을 흠모하지만, 록산은 시라노의 부하인 잘생긴 청년 크리스티앙과 사랑에 빠진다. 기형에 가깝게 큰 코 때문에 감히 사랑의 고백을 하지 못하는 시라노, 그리고 외모는 출중하지만 표현에 서투른 크리스티앙이 '협업'에 나선다. 문학적 재능이 뛰어난 시라노가 크리스티앙을 앞세워 록산을 향한 자신의 사랑의 마음을 글로 쓰기로 한 것이다. 이 대목에서 시라노는 크리스티앙의 잘생긴 얼굴이 자신의 영혼을 '통역'해주는 것이라는 발상의 전환(?)을 선보인다.

처음 크리스티앙에게 협업을 제안하면서 시라노는 그 일을 "시인이라면 한번 해보고 싶은 실험"이라 말하는데, 그가 자신의 작업을 대필 작가의 그것과 비슷하게 인식하고 있음을 알수 있다. 대필 작가를 비유적으로 '그림자 작가shadow writer'라고도 하는데, 시라노가 크리스티앙을 설득하느라 건네는 말중에 '그림자'라는 표현이 나온다. "자넨 당당하게 걷고, 난 그림자처럼 자넬 따를 걸세. 난 자네의 재치가, 자넨 나의 아름다움이 되는 거지." 유명인의 자서전을 대필하는 유령 작가처럼 시라노는 자신의 문재文才를 최대한 발휘해 록산에게 사랑의 말을 속삭이고 그 효과에 자신감을 보인다. 록산과 크리스티앙이 사랑의 입맞춤을 하는 모습을 보면서 "록산이 착각하고 있는 저 입술 위에서 / 그녀가 입 맞추는 것은 내가 방금 한 말들"이라고 자부하는 것을 보라.

두 사람이 함께 전장에 나아간 뒤에도 시라노는 크리스티앙의 이름으로 록산에게 끊임없이 사랑의 편지를 보내고, 록산은 이제 크리스티앙의 외모보다는 편지의 문장들에 더 매혹된다. 크리스티앙을 처음 보았을 때 "그의 이마에는 재치, 천재성이 번뜩여요"라며 그의 외모를 찬미했던 록산은 이제 "당신의 편지들은 날 취하게 만들었어요"라며 "내가 숭배하는 건당신의 잘생긴 외모가 아니"라고 말한다. 이제부터는 스포일러에 해당하겠지만, 전쟁에서 입은 부상으로 죽음을 앞둔 크리스티앙이 시라노에게 "그녀가 사랑하는 건 바로 당신이에요"라 말하고, 크리스티앙에 이어 시라노 역시 죽은 뒤에야 사태의 진상을 알게 된 록산이 "난 단 한 사람을 사랑했고, 그를 두 번씩이나 잃는구나!"라며 탄식하는 이야기의 결말은 '얼굴 천재'에 대한 '문장 천재'의 승리를 보여주는 장면이라 할 수 있지 않을까.

후원자인가 하면
독재자인

정현종 시인의 초기 시집 《나는 별아저씨》의 맨 앞에 실린 작품 〈불쌍하도다〉는 일종의 서문처럼 읽힌다. 이 작품에서 시인은 시를 쓰는 일과 그것을 활자화해서 발표하는 일을 구분하며, 일단 쓴 시를 "그냥 땅에 묻어두거나 / 하늘에 묻어"두지 않고 발표하는 자신의 행위를 불쌍하고 누추하다며 개탄한다. 여기에서는 시를 쓰는 행위와 남들에게 읽히는 행위 사이에 위계가 분명하다. 시를 쓰는 일이 순수하고 자족적인 가치를 지니는 반면, 그것을 남들에게 읽히고자 발표하는 일은 불순하고 부차적이며 구차한 짓으로 치부된다.

포르투갈 작가 페르난두 페소아의 대표작으로 꼽히는 미완성 산문집 《불안의 책》 앞부분에도 정현종 시인의 이 시와 비슷한 생각이 나온다. 작가가 고결해질 수 있는 길은 책을 통해 얻을 수 있는 명성을 누리지 않는 것이요, 그보다 더 진실되고 고결한 운명은 아예 책을 출간하지 않는 작가의 몫이라는 것. 그렇다고 해서 페소아가 글쓰기 자체에 반대하는 것은 아니다. 본성에 따라 글을 쓰되 그렇게 쓴 글을 남에게 보이지 말고 혼자만 간직하는 쪽이 더욱 진실된 작가의 본질에 가깝다는 것이 그의 주장이다. 이런 대목은, 작가 생전에는 빛을 보지 못한 채 원고 상태로 트렁크 안에 들어 있다가 작가 사후 사십칠 년 만인 1982년에야 비로소 책으로 출간된 이 작품의 운명에 관한 예언을 담고 있는 것처럼 읽힌다. 페소아 역시 정현종 시인과 마찬가지로 글을 쓰는 일과 그 글을 책으로 출간하는 일 사이에 위계를 설정하고 전자(글쓰기)에 비해 후자(출판)를 열등하고 격이 떨어지는 행위로 치부한다. 페소아는 더 나아가, 책을 출판함으로써 스스로를 사회화하는 행위를 일러 저열한 욕구라고까지 폄하한다.

그런데 과연 그러할까. 글쓰기란 그 자체로 자족적이며 고귀한 행동인 반면, 그것을 책으로 출간해서 독자에게 읽히는 행위는 부차적이거나 저열한 짓일까.

글은 다른 무엇에 앞서 자아의 표출이다. 하고 싶은 말이 있어서 글을 쓰는 것이다. 그런 점에서 글은 우선 쓰는 이 자신에게 의미를 지닌다. 일기가 단적인 사례다. 그렇지만 말 그대로 온전히 자족적이며 독립적인 글이 가능할까. 그러니까, 누군가가 읽을 가능성이 전무하다 해도 사람은 과연 글이란 걸 쓰게 될까. 그렇지는 않을 것 같다. 글의 도구인 언어부터가 사회적 성격을 지니는 것이기 때문이다. 말과 글은 누군가 들어주고 읽어줄 사람을 겨냥한다. (심지어는 일기조차도 독자를 상정한다고 말할 수 있다. 쓰는 이를 제외한 그 누구도 읽지 않을 일기라 해도, 그것을 쓰는 '나'는 역시 독자를 겸한다고 보아야 한다.)

"글이란 오로지 어떤 '독자'를 위해 쓰는 것"이라고 움베르토 에코도 어느 글에서 썼다. 그는 나아가 "단지 자기 자신을 위해서만 쓴다고 말하는 사람은 거짓말을 하고 있다"(《움베르토 에코의 문학 강의》)고까지 단언했다. 글은 작가의 손끝에서 탄생하지만 독자에게 읽힘으로써 비로소 완성된다. 그런 점에서 작가와 독자는 상보적인 관계에 놓인다.

모든 작가는 독자에서 출발한다. 글을 쓰기 전에 읽는 일이 먼저다. 읽는 일이 쌓이고 쌓인 끝에 쓰는 일로 몸을 바꾼다. 양질 전환의 법칙은 여기에도 해당된다. 독자로 출발해 작가가 된 뒤에도 독자로서의 정체성은 언제까지고 따라다닌다. 모든 작가는 곧 독자이기도 하다(뒤집어 말하자면, 모든 독자는 잠재적 작가라 할 수도 있다). '작가들의 작가'로 꼽히는 아르헨티나의 문호 보르헤스는 자신을 본질적으로 작가라기보다는 독자로 생각한다고 말한 적이 있다. "내가 읽었던 것이 내가 썼던 것보다 훨씬 더 중요하다고 생각한다"고 겸손하게 덧붙이기도 했다. "왜냐하면 누구든 자신이 좋아하는 것을 읽지만, 누구든 자신이 쓰고자 하는 것이 아니라 자신이 쓸 수 있는 것을 쓰기 때문"이라는 것(《보르헤스, 문학을 말하다》). 묘하게 설득력 있는 논리가 아닌가.

독자는 여러 얼굴을 지닌다. 가장 흔한 것이 숭배자와 후원자라 하겠다. 많은 경우 독자는 작가와 작품을 흠모하며 떠받들고 책을 구매함으로써 작가의 경제에 도움을 준다. 작가가 나오는 '독자와의 만남' 행사를 찾아다니며 작가의 한마디 한마디에 환호하고 박수 치는 모습은 연예인 팬클럽을 닮았다. 조정래 대하소설《태백산맥》의 무대인 벌교의 태백산맥문학관에는 전체 10권짜리인 이 소설을 처음부터 끝까지 필사한 개인과 단체의 필사본 52벌이 전시되어 있는데, 이 역시 작가와 작품에 대한 흠모의 표현이라 하겠다.

연예인의 극성팬이 때로 스토커로 변신하는 것처럼, 작가를 흠모하는 열성 독자가 스토커나 독재자로 모습을 바꾸기도 한다. 아리스가와 아리스의 연작소설집《작가 소설》에 실린 단편〈사인회의 우울〉에는 책 속의 오류를 시시콜콜하게 지적하거나 넌지시 표절 혐의를 제기하는가 하면, 작품 주인공이 자신을 모델로 한 것이라는 망상을 드러내는 등 '진상' 독자들이 등장한다. 기리노 나쓰오의 장편소설《일몰의 저편》에서 성애와 폭력을 즐겨 묘사하는 작가를 소환한 '문화문예윤리향상위원회'라는 기구는 '독자의 고발'을 소환의 근거로 제시한다.

명탐정 셜록 홈스를 창조해 독자들의 사랑을 받은 작가 아서 코난 도일이 〈마지막 사건〉에서 홈스를 폭포에서 떨어져 죽은 것으로 처리했다가 독자들의 거센 항의에 못 이겨 십 년 만에 되살린 일화는 독자가 작가에 대해 지니는 무시 못 할 힘을 단적으로 보여준다. 베스트셀러《작은 아씨들》의 작가 루이자 메이 올컷은 자신을 모델로 삼은 소설 속 인물 조를 자신과 마찬가지로 문학을 하는 노처녀로 살게 하려 했지만, 자매들을 모두 결혼시키라는 독자들의 편지가 빗발치고 출판사 역시 그런 결말을 요구하자 결국 조를 바어 교수와 결혼시켰다. 영국 작가 서맨사 엘리스가 쓴《여주인공이 되는 법》이라는 책에 인용된 편지에 따르면 루이자 메이 올컷은 자신의 생각과는 달리 조를 결혼시키라는 극성 독자들의 요구를 거부하기 힘들었지만 한편으로는 그에 대한 반발감도 있어서 조를 어울리지 않는 짝과 맺어주었다고 밝혔다.

신문 연재소설이나 텔레비전 드라마가 독자나 시청자의 요구에 따라 스토리를 바꾸는 사례는 일일이 헤아리기 어려울 정도로 많다. 소설이나 드라마 역시 소비자의 눈치를 봐야 하는 일종의 상품인 만큼 그런 '상호 작용'은 피할 수 없다.

영화로도 만들어진 스티븐 킹의 장편소설 《미저리》에서도 주인공인 작가 폴 셸던은 '미저리' 연작으로 커다란 상업적 성공을 거두었지만, 어느 순간 그 연작에 싫증이 나서 주인공을 죽임과 동시에 연작 역시 마무리한다. '미저리' 연작은 고아 출신이지만 귀족 남성과 결혼해서 신분 상승을 이룬 여성의 파란만장한 인생 역정을 담은 작품이었다. 그런데 교통사고로 큰 부상을 당하고 의식을 잃은 채 쓰러진 그를 제집에 데려가 가둔 열혈 독자 애니 윌크스는 폴로 하여금 죽었던 주인공을 되살려 《돌아온 미저리》라는 작품을 쓰도록 강요한다. 폴의 '넘버원 팬'을 자처하는 애니는 그가 처음에 마지못해 쓴 원고를 퇴짜 놓는 등 편집자 역할까지 수행하며 그가 자신만의 책을 쓰도록 독려한다. 애니가 자신의 목숨과 맞바꾸었다고 할 수도 있을 이 소설 속 소설이 또 하나의 대형 베스트셀러가 된다는 것이 《미저리》의 결말이다.

아리엘 도르프만의 단편 〈독자〉에는 독재 국가의 검열관인 독자가 등장한다. 주인공 돈 알폰소는 이십 년 동안 이 일을 하면서 단 한 번도 실수를 저지른 적이 없는 유능한 검열관이다. 그가 하는 일은 출판을 앞둔 원고를 미리 읽고 출판 가능 여부를 판단하는 것이다. 그가 어느 날 손에 든 원고는 까마득한 미래 시점을 배경으로 가상의 독재 정권을 그린 작품으로, 현실을 에둘러 비판한 것이어서 당연히 출판 불가 판정을 내려야 할 터였다. 그런데 예상하지 못했던 일이 벌어진다. 돈 알폰소가 작품에 푹 빠진 것이다. 작품의 유려한 리듬과 감각적인 문장에 매료된 그는 검열관으로서 해서는 안 되는 행동으로 나아간다. 신분을 감춘 채 원고를 쓴 작가와 그 가족을 만나고, 결국 자신의 권한으로 책의 출간을 허가하며, 상관의 지시를 거역하고 정부에 맞서는 이들 쪽으로 돌아선 것이다.

2021년 대산문학상을 받은 차근호의 희곡 〈타자기 치는 남자〉는 저 엄혹했던 1980년대 초 반공 이념으로 똘똘 뭉친 정보과 형사가 책을 읽으며 서서히 변해가는 과정을 담았다는 점에서 도르프만 소설 〈독자〉를 떠오르게도 한다. 보고서를 작성하는 데 도움을 받겠다며 글짓기 학원을 찾은 형사 경구에게 교사 출신 학원장 문식은 우선 책을 읽을 것을 권하고 책들을 추천한다. 《죄와 벌》《부활》《맥베스》 같은 문학작품은 물론 《차라투스트라는 이렇게 말했다》《정신분석학 입문》《역사란 무엇인가》 같은 철학서와 사회과학서가 차례로 독서 목록에 오른다. 다소 비현실적인 설정이지만, 이 책들을 읽은 경구가 의식화 과정을 거쳐 민주화 투쟁 전선에 나서는 결말은 역시 도르프만의 〈독자〉를 닮았다.

"내 시에 대하여 의아해하는 구시대의 독자 놈들에게→차렷, 열중쉬엇, 차렷, // 이 ×만한 놈들이……차렷, 열중쉬엇,

차렷, 열중쉬엇, 정신차렷, 차렷, ○○차렷, 헤쳐모엿! // 이 ×
만한 놈들이…… / 헤쳐모엿, (……)"

황지우와 함께 1980년대 해체시 흐름을 주도했던 박남철
의 첫 시집 《지상의 인간》에 실린 시 〈독자 놈들 길들이기〉 앞
부분이다. 시만큼이나 일상에서도 "특유의 분방과 '똘끼'"(작
고한 평론가 황광수의 표현)를 유감없이 발휘했던 그다운 시라 하
겠다. "차가운 작가는 독자들이 싫어"한다며 "다들 인스타그
램이나 트위터 같은 데서 살갑게 팬 서비스를 하"(기리오 나쓰오,
《일몰의 저편》)는 요즘 분위기에서는 지난 시절 박남철이 위악
적으로 표출했던 작가의 자존과 고집이 그리워지기도 한다.

냉탕과 열탕처럼 극과 극을 오가는 작가와 독자의 사이. 그
적정한 거리와 관계는 어뗘해야 할까. 2021년 정지용문학상
을 받은 이문재 시인의 수상 소감을 참조해보면 어떨까.

"시인이 완성한 시가 모두 좋은 시는 아닙니다. 시인이 완
성한 완벽한 시는 대부분 독자의 개입을 차단합니다. 이때 시
와 독자는 수직적이고 일방향적인 관계에 놓입니다. 이때 독
자는 이차적 존재입니다. 요즘 제가 쓰려고 하는 시는 '덜 쓴
시'입니다. 독자에게 여지를 남겨놓는 미완의 시, 독자가 새로
쓸 수 있도록 '촉발'하는 열려 있는 시, 그리하여 시가 독자 안
에서 다시 살아난다면 독자 자신은 물론 시와 시인에게도 축
복일 것입니다."

편집자

퍼킨스라는 환상,
리시라는 악몽

미국 작가 제임스 미치너의 《소설》은 소설을 둘러싼 문학 출판계의 인물들과 사건을 다룬 소설이다. 소설에 관한 소설이라는 점에서 '메타소설'이라 할 수도 있겠지만, 소설의 본질에 관한 논의보다는 소설을 둘러싼 제도와 환경에 초점을 맞추는 문학사회학적 접근법을 취한다. 이 작품은 모두 네 개 장으로 이루어졌다. 1장은 소설가 루카스 요더의 이야기를 들려주고, 2장은 편집자 이본 마멜을 중심으로 이야기가 전개되며, 3장과 4장은 각각 비평가 칼 스트라이버트와 독자 제인 갈런드를 주인공으로 삼았다. 소설이라는 생태계를 구성하는 네 개의 중심축이 작가, 편집자, 비평가, 독자라는 뜻이겠다.

편집자가 네 축에 포함된다는 데 고개를 갸웃거리는 이가 있을지도 모르겠다. 작가와 비평가가 소설 생태계의 핵심 주체임은 자명하다. 독자가 작가와 작품에 행사하는 영향력에 관해서라면 이 책의 앞 장 '독자' 편에서 어느 정도 확인할 수 있으리라 믿는다. 이 세 주체에 비해 편집자는 겉보기에 존재감이 미약한 편이다. 그 때문에 편집자는 흔히 '보이지 않는' 존재로 표현되기도 한다. 〈편집자 ㅊ씨〉라는 제목을 단 칼럼(〈한겨레〉 2021년 12월 10일 자)에서 번역가 정영목도 사람들이 "책 만드는 일의 중심에 있는 편집자에게 눈길을 주는 일은 드물 것"이라고 쓴 바 있다.

그러나 편집자가 결코 무시해도 좋을 존재가 아니라는 사실은 그 누구보다 작가들이 잘 알고 있다. 작가가 탈고한 원고가 책으로 완성되어 나오기까지 가장 중요한 역할을 하는 이가 바로 편집자라 할 수 있다. 아니, 편집자의 역할은 때로 작가가 원고를 쓰기 전부터 수행되기도 한다. 작가 정여울이 〈한겨레〉 토요판(2021년 9월 25일 자)에서 편집자 이연실을 인터뷰한 글의 말미에 쓴 이런 대목을 보라. 편집자는 작가 자신도 미처 깨닫지 못한 가능성을 먼저 알아보고 작가를 부추겨 원고를 쓰게 만들기도 한다.

"작가로서 결코 거절하지 못할 제안이 있다. 바로 편집자에게서 '나 자신도 미처 상상하지 못했던 좋은 아이디어'를 제안 받았을 때다. 아무리 바쁘고 힘들어도, 편집자가 먼저 나서서 '작가님이 이런 책을 쓰신다면 독자들이 정말 좋아할 것 같다'며 아직 낳지 않은 자기 안의 황금 알을 꺼내줄 때, 작가는 감동받지 않을 수 없다. 편집자가 작가의 마음속에서 아직 긁지 않은 복권처럼 가능성으로만 존재하고 있는 어떤 눈부신 잠재력을 읽어낼 때, 작가는 열 일 제쳐놓고 '이 책을 꼭 쓰고 싶다'는 열망에 사로잡힌다. 편집자와 작가는 마치 영혼의 쌍둥이처럼 끝까지 함께 가는 존재다."

좀처럼 남들의 눈길을 끌기 힘든 편집자라는 존재에 주목한 것이 영화 〈지니어스〉였다. '천재'를 뜻하는 제목을 지닌 이 영화의 주인공은 미국의 전설적인 편집자 맥스웰 퍼킨스. 1920~30년대 미국 출판사 스크리브너스에서 헤밍웨이와 피츠제럴드, 토머스 울프 같은 당대 최고 작가들의 소설을 담당했던 인물이다. 편집자로서 퍼킨스가 개성과 재능이 충만한 작가들을 능숙하게 조율하고 그들과 협업해서 유수의 작품들을 써내도록 한 과정에 영화는 초점을 맞춘다.

〈지니어스〉에서 토머스 울프의 역할은 배우 주드 로가 맡았다. 울프는 키가 2미터에 가까운 장신이어서 냉장고 위에 종이를 놓고 선 채로 원고를 쓰고는 했다는데, 180센티미터에 못 미치는 주드 로에게 그런 느낌을 받기는 어려웠지만, 창작의 산고와 편집자의 역할 등에 관해서는 알려주는 것이 많은 영화였다.

〈지니어스〉를 인상 깊게 본 이들이라면 울프의 책《무명 작가의 첫 책》을 반갑게 읽지 않을까 싶다. 울프가 1935년과 1938년에 행한 두 번의 강연 원고를 묶은 이 책에서는 특히 그와 편집자 퍼킨스의 관계가 잘 그려져 있다. '책 한 권이 나오기까지'를 주제로 한 1935년 강연 첫머리에서 울프는 이렇게 말한다.

"내 가까운 친구이기도 한 아주 훌륭한 편집자가 여섯 달쯤 전에 내게 말하기를, 우리 둘이 해낸 작업에 대해 매일의 기록, 말하자면 업무 일지를 남기지 않은 게 후회스럽다고 했다. 책이 나오기까지 치러야 했던 상호 거래, 치고받기, 흐름과 정체, 삭제, 매만지기, 만 번의 맞대면과 삐걱거림과 수정과 항복과 쾌재와 동의에 대해서 말이다."

여기서 말하는 '훌륭한 편집자'는 물론 맥스웰 퍼킨스다. 퍼킨스는 울프의 첫 소설《천사여, 고향을 보라》와 두 번째 소설《시간과 강에 대하여》를 편집했는데, 이 책들은 편집자의 역량을 최대한도로 발휘하기에 적합한 것들이었다. 다시 말하자면, 울프의 원고는 편집자의 적절한 손길을 거쳐야 비로소 제 꼴을 갖출 수 있는 상태였다는 뜻이다. 울프의 첫 책은 200자 원고지로 환산하자면 5천 장이 훌쩍 넘는 방대한 분량이었다.

이 원고를 검토한 다른 출판사의 편집자는 "지금 상태로는 너무 아마추어적이고 자전적이며 서툴러서" 출간하기 어렵겠다고 거절의 뜻을 보냈다. 반면 퍼킨스는 거친 원석 안에 감추어진 보석을 알아보았고 광부가 광물을 채굴하듯 그 보석을 끄집어낸 것이다.

퍼킨스의 채굴 방법은 장황한 원고를 최대한 쳐내서 적절한 꼴을 갖추도록 하는 것이었다. 작가란 특히 자신의 글에 대한 애정과 자부심이 큰 이들인데, 그런 작가의 '피 같은' 원고를 줄이고 고치는 일이 결코 녹록지는 않았을 것이다. 그런 일을 하자면 편집자는 일단 강심장을 지녀야 할 테고, 삭제될 원고를 부둥켜안고 절규하는 작가를 어르고 눙치는 외교력 역시 갖추어야 할 것이다. 그래서 작가와 편집자의 협업은 많은 경우 싸움의 형태를 취한다. 미치너의 《소설》에서도 애송이 편집자 시절 이본 마멜의 출판사 선배는 "당신의 성공은 당신이 비판적 거리를 유지하면서 얼마만큼 올바르게 그들(작가들)을 판단하느냐 하는 능력에 달려 있다"는 조언을 그에게 건네고, 편집자로서 명성을 얻은 뒤에는 "아무리 그들이 유명해도 자신의 작가들을 무서워하지 않는" 것이 성공의 비결로 꼽힌다.

"내 책만큼 편집자의 존재가 꼭 필요하고 그의 도움이 실질적인 가치를 발휘한 경우는 없었다. 무엇보다도, 내 원고는 탈고 이전부터 과감한 덜어내기가 필요한 상태였는데, 탈고 후지치기도 했거니와 애초에 문제적 집필 방식이 몸에 밴 나는 우리 앞에 놓인 다음 작업을 감당할 준비가 되어 있지 않았다. 글쓰기에서 내게 언제나 가장 어렵고 하기 싫은 일은 덜어내기였다. 나는 언제나 덜어내기보다는 쓰기가 더 기질에 맞았다."

울프가 1935년 강연에서 말한 것처럼 그와 퍼킨스의 협업은, 비록 우여곡절이 없지 않았지만, 해피엔딩으로 마무리됐다. 이 강연에서 그가 퍼킨스를 가리켜 "나의 발견자이자 협력자"라 일컬은 것은 편집자 퍼킨스의 역할에 대한 감사와 평가를 담은 표현이었다. 소설가 김초엽 역시 2020년 12월《채널예스》와 한 인터뷰에서 자신의 첫 소설집《우리가 빛의 속도로 갈 수 없다면》의 편집자가 "처음 원고에서 내용을 많이 쳐내"준 덕분에 독자에게 좀 더 잘 다가갈 수 있었다며 고마움을 표한 바 있다.

그러나 작가와 편집자의 관계가 항상 해피엔딩으로 귀결되는 것은 아니다. 미국 소설가 레이먼드 카버와 편집자 고든 리시의 사례는 편집자의 역할과 권한의 한계와 관련해 생각해볼 문제를 남겼다. 카버는 흔히 미니멀리즘을 대표하는 작가로 평가된다. 서사 진행에 생략이 많고 문장이 단순하며 감정을 절제하고 호들갑을 떨지 않는 것이 카버 소설의 트레이드마크다. 그는 여백을 많이 두어 독자로 하여금 미루어 짐작하게 하는 수법을 즐겨 쓴다. 그의 두 소설집《제발 조용히 좀 해요》와

《사랑을 말할 때 우리가 이야기하는 것》에서 특히 그런 특징이 두드러지는데, 이 두 책을 편집한 이가 바로 리시였다.

그런데 2009년에 카버의 이름으로 소설집 《풋내기들》이 나오면서 상황이 반전되었다. 이 책은 《사랑을 말할 때 우리가 이야기하는 것》의 원본, 그러니까 편집자 리시의 손길을 거치지 않은 카버의 오리지널 원고를 그대로 수록한 것이었다. 《풋내기들》은 《사랑을 말할 때 우리가 이야기하는 것》에 실린 단편 17편을 순서도 동일하게 실었는데, 분량에서 크게 차이가 난다. 두 책 모두 한국어판이 나와 있기에 독자가 직접 비교해 볼 수도 있거니와, 《사랑을 말할 때 우리가 이야기하는 것》의 본문이 230쪽인 데 비해 《풋내기들》은 400쪽 가까이에 이른다. 두 책은 크기도 거의 같고 페이지당 원고 분량도 얼추 비슷할 것으로 짐작된다. 요컨대, 리시가 카버의 원래 원고를 절반 가까이 덜어냈다는 뜻이겠다. (평균적으로 그렇다는 것이고, 작품에 따라서는 절반 이상을 쳐낸 경우도 여럿이다. 〈다들 어디 있지?〉에서 〈미스터 커피와 수리공 양반〉으로 제목이 바뀐 작품은 무려 78퍼센트가 삭제됐고, 〈별것 아닌 것 같지만, 도움이 되는〉에서 〈목욕〉으로 제목이 바뀐 유명한 단편도 비슷하게 분량이 줄었다.) 분량이 줄었을 뿐만 아니라 서사 구조가 변형되고 제목이 바뀌었으며 대사도 수정됐다. 등장인물의 이름이 바뀐 경우도 있었다. 그런 형식상의 변화는 당연히 소설의 색채와 주제의 변화로도 이어진다. 전반적으로 따뜻하

고 인간적이었던 소설 세계가 냉정하고 모호한 분위기를 띠게
되었다.

이런 리시의 편집 작업이 오늘날 우리가 아는 '미니멀리스
트 카버'를 만드는 데 결정적 구실을 한 것은 물론인데, 문제는
카버 자신이 그런 리시의 작업에 반드시 만족한 것만은 아니
었다는 데 있다(카버는 1983년 《파리 리뷰》와의 인터뷰에서 누군가 자신
의 소설에 대한 서평에서 '미니멀리스트'라는 표현을 칭찬의 뜻으로 썼지만
자신은 그 말을 좋아하지 않았다고 말하기도 했다). 카버는 리시의 편집
작업을 가리켜 "절단과 이식 수술"이라 표현한 적이 있고, 《사
랑을 말할 때 우리가 이야기하는 것》이 출간되기 아홉 달 전인
1980년 7월에 리시에게 보낸 장문의 편지에서는 "전 이 일(책
출간)을 그만둬야겠습니다"라며 심리적 고통을 호소하기도 했
다. 그는 지금 형태로 책이 출판된다면 자신은 다시는 소설을
쓰지 못하게 될까 봐 걱정된다며, 심지어는 자신의 정신 건강
이 이 문제에 달려 있다고까지 호소한다.

물론 그로부터 불과 이틀 뒤에 카버가 리시에게 보낸 편지
에서는 "전반적으로 흥분되고 만족합니다"라고 밝혔다는 사
실 역시 기록해두어야 하리라. 리시가 그사이에 전화로 카버
를 설득한 것이라는 추측이 가능한데, 리시의 편집 작업에 대
해 카버가 불안정하고 혼란스러운 감정을 지니고 있었다는 뜻
이겠다. 《풋내기들》을 옮긴 번역가 김우열이 쓴 대로 "《풋내

기들》이 《사랑을 말할 때 우리가 이야기하는 것》에 비해 인간적인 느낌을" 주며 "이런 경향은 (리시의 편집 작업을 거치지 않은) 다음 작품집인 《대성당》과도 맞닿"다. 김우열은 더 나아가 "전반적으로 따뜻하고 서정적이라는, 심지어 감상적이라는 느낌마저" 드는 《풋내기들》이 《사랑을 말할 때 우리가 이야기하는 것》에 비해 더 마음에 든다고 썼다. 작가인 스티븐 킹 역시 리시가 카버 소설의 성격을 바꿔놓은 것을 가리켜 악랄하다고 비판한 바 있다. 독자는 《사랑을 말할 때 우리가 이야기하는 것》과 《풋내기들》을 함께 읽으며 리시의 편집 작업이 편집자의 정당한 책무였는지 지나친 월권이었는지를 나름대로 판단해보아도 좋겠다.

"얼핏 작가가 윗사람으로 보이지만, 작가가 무서워하는 사람 가운데 한 명이 편집자다. 가장 먼저 원고를 읽고 잘 썼는지 아닌지를 판단하는 사람이라서다."

《작가의 마감》에 실린 일본 작가 무로 사이세이의 글 한 대목이다. 그런가 하면 소설가 블라디미르 나보코프는 편집자에 관한 생각을 묻는 질문에 "'편집자'라면, 교정자를 말씀하시는 거겠죠?"라고 특유의 독설을 퍼부은 바 있다. 나보코프 역시 책을 내는 과정에서 편집자와 적잖은 실랑이를 벌인 것이 아닐까 짐작되는 반응이다.

"'편집자는 언제나 옳다'. 그러나 편집자의 충고를 모두 받아들이는 작가는 아무도 없다. 타락한 작가들은 한결같이 편집자의 완벽한 솜씨를 이해하지 못하기 때문이다. 다시 말해서, 글쓰기는 인간의 일이고 편집은 신의 일이다."

스티븐 킹은 작법서 《유혹하는 글쓰기》의 머리말에서 이렇게 썼다. 오랜 작가 경력에서 우러난 살아 있는 교훈이라 하겠는데(이 말과 카버 편집자 리시에 관한 그의 언급 사이에는 모순과 충돌이 있는 것처럼 보이기도 하지만, 그에 관해서는 여기에서 상술하지 않도록 하자), 그의 말처럼 편집자의 조언을 순순히 받아들이는 작가는 그리 많지 않은 듯하다. 앞서 인용한 나보코프의 말만 보아도 그 점을 알 수 있다.

"원고나 그 원고를 쓴 작가와 사랑에 빠지면 안 된다는 거예요. 항상 팔 하나의 거리를 유지해야 해요. 그들은 당신을 사랑하지 않아요. 결국 당신의 성공은 당신이 비판적 거리를 유지하면서 얼마만큼 올바르게 그들을 판단하느냐 하는 능력에 달려 있다고 볼 수 있어요."

《소설》의 2장 주인공인 편집자 마멜의 초창기 시절 출판사 선배가 그에게 건넨 조언이다. 그런가 하면 작가 정여울은 앞서 인용한 편집자 이연실 인터뷰 글 말미에서 작가와 편집자의 관계를 '영혼의 쌍둥이'에 견준 바 있다. 두 견해는 얼핏 상반되어 보이지만 반드시 그렇지만은 않을 수도 있겠다. '영혼의 쌍둥이'처럼 긴밀하게 협업하되 그러면서도 어디까지나

'비판적 거리'를 유지하는 것. 편집자가 성공하고 그 성공이 곧 작가의 성공이 되는 비결이 거기에 있는 것 아닐까.

사라진 원고

원고는 불에 타지 않는다!

1943년 7월 시인 윤동주가 일본 경찰에 체포되었을 때 경찰은 그의 원고들도 함께 압수했다. 1945년 2월 윤동주가 옥사한 뒤 동주의 부친 윤영석과 함께 그의 주검을 수습하게 되는 당숙 윤영춘은 동주가 체포된 직후 교토 시모가모 경찰서로 조카를 면회하러 갔을 때 보았던 장면을 글로 남겨놓았다. 그 글에 따르면 윤동주는 취조실에서 형사 앞에 앉아 자신이 쓴 조선말 시와 산문을 일본어로 번역하고 있었다. "동주가 번역하고 있던 원고 뭉치는 상당히 부피가 큰 편이었다. 아마도 몇 달 전에 내게 보여주었던 원고 외에도 더 많은 것이 든 것으로 생각된다." 윤영춘이 목격한 이 원고들은 동주의 죽음과 함께 행방이 묘연해졌다. 그 원고들 중 일부는 나중에 시집 《하늘과 바람과 별과 시》에 포함되었을 수도 있겠지만, 그렇지 못하고 영원한 멸실과 망각의 블랙홀에 빠진 작품도 있었을지 모른다. 이렇게 사라져버린 윤동주의 마지막 원고는 많은 이들의 안타까운 상상력을 자극했다. 그 작품들이 어떤 경로로든 남아 있었더라면, 아니면 교토의 어느 집 다락방이나 창고에 처박혀 있던 원고 뭉치가 지금이라도 누군가에게 발견되어 바깥세상으로 나온다면. 한국 문학사를 바꿀 수도 있을 이런 가능성을 소설로 옮긴 것이 구효서의 《동주》와 이정명의 《별을 스치는 바람》이다.

"왜 미쳤다고들 그러는지. 대체 우리는 남보다 수십 년씩 떨어져도 마음 놓고 지낼 작정이냐. 모르는 것은 내 재주도 모자랐겠지만 게을러 빠지게 놀고만 지내던 일도 좀 뉘우쳐보아야 아니하느냐. 여남은 개쯤 써보고서 시 만들 줄 안다고 잔뜩 믿고 굴러다니는 패들과는 물건이 다르다. 2천 점에서 30점을 고르는 데 땀을 흘렸다. 31년 32년 일에서 용 대가리를 떡 꺼내어놓고 하도들 야단에 배암 꼬랑지커녕 쥐 꼬랑지도 못 달고 그만두니 서운하다."

이상이 1934년 7월 24일부터 8월 8일까지 〈조선중앙일보〉에 〈오감도烏瞰圖〉 연작을 연재하다가 난해하고 실험적인 작품에 대한 독자의 항의가 빗발치는 바람에 결국 연재를 중단하며 쓴 〈〈오감도〉 작자의 말〉 일부다. 이상은 이 신문 학예부장으로 있던 '구인회' 동료 이태준의 청탁으로 〈오감도〉를 연재했지만, 이 연작시 연재는 제15호를 끝으로 마무리되고 말았다. 앞서 인용한 작자의 말에 따르자면 이상은 애초에 〈오감도〉 연재를 모두 30회로 예정했고, 초고 형태의 또 다른 시가 2천 점 가까이 있었다는 뜻이다. 〈조선중앙일보〉에 연재한 〈오감도〉 제1호에서 제15호까지를 제외한 나머지 2천 점 가까이는, 적어도 〈오감도〉라는 이름으로는, 달리 발표되지 않았고 원고 형태로 남아 있는 것도 없다. 이상의 길지 않은 생애에는 굴곡이 많았고 그가 갑자기 일본 도쿄로 건너가 그곳에서 병을 얻어 요절하고 말았기 때문에 자신의 원고를 직접 정리하거나 누군가에게 사후 수습을 부탁할 수도 없는 처지였다. 〈오감도〉를 포함한 적지 않은 원고가 그의 죽음과 더불어 고아 신세가 되어 산멸하고 만 데는 이런 사정이 놓여 있다.

김연수의 소설 《꾿빠이, 이상》은 이상의 잃어버린 시 〈오감도〉 제16호의 존재를 모티프로 삼았다.

"그는内兒孩다. 아버지가나의거울이무섭다고그런다. 사람의팔그속의水銀. 싸움하지아니하는二匹의平面鏡은없다."

이렇게 시작하는 〈오감도 시 제16호〉는 물론 가짜다. 눈 밝은 이라면 금방 알아챘겠지만 이 위작은 기존의 〈오감도〉 여러 작품 속 구절을 짜깁기한, 말하자면 패스티시^{pastiche}에 해당한다. 이런 위작이 어떤 배경에서 나왔는지, 그 위작을 통해 작중 인물들과 작가가 하고자 하는 말이 무엇인지가 《꿈빠이, 이상》의 핵심을 이룬다 하겠다.

김연수의 또 다른 소설 《일곱 해의 마지막》은 시인 백석의 미발표 시들이 존재했을 가능성에 착안한 작품이다. 평안북도 정주가 고향인 백석은 해방과 분단 뒤에 북에 남은 '재북在北' 문인인데, 북한 체제가 이념적으로 경직되고 문학도 덩달아 협소해지면서 해방 전과 같은 빼어난 서정시들을 쓰지 못하게 된다. 김연수의 소설은 백석이 하방 차원에서 중국 국경인 양강도 삼수군 국영협동조합 축산반으로 내려간 1959년을 중심으로 그의 문학적 생애의 마지막 칠 년을 다룬다. 체제 찬양시를 쓰라는 압력을 거부한 채 탄압과 모욕을 감내하며 백석이 남몰래 시를 적어놓은 공책이 러시아 시인 벨라에게 맡겨졌다가 결국 실종되는 장면은, 허구적 설정임에도 불구하고 독자의 궁금증과 호기심을 자극한다.

작가가 쓴 원고는 출판사를 거치며 책으로 바뀌어 독자의 손에 들어오는 것이 일반적인 경로다. 그러나 때로 어떤 원고들은 이 경로에서 이탈하기도 한다. 모종의 이유로 중간에 사라져버리는 것이다. 앞서 예로 든 윤동주와 이상의 경우 말고도 문학사에는 이처럼 사라진 원고들이 적지 않다. 근대적 인쇄와 출판 방식이 나타나기 전에는 손으로 정성껏 베껴 쓴 단 한 권 또는 극소수의 필사본이 곧 책이었기 때문에 그 희귀 필사본이 없어지면 책 자체가 영영 사라지게 되곤 했다. 움베르토 에코의 소설 《장미의 이름》에 핵심 모티프로 등장하는 아리스토텔레스의 《시학》 제2부 희극 편이 대표적이다. 《시학》 앞부분에서 아리스토텔레스가 비극을 먼저 다루고 희극은 뒤에서 논하겠다고 썼음에도 현전하는 《시학》에는 희극 편이 없다는 사실이 에코의 상상력에 불을 지폈다. 에코는 중세 교회와 수도원의 경직된 신앙관이 웃음을 소재로 삼은 희극론을 금기시했다는 전제 아래, 《시학》 희극 편의 전파를 막기 위해 살인과 방화가 저질러진다는 극단적인 설정으로 독자의 흥미를 돋우었다.

아리스토텔레스의 《시학》 제2권은 어디까지나 추정과 가공의 산물이라 하겠지만, 문학사에는 분명히 존재했으나 전해지지 않는 책들이 차고 넘친다. 《잃어버린 책을 찾아서》나 《사라진 책들》 같은 번역서들은 한때 존재했으나 이제는 읽을 수 없게 된 책 또는 원고들을 다룬 책이다. 가령 서구 문학의 비조로 일컬어지는 호메로스는 대표작인 서사시 《일리아스》와 《오디세이》에 앞서 《마르기테스》라는 이름의 희극 서사시를 쓴 것으로 알려졌다. 바로 아리스토텔레스의 《시학》에 나오는 얘기다. 이 작품을 비롯해 《시학》에 언급되었지만 사라진 걸작은 20여 편에 이른다. 고대 그리스의 3대 비극 작가로 꼽히는 아이스퀼로스와 소포클레스, 에우리피데스가 실제로 쓴 작품 가운데 상당수가 중간에 사라져버렸다. 아이스퀼로스는 80편이 넘는 작품을 썼는데 지금 전해지는 것은 7편뿐이다. 당시 한 질뿐이던 아이스퀼로스 전작집은 다소 복잡한 이유 때문에 그리스에서 이집트 알렉산드리아로 건너갔다가 7세기 무렵 알렉산드리아 도서관 대화재 때 불타 없어진 것으로 추정된다. 소포클레스의 작품은 120편 가운데 7편이 남았고, 에우리피데스는 90여 편을 써서 16편을 남겼다. 이 세 작가 말고도 아리스토파네스, 크세노클레스, 메난드로스 같은 그리스 극작가들의 작품 상당수가 도중에 멸실되었다. 플라톤의《향연》에도 등장하는 아가톤은 기원전 416년에 연극 경연에서 우승하는 등 당대에 높은 평가를 받았지만 지금 전해지는 작품은 단 한 편도 없다. 그리스의 서정 시인 사포는 무려 아홉 권의 시집을 낸 것으로 알려졌지만 지금 온전하게 남아 있는 것은 〈아프로디테 찬가〉와 짧은 시 두세 편뿐이고 그밖에는 단편적인 구절들이 전해질 뿐이다. 공자가 편찬한 것으로 알려진《악경樂經》도 지금은 사라지고《예기禮記》라는 책 속의 한 부분 〈악기樂記〉로만 그 흔적이 남아 있다. 신라 진성여왕 때 편찬한 향가집《삼대목》역시《삼국사기》에 이름만 나올 뿐 실물이나 온전한 내용은 전하지 않는다.

활자의 발명과 그에 따른 대량 인쇄 기술의 출현 이후, 극소수 필사본의 소멸이 곧 책 자체의 실종으로 이어지는 사태는 피할 수 있게 되었다. 그러나 아직 책으로 몸을 바꾸기 전, 완성되었거나 진행 중이던 원고가 어떤 연유로든 사라져 없어지는 일은 그치지 않았다. 영국의 낭만주의 시인 조지 고든 바이런의 《회고록》은 바이런이 생전에 완성해서 선금을 받고 출판사에 넘겼지만 그의 지인들에 의해 불에 타 없어졌다. 분서焚書를 결정하고 감행한 이들은 이복누이이자 연인이었던 오거스타 리, 친구이자 동성애 상대였던 존 캠 홉하우스 그리고 또 다른 친구인 시인 토머스 무어 세 사람이었다. 이들이 출판업자에게 선금을 반환하고 바이런의 《회고록》을 불태워 없애기로 한 까닭은 그 안에 담긴 내용의 민감성과 폭발성 때문이었다. 원고가 없어졌기 때문에 확인할 수는 없지만, 짧고 불행한 결혼 생활 또는 오거스타와의 근친상간, 무엇보다 바이런의 동성애에 관한 이야기가 《회고록》에 담겼을 것으로 후대인들은 추측한다. 무어를 제외한 나머지 두 사람이 원고 폐기를 적극 주장했다는 점도 그런 추측에 힘을 보탠다.

러시아 작가 니콜라이 고골은 1842년에 유일한 장편 《죽은 혼》을 출간해 문단의 전폭적인 지지를 받았다. 이미 죽었지만 아직 사망 신고가 되어 있지 않은 농노들의 호적을 사들여 은행 대출과 토지 매입에 이용하는 사기꾼 치치코프를 등장시킨

이 작품은 원래 단테의 《신곡》과 같은 3부작으로 구상된 것이었다. 그러니까 이 책은 《신곡》의 제1부 지옥 편에 해당했고 뒤이어 2부 연옥 편과 3부 천국 편으로 작품을 완성한다는 생각이었다. 그러나 《죽은 혼》을 낸 뒤 고골은 광신적인 사제의 영향 아래 과대망상에 가까운 신앙관과 예술관 그리고 비뚤어진 조국애에 사로잡히게 된다. 1847년에 출간한 《친구와의 서신 교환선》에서 그는 "절대군주가 없는 국가는 지휘자 없는 교향악단"이라거나 "농민은 성서 외에 다른 책들이 존재한다는 걸 결코 알아서는 안 된다"라는 등의 문제적인 주장을 펼쳤다. 단편 〈코〉와 〈외투〉, 희곡 《검찰관》, 그리고 무엇보다 《죽은 혼》을 통해 당대 사회의 부패와 타락을 고발했던 비판과 풍자의 작가 고골이 전제정치와 계급 차별을 옹호하고 엄격한 신앙을 고수하는 고루한 순응주의자로 표변한 것이다. 고골의 비판적 사실주의를 높이 평가했던 당대 최고의 비평가 비사리온 벨린스키는 고골의 서한집을 흉내낸 〈고골에게 보내는 편지〉라는 문건에서 고골이 관제 러시아정교회와 결탁해 민중을 '교화'하려는 태도를 신랄하게 비판한다(젊은 작가 도스토옙스키는 동아리 모임에서 어떤 '불온 문서'를 읽은 일 때문에 체포되어 사형을 언도받고 사형장까지 갔다가 마지막 순간 차르의 특명으로 풀려나 시베리아로 유형을 떠났는데, 그때 그가 읽은 불온 문서가 바로 벨린스키의 이 글이었다). 벨린스키는 "정교회는 늘 채찍의 지지자였고 전제주의의 추종자"였다며 "당신은 러시아가 자기 구원을 신비주의나 금욕주의나 경전주의가 아니라 문명과 계몽과 인간성의 진보에서 찾았음을 알지 못했다"고 꼬집었다. 벨린스키는 이 편지에서 "당신은 병이 났으니 서둘러 치료를 받아야 한다"고 했고, 동료 소설가 세르게이 악사코프 역시 "취할 수 있는 최선책은 그를 광인이라고 부르는 것"이라며 개탄했다.

고골이 《죽은 혼》 2부 원고를 불태운 사건은 이런 정황을 배경으로 이해해야 한다. 현장을 목격한 고골의 하인 세묜이 전한 바로는, 러시아 구력으로 1852년 2월 11일에서 12일로 넘어가는 밤 고골은 친구 집에 손님으로 가 있다가 세묜에게 서류철을 가져오라고 한 다음 그 안에서 끈으로 묶은 500페이지가량의 원고 뭉치를 꺼내 그것을 난로에 넣어 태워 없앴다. 원고가 다 타버린 뒤 고골은 십자가 성호를 긋고서는 침대에 몸을 뻗고 슬피 울었다. 그 일 이후 고골은 완전한 광기와 절망 상태에 빠져 음식 섭취를 거부한 채 버티다가 2월 21일 결국 숨을 거두었다.

1922년 12월 헤밍웨이의 첫 부인 해들리 리처드슨은 제네바에서 취재 중이던 남편의 부탁을 받고 파리 집에 있던 그의 습작 원고를 모두 담은 가방을 지닌 채 리옹역에서 스위스행 기차를 탔다가 그 가방을 도둑맞고 말았다. 가방 안에는 헤밍웨이가 완성한 첫 장편소설 원고를 비롯해 그가 삼 년 남짓 썼던 초기 단편소설들 거의 전부가 들어 있었다. 원고와 타자본 및 복사본이 한꺼번에 사라진 사실을 알게 된 헤밍웨이는 매우 낙담해서 해들리를 크게 질책하는 한편 신문에 광고를 내서 가방을 수소문했지만 소용이 없었다. 가방과 그 안에 든 원고들은 영영 사라져버렸다. 이 일을 그는 1920년대 파리 시절을 회고한 에세이 《파리는 날마다 축제》(원제는 'A Moveable Feast'이고, '호주머니 속의 축제'라는 이름으로 나온 번역본도 있다)에서 소개하고 있는데, 재미있는 사실은 이 에세이 원고도 헤밍웨이가 1930년대 말 파리의 한 호텔에 남겨둔 트렁크에 들어 있던 것을 호텔 매니저가 창고에서 발견해 1956년 11월에 헤밍웨이에게 돌려주었다는 것이다.

발터 베냐민은 파리를 점령한 히틀러의 독일군을 피해 미국으로 망명하고자 스페인 국경을 넘었다가 국경 마을 포르부에서 절망에 사로잡힌 채 모르핀을 삼키고 삶을 마감했다. 당시 그와 동행했던 이들에 따르면 그는 검정 여행 가방을 지니고 있었고, 그 안에는 반드시 미국에 도착해야 할 원고가 있다고 말했다고 한다. 현지 공공기록보관소의 물품 목록 장부에는 가죽 여행 가방과 금시계, 여권, 여권 사진 여섯 장, 안경, 잡지 또는 간행물 몇 권, 편지 몇 통, 약간의 문서, 약간의 돈이 그의 소지품으로 등재되어 있다. 원고나 타자본 문서에 관한 언급은 없지만, "약간의 문서"라 표현된 것이 혹시 베냐민이 그토록 애지중지했던 원고가 아니었을까 하는 추측을 낳는다. 장부에 기록되어 있는 이 물품들은 지금은 흔적도 없이 사라져버렸다. 윤동주의 마지막 원고를 떠오르게 하는 상황이다.

프랑스의 소설가 겸 시나리오 작가 장클로드 카리에르와 나눈 대담집 《책의 우주》에서 움베르토 에코는 자신의 두 번째 소설 《푸코의 진자》 첫 버전 원고를 잃어버린 경험을 들려준다. 이 작품은 1988년에 출간되었는데, 그 전인 1984~85년께 디스켓에 저장해놓았던 초고를 몽땅 잃어버리고 말았다는 것이다. 최초의 플로피디스크에서 크기가 좀 더 작은 디스켓을 거쳐 시디롬과 USB 메모리로 발전해온 컴퓨터용 문서 저장 장치의 변천을 언급한 뒤 에코는 덧붙인다. "타자기로 쳐놨다면 그것은 아직 남아 있을 텐데 말이죠." 에코의 대담 상대인 카리에르 역시 대담 앞부분에서 에코와 비슷한 말을 한다. "이른바 반영구적 저장 매체만큼 덧없는 것은 없다고 말할 수 있어요. 요즘의 저장 매체들은 정말로 불안정하다는 것, 이건 지금 누구나 하고 있는 말이에요." 멀쩡하던 컴퓨터가 갑자기 말썽을 일으켜 그 안에 저장해놓았던 문서와 자료들이 허공으로 증발하듯 사라져버린 경험을 해본 이라면 크게 공감할 것이다.

고은 시인은 《현대문학》으로 등단한 이듬해인 1959년 시 40편을 묶어 《불나비》라는 제목으로 첫 시집을 낼 계획이었으나 인쇄 도중 원고가 불에 타는 바람에 다 잃고 말았다. 다시 그 이듬해인 1960년에 고은의 진짜 첫 시집 《피안감성》이, 다행히도 이번에는 사고 없이, 출간되었다. 컴퓨터는 물론 타자기도 쓰지 않고 마지막까지 원고지에 펜으로 글을 썼던 소설가 김성동은 경기도 광릉 부근 우사암(牛舍庵, 축사)에 머물며 글을 쓰던 2000년 8월 수해를 만나 1200매가량의 소설 《마하 신돈》 원고가 불어난 물에 휩쓸려 떠내려가는 사고를 당한다. 아이스퀼로스 전작집에서부터 바이런의 《회고록》과 《죽은 혼》 2부, 《불나비》까지 대부분의 원고 유실이 불에 의한 것이었던 반면 이 경우는 물이 원고 소멸의 원인이 된 셈이다. 김성동은 원고 대신 부처님의 현몽으로 냇가에 반쯤 잠겨 있던 미륵 석상을 얻어 거처에 모셔놓고 아침저녁으로 예불을 드리는 한편 잃어버린 원고를 기억을 되살려가며 다시 쓰는 작업을 시도했다. 그러나 2022년 9월 그가 암으로 세상을 뜰 때까지 《마하 신돈》은 책으로 묶여 나오지 않았다.

프란츠 카프카와 친구 막스 브로트의 이야기는 잘 알려져 있다. 카프카는 브로트에게 남긴 유언장에서 자신의 유작 원고 대부분을 불에 태워 없애라고 당부했지만 브로트가 그에 응하지 않은 덕분에 《심판》 《성》 《아메리카》 같은 장편들과 많은 단편소설 및 일기와 편지가 살아남아 독자를 만날 수 있게 되었다. 스탈린의 탄압에 시달리며 유배지와 요양소를 전

전하다 비참하게 숨진 시인 오시프 만델스탐의 부인 나데주다는 남편의 시들을 암기하고 남편 친구들이 베껴놓았던 것들을 그러모아 나중에 출판함으로써 그것들을 소멸의 운명으로부터 건져냈다. 김남주는 감옥에 갇혀 있을 때 칫솔 자루를 갈아 만든 펜으로 우유갑 속 은박지에 쓰거나 어렵게 구한 연필심으로 화장지에 쓰는 방식으로 옥 안에서 엄청난 분량의 시를 토해냈다. 교도관과 교도소 소속 의무관이 원고 반출을 도왔다. 이 세 사례는 사라질 뻔했으나 살아남은 원고들의 경우라 하겠다.

일본 작가 아리스가와 아리스의 연작소설집 《작가 소설》에는 〈죽이러 오는 자〉라는 제목의 추리물이 들어 있다. 수수께끼 같은 연쇄 살인 사건을 그린 작품인데, 스포일러의 위험을 무릅쓰고 소개하자면, '망작'으로 평가받는 자신의 소설을 읽은 독자를 찾아가 한 사람씩 차례로 죽이는 작가의 이야기다. 그렇게 책을 읽은 독자를 모두 찾아 죽인다고 해서 일단 세상에 나왔던 작품의 존재가 없었던 것이 될 리는 만무하겠지만, 아리스가와의 이런 상상력은 사라진 원고라는 주제와 관련해서 흥미로운 참조 사례가 될 수 있겠다 싶다.

우크라이나 출신인 소련 작가 미하일 불가코프의 장편소설 《거장과 마르가리타》에는 '거장'으로 불리는 소설가와 악마 볼란트가 불에 태운 원고에 관해 대화를 나누는 장면이 있다.

거장은 그리스도와 빌라도에 관한 소설을 완성하지만 그것이 국가의 창작 이념을 거스른다는 비난과 혹평이 쏟아지는 바람에 원고를 불에 태우고 스스로 정신병원에 입원한다. 정신병원에서 거장을 빼낸 악마 볼란트가 거장에게 그의 소설 원고를 보고 싶다고 하자 거장은 원고를 페치카에 태워 없애서 보여줄 수 없노라고 대답하는데, 볼란트는 "원고는 불에 타지 않는다"며 수행원을 시켜 온전한 형태의 원고를 눈앞에 대령시킨다. 소련 정권의 탄압에 시달리던 불가코프는 실제로 이 소설 《거장과 마르가리타》의 완성된 초고를 1930년에 불에 태워 없앴다가 이듬해에 오로지 기억에 의지해 다시 쓰기 시작해 1936년에 작품을 완성한다. 그 뒤로도 그는 1940년에 숨을 거둘 때까지 수정을 거듭하며 작품의 완성도를 높였지만, 이 불온하고 불운한 소설은 그로부터 사반세기가 지나서야 검열을 거친 불완전한 형태로나마 비로소 세상 빛을 볼 수 있게 되었다. 소설 말미에서 거장과 마르가리타는 볼란트의 배려로 영원한 안식처를 향해 함께 날아가는데, 지상을 떠나기 전 거장의 원고를 챙기려는 마르가리타에게 거장이 말한다. "그럴 필요 없어요. 나는 다 외우고 있소!"

러시아문학자 석영중 교수(고려대)는 2022년 2월 25일 〈동아일보〉 연재 글에서 이 작품을 다루었다. 석 교수는 불에 타지 않는 원고에 관한 볼란트의 언급은 작가 불가코프 자신의 모토이자 《거장과 마르가리타》의 미래에 대한 예언이며 더 나아가 문학의 불멸에 대한 헌사로 읽을 수 있다고 해석했다.

"책을 불태우는 곳에선 결국 사람 역시 불에 태울 것이다."

하인리히 하이네의 희곡 《알만조르》에 나오는 구절이다. 베를린 훔볼트대학 앞 베벨 광장 바닥에는 히틀러 시절 나치주의 대학생들이 2만 권의 책을 불태운 '현대판 분서갱유'를 상기시키는 〈도서관〉이라는 이름의 지하 조형물이 있다. 투명 유리 덮개 아래로 텅 빈 콘크리트 책장이 보이는 이 조형물 앞에 하이네의 이 문장이 새겨져 있다. 1933년의 분서焚書가 결국 아우슈비츠의 사람 태우기로 이어졌다는 섬뜩한 경고인 셈이다. 불가코프의 모토와 하이네의 경고는 얼핏 상충하는 것처럼 들린다. 그러나 두 말은 결국 같은 취지를 담고 있는 것 아니겠는가. 원고를 불에 태우고, 책을 불에 태우고, 심지어는 사람을 불에 태워도 그 안에 담긴 정신까지 태워 없앨 수는 없다는 것. 분서와 소멸에 맞서가며 우리가 책을 쓰고 읽는 까닭은 인간 정신의 불멸성을 믿기 때문이리라.

문학을 탐구하고
문학에 탐닉하며

이 책에 실린 글들은 한겨레신문 칼럼 '최재봉의 탐문'을 보완하고 한 꼭지를 새로 써서 보탠 것이다. '탐문' 칼럼을 쓰기 시작한 것은 내가 신문사에서 정년퇴직을 한 해 정도 남겨둔 때였고, 연재는 정년퇴직 뒤 계약직 기자로 근무하던 2022년 11월 초까지 일 년 남짓 이어졌다.

처음 칼럼 연재 제의를 받았을 때에는 고민과 망설임이 없지 않았다. 칼럼이 신문 한 면에서 광고 자리를 제외한 나머지 전체에 해당하는 '전면' 형태라 그 분량을 채워야 하는 부담이 우선 있었다. 연재 초기에는 이 칼럼이 이 주에 한 번씩 지면에 실리는 방식이었는데, 문학 담당 기자로서 매주 작성해야 하는 신간 서평 기사는 그것대로 쓰면서 추가로 장문의 칼럼을 격주로 쓰자면 만만치 않은 시간과 공력을 쏟아야 할 터였다.

칼럼의 방향과 내용에 관한 고민이 더 컸다. 내게 연재를 제의한 해당 지면 담당 데스크는 막연하게 '문학 기자 삼십 년을 결산하는' 글을 자유롭게 써보라고 했다. 주제나 스타일은 온전히 내 판단과 선택에 맡기겠다는 고마운 제의였는데, 그게 오히려 고민을 깊게 했다. 내가 정년퇴직을 하는 2022년 9월 말까지 문학 담당을 계속한다면 옹근 삼십 년을 문학 담당 기자로 살아온 셈이 되니 그 세월 동안 쌓인 콘텐츠가 없을 리 없겠고, 그것들을 어떤 식으로든 풀어내는 게 독자들에 대한 예의일 것도 같았다.

일주일 정도 고민한 끝에 연재 제의를 받아들이기로 했다. '탐문'이라는 큰 제목 아래 문학에 관한 이모저모를 다루는 칼럼이 시작되었다. 명시적으로 밝히지는 않았지만, '탐문'이란 말에는 문학에 탐닉하며 문학을 탐구한다는 이중의 의미를 담고자 했다. 그 결과 크게 두 가지 결을 지니게 되었다. 문학작품을 읽으면서 맛본 즐거움과 행복의 경험을 담은 글들이 하나의 줄기를 이룬다면, 문학의 이면과 비밀을 파고든 글들이 다른 한 줄기를 이루었다. 즐거움과 행복의 경험을 독자와 나누는 일은 또 다른 즐거움과 행복을 가져다주었다. 문학의 이면, 특히 치부를 까발리는 글을 쓰면서는 나 역시 기분이 개운치 않았다. 좋지 않은 맥락에서 글에 언급된 문인들에게 미안한 마음도 없지 않았다. 신문에 글이 실린 뒤 항의와 해명의 취지를 담은 메일을 보낸 분도 있었다. 그런 반응 역시 탐문 연재에 대한 그 나름의 애정과 관심이라고 받아들였다.

'문단'에서 '퇴고'까지 스물세 꼭지로 탐문 연재를 마무리했는데, 뒤늦게 새로운 아이디어가 떠올랐다. '사라진 원고' 꼭지는 그렇게, 연재를 마친 뒤 추가로 써서 책에 포함한 것이다. 작가의 손을 거쳐 분명히 세상에 나왔음에도 시간이 흐르는 사이에 종적이 묘연해진 옛 책들, 또는 원고 상태로 존재했지만 책이라는 목적지에는 이르지 못하고 중도에 유실되어버린 작품들의 사례를 통해 문학의 운명과 의미를 살펴보았다. 마지막에 쓴 원고이기도 했고 책 전체의 흐름을 보아서도 마지막에 배치하는 게 적절하겠다 싶었다. 그렇게 배치하고 보니 그제야 책의 꼴이 얼추 갖추어진 느낌이다. 물론 이 꼭지 말고도 추가로 만지작거리며 머리를 굴렸던 주제들, 주변에서 제안하거나 요청한 소재들이 없지 않았지만, 욕심을 부리자면 끝이 없을 듯해 아쉬움을 남겨둔 채 일단락을 지었다.

신문사 안팎에서 꽤 많은 분이 관심과 응원의 말씀을 보내주셨다. 기왕에 실린 칼럼에 대한 의견과 지적도 있었고, 새로운 글감을 제보하거나 요청하는 경우도 있었다. 그런 의견들은 연재에 반영하기도 했고, 책으로 묶는 과정에서 참조하기도 했다. 연재하는 동안 관심을 보이고 응원해주신 분들께 두루 감사드린다. 덕분에 정년퇴직과 문학 담당 기자 삼십 년을 뜻깊게 기념할 수 있게 되었다.

최재봉

참고문헌

가브리엘 가르시아 마르케스, 《콜레라 시대의 사랑 1, 2》, 송병선 옮김, 민음사, 2004.

가스통 바슐라르, 《불의 정신분석》, 김병욱 옮김, 이학사, 2022.

가와바타 야스나리, 《설국》

강신재, 《젊은 느티나무 ─ 강신재 소설선》, 김미현 엮음, 문학과 지성사, 2007.

고은, 《고은 시 전집 1》, 민음사, 1993.

고은, 《문의마을에 가서》, 민음사, 1974.

구상, 《인류의 맹점에서》, 문학사상사, 1998.

권정생, 《강아지똥》, 길벗어린이, 1996.

김남주, 《김남주 시전집》, 염무웅, 임홍배 엮음, 창비, 2014.

김동인, 〈K박사의 연구〉

김병익, 《한국문단사》, 문학과 지성사, 2001.

김사과 외, 《소설은 마진이 얼마나 남을까》, 작가정신, 2022.

김성동, 《만다라》, 깊은강, 2001.

김성동, 《만다라》, 한국문학사, 1979.

김소진, 《눈사람 속의 검은 항아리》, 강, 1997.

김수영, 《김수영 전집 2 – 산문》, 이영준 엮음, 민음사, 2018.

김언희, 《말라죽은 앵두나무 아래 잠자는 저 여자》, 민음사, 2000.

김연수, 《꾿빠이, 이상》, 문학동네, 2016.

김연수, 《청춘의 문장들》, 마음산책, 2022.

김지하, 《오적》, 솔, 1993.

김지하, 《결정본 김지하 시선집 1》, 솔, 1993.

김탁환, 《살아야겠다》, 북스피어, 2018.

김현, 《김현문학전집 14 – 우리 시대의 문학/두꺼운 삶과 얇은 삶》, 문학과지성사, 1993.

김현, 《문학과 유토피아》, 문학과지성사, 1980.

김현승, 《김현승 시선》, 장현숙 엮음, 지만지, 2012.

김훈, 《강산무진》, 문학동네, 2006.

김훈, 《내 젊은 날의 숲》, 문학동네, 2010.

김훈, 《연필로 쓰기》, 문학동네, 2019.

김훈, 《칼의 노래》, 문학동네, 2014.

남진우, 〈판도라의 상자를 열며〉, 《현대시학》 2015년 11월호, 2015.

니콜라이 고골, 《친구와의 서신 교환선》, 석영중 옮김, 나남출판, 2008.

니콜라이 프로베니우스, 《공포를 보여주마》, 성귀수 옮김, 문학동네, 2023.

다자이 오사무 외, 《작가의 마감》, 안은미 옮김, 정은문고, 2021.

대니얼 디포, 《페스트, 1665년 런던을 휩쓸다》, 정명진 옮김, 부글북스, 2020.

도스토옙스키, 《백야》, 박은정 옮김, 문학동네, 2021.

도연명, 〈도화원시〉

라이너 마리아 릴케, 《말테의 수기》

레이먼드 카버, 《풋내기들》, 김우열 옮김, 문학동네, 2015.

레프 톨스토이, 《안나 카레니나》

로버트 루이스 스티븐슨, 〈이야기 속의 등장인물들〉

루이스 캐럴, 《거울 나라의 앨리스》, 최인자 옮김, 현대문학, 2011.

루이지 피란델로, 《작가를 찾는 6인의 등장인물》, 장지연 옮김, 지만지
    드라마, 2021.

마거릿 미첼, 《바람과 함께 사라지다》

마크 트웨인, 《톰 소여의 모험》, 김욱동 옮김, 민음사, 2009.

마크 트웨인, 《허클베리 핀의 모험》, 김욱동 옮김, 민음사, 1998.

마테오 페리콜리, 《작가의 창》, 이용재 옮김, 마음산책, 2016.

모리 히로시, 《작가의 수지》, 이규원 옮김, 북스피어, 2017.

무라카미 하루키, 《직업으로서의 소설가》, 양윤옥 옮김, 현대문학,
    2016.

미겔 데 세르반테스 사아베드라, 《돈키호테》, 안영옥 옮김, 열린책들,
    2014.

미하일 불가코프, 《거장과 마르가리타》, 정보라 옮김, 민음사, 2010.

박남철, 《지상의 인간》, 문학과지성사, 1984.

박상륭, 《죽음의 한 연구》, 문학과지성사, 2020.

박완서, 《그 많던 싱아는 누가 다 먹었을까》, 세계사, 2012.

박완서, 《부끄러움을 가르칩니다 – 박완서 단편소설 전집 1》, 문학동
    네, 2006.

박지원, 《연암집 – 상, 중, 하》, 신호열, 김명호 옮김, 돌베개, 2007.

박지원, 《열하일기 – 1, 2, 3》, 김혈조 옮김, 돌베개, 2009.

버지니아 울프, 《자기만의 방》, 오진숙 옮김, 솔, 2019.

베르나르댕 드 생피에르, 《폴과 비르지니》, 김현준 옮김, 휴머니스트, 2022.

변영로, 《명정 40년》, 범우사, 2009.

블라디미르 나보코프, 《롤리타》, 김진준 옮김, 문학동네, 2013.

비사리온 벨린스키, 《전형성, 파토스, 현실성 – 벨린스키 문학비평선》, 이항재, 심성보, 이병훈 옮김, 한길사, 2003.

샤를 보들레르, 〈불운〉

서맨사 앨리스, 《여주인공이 되는 법》, 고정아 옮김, 민음사, 2018.

성석제, 《첫사랑》, 문학동네, 2016.

소포클레스, 《소포클레스 비극 전집》, 천병희 옮김, 도서출판 숲, 2008.

송우혜, 《윤동주 평전》, 세계사, 1998.

슈테판 츠바이크, 《츠바이크의 발자크 평전》, 안인희 옮김, 푸른숲, 1998.

스티븐 킹, 《미저리》, 조재형 옮김, 황금가지, 2004.

스티븐 킹, 《유혹하는 글쓰기》, 김진준 옮김, 김영사, 2017.

아널드 새뮤얼슨, 《헤밍웨이의 작가 수업》, 백정국 옮김, 문학동네, 2015.

아리스가와 아리스, 《작가 소설》, 김선영 옮김, 엘릭시르, 2019.

아리스토텔레스, 《수사학 – 1, 2, 3》, 이종오 옮김, 리젬, 2007~2008.

아스트리드 린드그렌, 《내 이름은 삐삐 롱스타킹》, 햇살과나무꾼 옮김, 시공주니어, 2017.

아이스퀼로스, 《아이스퀼로스 비극 전집》, 천병희 옮김, 도서출판 숲,
    2008.

악스트 편집부, 《악스트Axt》 No.001, 은행나무, 2015.

안토니오 스카르메타, 《네루다의 우편배달부》, 우석균 옮김, 민음사,
    2004.

알베르 카뮈, 《이방인》

알베르 카뮈, 《페스트》, 김화영 옮김, 책세상, 1998.

알퐁스 도데, 《알퐁스 도데 – 세계문학단편선 29》, 임희근 옮김, 현대문
    학, 2017.

앙투안 드 생텍쥐페리, 《어린 왕자》

앨리스 먼로, 《행복한 그림자의 춤》, 곽명단 옮김, 웅진지식하우스,
    2020.

양귀자, 《원미동 사람들》, 쓰다, 2012.

어슐러 K. 르 귄, 《남겨둘 시간이 없답니다》, 진서희 옮김, 황금가지,
    2019.

에드거 앨런 포, 〈애너벨 리〉

에드몽 로스탕, 《시라노》, 이상해 옮김, 열린책들, 2009.

에밀 시오랑, 《독설의 팡세》, 김정숙 옮김, 문학동네, 2004.

에밀 졸라, 《작품》, 권유현 옮김, 을유문화사, 2019.

에우리피데스, 《메데이아》, 김기영 옮김, 을유문화사, 2022.

엘렌 모렐 – 앵다르, 《표절에 관하여》, 이효숙 옮김, 봄날의 책, 2017.

예브게니 이바노비치 자먀찐, 《우리들》, 석영중 옮김, 열린책들, 2009.

오르한 파묵, 《페스트의 밤》, 이난아 옮김, 민음사, 2022.

오마르 하이얌, 에드워드 피츠제럴드, 《루바이야트》, 윤준 옮김, 지만

지, 2020.

올리비아 랭, 《작가와 술》, 정미나 옮김, 현암사, 2017.

움베르토 에코, 《움베르토 에코의 문학 강의》, 김운찬 옮김, 열린책들, 2005.

움베르토 에코, 장클로드 카리에르, 《책의 우주》, 임호경 옮김, 열린책들, 2011.

윌리엄 골딩, 《파리대왕》, 유종호 옮김, 민음사, 2002.

윌리엄 셰익스피어, 《리어 왕》

윌리엄 셰익스피어, 《햄릿》

이명원, 《마음이 소금밭인데 오랜만에 도서관에 갔다》, 새움, 2014.

이문구, 《관촌수필》, 문학과지성사, 2018.

이문구, 《산 너머 남촌》, 휴이넘, 2008.

이문구, 《외람된 희망》, 실천문학사, 2015.

이문구, 《이문구의 문인기행》, 에르디아, 2011.

이반 세르게예비치 투르게네프, 《첫사랑》, 현상철 옮김, 대교베텔스만, 2007.

이백, 〈월하독작〉

이산하, 《악의 평범성》, 창비, 2021.

이상, 〈날개〉

이상, 〈봉별기〉

이상, 〈실화〉

이재무, 《슬픔은 어깨로 운다》, 천년의시작, 2017.

이창동, 《녹천에는 똥이 많다》, 문학과지성사, 1992.

이청준, 《이청준 전집 12 - 서편제》, 문학과지성사, 2013.

이태준, 《문장강화》

이태준, 〈명제 기타〉

작자 미상, 〈춘향전〉

장 폴 사르트르, 《문학이란 무엇인가》

장정일, 《내게 거짓말을 해봐》

장정일, 《눈 속의 구조대》, 민음사, 2019.

장정일, 《아담이 눈뜰 때》, 김영사, 1992.

정여울, "책 운명 만드는 히트책 제조기 '빨간색 대신 지워지는 펜으로", 〈한겨레〉, 2021.09.28.

정영목, "편집자 ㅊ씨", 〈한겨레〉, 2021.12.10.

정용준, 《소설 만세》, 민음사, 2022.

정현종, 《고통의 축제》, 민음사, 2002.

정현종, 《나는 별아저씨》, 문학과지성사, 1995.

제이 파리니, 《보르헤스와 나》, 김유경 옮김, 책봇에디스코, 2022.

제인 오스틴, 《오만과 편견》

제임스 매튜 배리, 《피터 팬》

제임스 미치너, 《소설》, 윤희기 옮김, 열린책들, 2009.

제임스 조이스, 《더블린 사람들》, 성은애 옮김, 창비, 2019.

제임스 힐턴, 《잃어버린 지평선》, 황연지 옮김, 뿔, 2009.

조반니 보카치오, 《데카메론 - 1, 2》, 허인 옮김, 올재, 2020.

조지 기싱, 《뉴 그럽 스트리트》, 구원 옮김, 코호북스, 2020.

조지 오웰, 《1984》

조지 오웰, 〈소설의 옹호〉

주인석, 《검은 상처의 블루스》, 문학과지성사, 1995.

찰스 디킨스, 《두 도시 이야기》, 성은애 옮김, 창비, 2014.

찰스 부코스키, 《망할 놈의 예술을 한답시고》, 민음사, 2019.

최인훈, 〈쇄빙선〉, 미발표작

최제훈, 《퀴르발 남작의 성》, 문학과지성사, 2010.

최진영, 《내가 되는 꿈》, 현대문학, 2021.

토마스 만, 〈트리스탄〉

토머스 그레이, 〈시골 교회 묘지에서 쓴 비가〉

토머스 모어, 《유토피아》, 주경철 옮김, 을유문화사, 2021.

토머스 울프, 《무명작가의 첫 책》, 임선근 옮김, 걷는책, 2021.

파리 리뷰 엮음, 《작가란서》, 김율희 옮김, 다른, 2019.

파블로 네루다, 《질문의 책》, 정현종 옮김, 문학동네, 2013.

페르난두 페소아, 《불안의 책》, 오진영 옮김, 문학동네, 2015.

폴 엘뤼아르, 〈자유〉

폴 오스터, 《어둠 속의 남자》, 이종인 옮김, 열린책들, 2008.

프란츠 카프카, 〈변신〉

피에르 바야르, 《셜록 홈즈가 틀렸다》, 백선희 옮김, 여름언덕, 2010.

피천득, 《인연》, 민음사, 2018.

피츠제럴드, 《위대한 개츠비》

필립 로스, 《사실들》, 민승남 옮김, 문학동네, 2018.

하근찬, 《하근찬 전집 1: 수난이대》, 산지니, 2021.

하인리히 하이네, 《알만조르》

한창훈, 《한창훈의 나는 왜 쓰는가》, 교유서가, 2015.

호르헤 루이스 보르헤스, 《보르헤스, 문학을 말하다》, 박거용 옮김, 르네상스, 2008.

호르헤 루이스 보르헤스, 《픽션들》, 황병하 옮김, 민음사, 1994.

호메로스, 《일리아스》, 천병희 옮김, 도서출판 숲, 2007.

황석영, 《객지》, 창비, 2000.

황석영, 《객지》, 문학동네, 2020.

황순원, 《독 짓는 늙은이 – 황순원 단편선》, 박혜경 엮음, 문학과지성
사, 2004.

황현산, "표절에 관하여", 경향신문, 2015.06.24.

E.L. 닥터로 외, 《작가라는 사람 2》, 허진 옮김, 엑스북스, 2017.

J.D. 매클라치, 《걸작의 공간》, 김현경 옮김, 마음산책, 2011.

Jacques Berlinerblau, 《The Philip Roth We Don't Know : Sex, Race,
and Autobiography》, University of Virginia Press, 2021.

Kathryn Chetkovich, 〈Envy〉, 《GRANTA》, https://granta.com/
envy/

"김초엽, 2020년 우리가 기억해야 할 작가", 《채널예스》, 2020.11.30.

"김혜리가 만난 사람, 번역가 정영목", 《씨네21》, 2008.11.28. http://
www.cine21.com/news/view/?mag_id=54143

"추리소설가가 자기 작품 속 범인 모른다고?", 〈한겨레〉, 2011.04.29.
https://www.hani.co.kr/arti/culture/book/475676.html

"All Ideas Are Second – Hand: Mark Twain's Magnificent Letter to
Helen Keller About the Myth of Originality", 《themarginalian》,
https://www.themarginalian.org/2012/05/10/mark-twain-
helen-keller-plagiarism-originality/

"'I have to turn the prize against itself': John Berger's 1972 Booker
Prize speech in full', https://thebookerprizes.com/the-booker-

library/features/i-have-to-turn-the-prize-against-itself-john-bergers-1972-booker-prize

"Hemingway's Letters Tell of Fitzgerald", 〈The New York Times〉, 1972.10.25.

"Rough Crossings", 《The New Yorker》 2007.12.16

"The Meanest Things Vladimir Nabokov Said About Other Writers", 《LITERARY HUB》, 2018.4.20.

"15 April(1938) : George Orwell to Stephen Spender", 《THE AMERICAN READER》, https://theamericanreader.com/15-april-1938-george-orwell-to-stephen-spender/

탐문, 작가는 무엇으로 쓰는가

1판 1쇄 인쇄 2024년 2월 28일 **1판 1쇄 발행** 2024년 3월 6일

지은이 최재봉

펴낸이 박강휘
편집 이승현 정혜경 **디자인** 홍세연
마케팅 이헌영 **홍보** 박상연

발행처 김영사
주소 경기도 파주시 문발로 197(문발동) 우편번호 10881
등록 1979년 5월 17일(제406-2003-036호)
주문 및 문의 전화 031)955-3100 **팩스** 031)955-3111
편집부 전화 02)3668-3270 **팩스** 02)745-4827 **전자우편** literature@gimmyoung.com
비채 블로그 blog.naver.com/viche_books
인스타그램 @drviche @viche_editors **트위터** @vichebook
ISBN 978-89-349-4571-0 03810 책값은 뒤표지에 있습니다.

비채는 김영사의 문학 브랜드입니다.